# The Bean Trees

# 豆树青青

〔美〕芭芭拉·金索沃 著
杨向荣 译

南海出版公司

新经典文化股份有限公司
www.readinglife.com
出 品

献给伊斯梅内，

和所有失去了她的母亲

# 目录
# *Contents*

……

# Chapter 01

# 谁会离开

自从亲眼看见一辆拖拉机的轮胎炸了，把纽特·哈宾的父亲高高地抛到美孚石油招牌的顶上，我再给轮胎充气就感觉手有点儿怯。我可没撒谎。他在那里卡住了。诺曼·斯特里克走到县政府大楼、鸣笛呼叫志愿消防队的工夫，大约有十九个人围了过来。消防队好不容易扛着梯子赶到，把纽特的父亲给扯了下来。他倒没死，但是耳朵聋了，而且从那以后整个人都变得不太一样。他们说是他给轮胎充气充得太足了。

纽特·哈宾算不上我的朋友。他只不过是那种在每个年级都至少留过一次级的超龄男孩，上六年级的时候就已经奔二十了。他平常总坐在后排，喜欢把在嘴里嚼过好几遍的小纸团弹到我的头发里。可是那天，看到他老爸在那儿挂着，像件破破烂烂的工装搭在篱笆上，我一下子想到了纽特一辈子会过成什么样，于是心里有点为他难过。在那一刻之前，我从没认真思考过未来。

我妈妈说，哈宾家生孩子的速度跟他们的孩子掉进井里淹死的速度差不多。这话肯定不全对，因为他们家在皮特曼县有很多人，而且不少都活过了成年。不过意思还是这个意思。

这倒不是说我和妈妈要比哈宾家好到哪里去，或者我们手里还有那么几个子儿。如果你看见我和纽特在六年级的班上肩并肩坐着，没准儿会断定我们是兄妹呢。以我对自己亲爹的全部了解，要不是妈妈跳着脚发誓说，他是我不认识的某个无名鼠辈，而且早就不在了，我还真不敢肯定我们俩就不是兄妹。但我们俩基本上是同一块泥巴捏出来的：两个膝盖脏兮兮的孩子，吵闹得要死，想要摆脱困境，站稳脚跟。不过，你也没法说，谁能站得住，谁会离开。

大家都管我叫咪西。这可不是我的本名。据说我三岁的时候曾经跺着脚对妈妈说，别叫我"玛丽埃塔"，要叫"玛丽埃塔小姐"，因为在她干活的那些人家，我要叫所有人"小姐"或者"先生"，连小孩子也不例外。所以，从那天起，她就真的这样叫我了。"玛丽埃塔小姐"。后来索性就叫成咪西[①]了。

你得明白，妈妈就是会做这样的事。我还是个小不点儿的时候，经常在礼拜日去池塘钓鱼，一钓就是一整天，往家里带回一堆瘦骨嶙峋的蓝鳃太阳鱼，可能再加上一条只有拇指长的鲈鱼。但是看妈妈的样子，你会觉得我抓到了舍普湖里那种有名的大鱼：老头子们经常在湖边嚼着烟丝、朝思暮想希望逮着的那种大家伙。"看，我的好闺女能养家了。"妈妈会说，然后把这些小鱼做熟了，像感恩节大餐似的端上桌给我们两人吃。

我喜欢在那些水底满是淤泥的古老池塘里钓鱼。无论我从中拽出什么来，妈妈都特别自豪，算是原因之一；不过我也迷恋安静地

①原文为"Missy"，是"Miss（小姐）"的昵称。（本书注释均为译注。）

坐在那里的感觉。你能闻到树叶在冰凉的泥土里腐烂的味道，看着耶稣虫[1]在水上行走，四只小脚在水面上踩出小坑儿，但永远不会陷进去。有时，你会看到那些大个头的、谁也不曾钓上来过的家伙，像暗褐色的梦，从水底溜走。.

等我上了高中、找到自己第一份工作，又发生了好多别的事，其中就有我即将告诉你们的那一件关于纽特·哈宾的可怕故事。那时候他当然已经不在学校了。他和他半残废的爸爸一起种烟草，还把一个女孩搞怀孕了，于是就结了婚。那女孩是乔琳娜·尚克斯，人人都对她有点惊讶，至少假装有点惊讶吧，对哈宾却毫不意外。没人指望哈宾家的孩子能有多大出息。

但我还在上学。我不是那种拔尖的学生，甚至算不上优秀，可我还留在学校里，并且没有沾上那种麻烦。我想把书读完。这倒不是说我没见过雪佛莱车的后座。我熟悉绿起路的风景，我们管它叫飞起路，我也见过那玩意儿，知道它长什么样子。这些从来都没办法让我立志成为一名烟农的妻子。妈妈总说，怀孕不是我的范儿。她懂。

怀着这样的心态，我平安无事地读到了高中最后一年。相信我，那些日子里，女孩们一个接一个地退学，就像罂粟花籽从苞蕾上撒落下来，你会把每一天都看作一份奖赏：你已经坚持到这个份儿上了。到毕业那年，班上男女比例到了二比一，我们还遇到了那位名叫休斯·沃尔特的理科老师，我们觉得，他简直是老天对我们的格外恩赐。

---

①水黾的别称，因《圣经》中耶稣在水上行走的神迹而得名。

哈，来说说他。他就像个从天而降的金发保罗·麦卡特尼[①]，坐在课桌上，穿着紧身牛仔裤，干干净净的衬衣袖子就那么挽起来，袖口卷在里面。他把我们乡下这些男孩子比得像妈妈带回家的打满了补丁的旧袜子。休斯·沃尔特不是个肯塔基小伙子。他是外州人，从北方某个城市学院毕业的，大家都猜正是因为这个，他的名字是倒过来的。[②]

我还没有为他神魂颠倒，至少按当时的标准不算夸张。那种狂热从女卫生间的墙上就能看得明明白白：在墙上写下“永爱休·沃”这类字句的口红，拿来涂满一座谷仓也绰绰有余。我想说的不是这个，而是想说，毫无疑问，他改变了我的生活。

改变始于他给了我一份工作。在那之前，我干过的那些能赚些钱的活儿里，最有趣的也就是在星期天帮妈妈做些付费洗熨，或者照料她做保洁的人家的小孩子。要不就是给别人家的豆蔓捉虫子，每只一分钱。但皮特曼县医院的这份活儿是实实在在的工作，而且，那可是方圆一百英里内最重要、最干净的地方。沃尔特先生是有妻子的，叫琳达，虽然我们高中所有人，至少是所有女生，都彻底无视了她，可她真真切切地存在，活得好好的，而且还是个护士长呢。她问休斯，班里有没有孩子能在放学后和星期六上医院来做些零工，没准儿毕业后就可以做个全职员工，休斯就也这么问了我们大家。

你满以为他会从那些糖条儿姑娘[③]里挑一个，那些买得起粉白相

---

①英国歌手、作曲家、低音贝斯手，曾是披头士成员。

②“休斯”通常为姓，“沃尔特”通常为名。

③原文为“Candy Striper”，指志愿护士助手，大多是中学女生。因其身穿的粉色与白色相间、类似糖果棒条纹的制服而有此别称。

间制服的镇上女孩，每个星期六就去围着那些床上便盆娇滴滴地转，好像那是上帝的绿色大地上她们被委以搬运的最神圣的东西。你满以为他会选中厄尔·威肯托特，这人能够面不改色地切开一条蚯蚓。我在后院走廊里把这些都告诉了妈妈。妈妈穿着带袖孔的围裙坐在藤椅上，我坐在梯凳上，两人一起往一张报纸里剥豌豆。

“厄尔·威肯托特算什么，”妈妈发话了，“姑娘，我还见过你生吞了一整条虫子呢，那时你才五岁。他哪儿有你厉害，那些糖条儿姑娘也都比不上你。”但我还是觉得休斯会选那些人，我也对妈妈这么说了。

她走到长廊边上，从围裙里摇出一把豌豆壳，撒到花圃上。花圃里种的是金盏花和鲜辣味颜色的大波斯菊。妈妈和我都喜欢鲜亮的颜色，这是家族的偏好。在学校，把我从那些镇上女孩当中挑出来实在太容易了，她们总是穿着精心搭配的米黄色或者粉红色柏碧·布鲁克斯牌毛衣与短裙套装。麦德加·比德曾说我穿得像个视力表。算上返校节舞会，他拢共做过我三个星期的男朋友。我猜他说的是参军时别人会给你看的那种色盲测试，而不是打头有个大大的字母E的那种。这话是他在我们掰了的时候说的，但我反倒有些受宠若惊呢。我早就想好了，如果不能穿得优雅，就要穿得让人忘不掉。

妈妈坐回藤椅里，又兜起一围裙豌豆。妈妈不是那种穿着紧身牛仔裤参加孩子们的垒球比赛的人。她比那种家长年纪大些。在生我之前，她过了好长一段狂野时光，有过一个名叫福斯特·格里尔的丈夫。那个男人的名字是照着史蒂芬·福斯特取的，就是七年级历史课本里那位写过《我的肯塔基故乡》、面相和善的男人，可是他母亲在给他取了这名字的二十二年后，据说是活活被他气死了。

他经常拿汽油漏斗喝大老爹牌白酒，远近闻名。他一直对我妈妈说，永远别去赶怀孕这种时髦。妈妈常说，用福斯特换来了我，是一笔和杰克逊购地① 一样划算的买卖。

我每剥出一粒豌豆，妈妈早已剥出三粒了。她右手一拧一收，先从豆荚尖儿上掐下一圈细细的丝，然后拇指一推，豆子就挤出来了。

"我是这么想的，"她说，"人就像稻草人。你，我，厄尔·威肯托特，美国总统，就连万能的上帝，以我所看见的而言，大家都是如此。有的稳稳站着，有的被风吹散了，唯一的区别就是戳在地上的是哪种棍子。"

有那么一会儿，我什么话都没说。然后我告诉她，我会向沃尔特先生问问那份活儿。

四下没有别的声音。路上再往前一些，亨利·比德尔正在自家前院里开动干草收割机；我们的豆子噼噼啪啪地爆裂开来，把好东西带给这个世界。

妈妈问："然后呢？如果他不知道你很出色，完全能胜任那份工作呢？"

我说："我会告诉他的。如果他还没把工作给了哪个糖条儿女孩的话。"

妈妈笑了："就算已经给了，你也要说。"

他还真没给别人。两天过去了，还没有消息，所以下课后我留在教室里对他说，如果他还没有决定，不妨让我去做，因为我肯定

---

①肯塔基州的一个地区，因美国第7任总统安德鲁·杰克逊向印第安人低价买下土地而得名。

会干得很漂亮。我说，我一直避免沾惹麻烦，不会因为快毕业了就让自己功亏一篑。他说没问题，他会告诉琳达，还让我星期一下午就去那里一趟，她会给我讲该干什么活儿。

我原以为要和他交锋一场，没想到进展这么顺利，我愣了一会儿，倒不知该说什么好了。他的手指甲一定是整个皮特曼县最干净无瑕的。

我问他怎么想到把这份活儿给我。他说，我是头一个来问的。就这么简单。想想真是不可思议，全校的女生们投入了那么多时间和精力，想象着放学后留下来让休斯·沃尔特接受自己的请求，而我成了唯一做到的人。不过，当然了，请求的种类才是关键。

后来我发现，我主要是给艾迪·里克特干活儿，他是化验科和放射科的主管。化验科主要对付血啊尿啊还有一些更恶心的东西，不过我没有抱怨之意。艾迪是个满脸雀斑的老家伙，其实并没有老到哪儿去，可也足以让每个人都注意到他居然还是条光棍儿。不过，像艾迪那样的性格，别人也不会没事跑去问他干吗还不结婚。

他没有像对待老师的乖学生或者能拿奖的小马驹那样对待我，我倒感觉挺舒服。跟艾迪相处，没什么调味剂，我是为了正经做事去的，而且做得挺不错。化验科和放射科是两个相连的房间，中间的转动门里总是人进人出，他们手里拿满了东西，鞋子踩在黑色油毡上吱吱呀呀地响。很快我就成了其中一员，把各种纸片归置到正确的地方，淡定地捧着人类排泄物走来走去，从来不做鬼脸。

我学到了很多东西。我学会了从显微镜里看红色的血细胞。人们管这东西叫红血球，其实它们根本就不像球，倒像棒球手套。我还要数出来在一些小小的方格里有多少个这种细胞。我敢说，你要是整天盯着这些东西数，眼睛准会瞎掉。幸好，皮特曼县每天没有多少人非要知道自己到底有多少红血球。

我在那里还没待够一个星期，地狱之门就炸开了。那天是星期六。急救科的几个护士大喊大叫着让艾迪做好准备，放射科很快就要忙开了。他们说，哈宾两口子要来。大家都这样叫他们。艾迪问情况有多紧急，还问需不需要帮手让两口子保持安分，他们回答，情况是一半一半，一个很急，一个很安静。

我还没来得及细想这话是什么意思，乔琳娜·尚克斯，或者该说是乔琳娜·哈宾，就已经坐在轮椅上被推进来了，紧跟着来了一副担架，停在外面的过道里。乔琳娜的模样就像电影里你不敢看的那种镜头。湿漉漉的血迹像一条长长的舌头，从她右肩一路流到胸口，她的嘴唇和面孔都被抽干了颜色，那张大脸好像是从白面团上切下来的一块。尽管如此,她还是拳打脚踢地挣扎着,嘴里骂个不停，完全不像生命垂危的样子。我抓住她的一只手腕，想扶她从轮椅里起来，那只手腕却从我手底下扭着挣脱了，仿佛那袖管里面是一把电缆。她还冲纽特大嚷着“别这样”之类的话。“快去，替我杀了你爸！你该杀的是他，不是你自己，也不是我！”喊完一阵，她会安定一下子，接着又大闹起来。我不知道纽特的爸爸和这事有什么关系。

大家说已经喊了费彻勒医生，他正在过来的路上，不过照麦卡勒斯护士检查的结果，情况没有看上去那么严重。流血已经止住了，但还需要用 X 射线照照子弹在哪里，进去时刺破了什么东西没有。我望着艾迪，想知道需不需要脱下她的上衣和胸罩，给她换上件手术服，又不禁想到这么一来到处都会染上血污，毕竟我家里算是做清洁工作的。可是艾迪说不用,我们不能太折腾她、把她翻来转去的。医生要看的只有弹孔周围和破裂的伤口。

“你可真幸运，他打枪没准头。”艾迪一边在操作台上放直乔琳娜的胳膊一边说。我觉得这话说得不太合适，不过想想是艾迪，也就不算什么了。我抓着她的胳膊肘，不想使太大劲儿，免得让她疼上加疼，但这可怜的姑娘歇斯底里地挣扎着，不肯安静。我仿佛看见自己系着铅围裙，站在乔琳娜旁边俯视着她，就像屠夫摁着一头待宰的牛犊。

后来艾迪说可以了，让我陪乔琳娜待在隔壁房间，等着片子出结果。如果她刚才动得太厉害，还可能要重新照一遍。接着艾迪又喊把另一个抬进来，于是两个男人推进来一副长长的担架，上面盖了条被单，然后把担架升到和操作台一样高，好像那是个大盘子，里面盛着一道菜。我站在那儿，呆住了。艾迪让我出去看着乔琳娜，他用不着我帮忙摁住这位，因为他哪儿都去不了。这位已经变成一张给法医办公室拍的漂漂亮亮的照片了，艾迪说，可我还是站在那儿盯着看。也许是我太迟钝。我到那时候才明白过来，被单底下躺着的是纽特。

隔壁房间还有一副担架打算给乔琳娜用，可是她坚决不肯上去。她找了个贴在墙上的硬木座椅，坐在那儿不住地哭，念叨着：“感谢上帝，孩子在我妈家里。”念叨着：“我现在该怎么办啊？”她仍然穿着那件粉红色的上衣，那衣服松松垮垮的，不管怀没怀孕都能穿。据我所知，那时候她没有怀孕。那件衣服两个肩膀上有几处小开口，衣袖上还缀着蝴蝶结，当然，现在已经让子弹给毁了。

乔琳娜长着张大饼脸，吨位挺沉，我一直觉得她看着就是那种主动找事的人，一心想证明就算你不是个啦啦队员，也照样能过得刺激。问题在于,那样对你根本没好处。好比一个骑自行车的小孩，不用手扶不用脚踩，来来回回地从母亲身旁骑过去，喊破了嗓子想让她看你一眼，但她是不会瞧的，直到你撞上什么东西，脑袋开了花。

我和乔琳娜从来不是好姐妹什么的。她辍学的时候，比我高一两级。可是我想，如果你被枪打了，丈夫死了，随便哪个能给你一粒含可待因的泰诺的人都是你的朋友。她开始向我倾诉，全是纽特爸爸的错，他经常把纽特揍得屁滚尿流，把她揍得屁滚尿流，甚至还拿煤铲子揍婴儿。我使劲想象，纽特壮实得像头牛似的，一个半死不活的老人要怎么才能把他揍得屁滚尿流。可那时他们全家都挤在一个又窄又小的房子里，当然，老头子还什么都听不见，所以只能过那种生活。说话管不了多大用处。

我记不清自己都说了些什么，大部分都是“嗯哦”地附和，或者说些“你会好起来的”之类的话。她一个劲儿地说她不知道自己会怎么样，孩子会怎么样，哈宾老头儿会怎么样。老天爷，她把自己弄到什么地步了啊。

问这件事情也许不怎么友好，可是，有一刻，我还真的问了她：“乔琳娜，干吗找了纽特？”她一下子瘫坐在椅子上，微微摇晃着，扶着受伤的肩膀，低头看脚面。她那双眼睛好像永远睁不开似的。

但她还是回答了。“找他又怎么了，我爸从我十三岁起就管我叫荡妇，所以找他又他妈的怎么了？只不过碰巧是纽特。你应该知道是怎么回事。”

我跟她说我不知道是怎么回事，因为我没有爸爸。我还说挺庆幸是这样。她说倒也是。

处理完的时候，我觉得天应该已经黑了，好像这种事不该发生在光天化日下。其实正是大中午，半个白天还在前面等着呢，大家也都是一副努力工作、好好挣钱的样子。我去卫生间吐了两次，然后回来在显微镜下观察那些小小的接球手套，数了一遍又一遍，整整数了一下午。谁也没过来打断我。不管怎么说，对那个被抽了血的女人来说，这笔钱可是花得物超所值了。

我希望妈妈在家，这样我回去以后就可以声嘶力竭地大吼，告诉她我不想干了。可她不在。等她拎着一袋子日用品、一篮子周末要熨的衣服回来的时候，我已经差不多缓过来了。我把整件事原原本本地讲了一遍，连乔琳娜那件缀着粉红色蝴蝶结的上衣，还有那些血，也全说了，当然也说了纽特。然后我告诉她，那里最糟糕的事情我今天恐怕已经见识过了，所以，我会继续干下去。

妈妈给了我一个大大的拥抱："咪西，我从来没见过谁能比得上你。"我们没有再多说什么，可是有她在，我感觉好受多了。我们两个在厨房里走来走去，不时擦身而过，准备晚餐吃的煮青菜和煎鸡蛋，外面的天空一点一点暗了下来。妈妈不时看看我，然后静静地点点头。

关于妈妈有两件事得说说。一件是，她总对我抱着最美好的期待；另一件是，无论我做了什么事，无论我往家里带回了什么，她都会让我觉得，我刚刚在天空上挂起了月亮、点亮了满天的星星。好像我就有那么好。

我继续干那份工作。我在那里待了五年半，数了多到你无法想象的红血球。有人可能觉得我那段时间除了使劲让妈妈开心，还有时不时跟斯帕基·派克约约会，没干多少别的事。很多人都觉得斯帕基是个高档抢手货，因为他有份查煤气表的稳定工作。但是后来，我实在听厌了他老是说，他去查煤气表的时候又看见谁几乎一丝不挂地醉倒在自家后院，就和他分手了。

我有自己的盘算。上高中的那些日子，我们要是想找点乐子，只会在水塔墙面刷上“七五级”，或者在万圣节时把农民的羊拴在那儿，可是现在，我有了很多严肃的想法。在皮特曼县医院上班的那几年里，我开始能够帮妈妈分担些房租、账款，还想办法存下了几百美元。我用其中的大部分买了辆车，一辆五五年产的大众甲壳虫，没有窗玻璃，没有后座，没有启动器。不过，一旦掌握窍门，很容易就能一个人把车启动，不必找帮手。只要换只脚踩离合器，另外那条腿伸出车门蹬地就可以了。尤其是如果你把车停在了山坡上，这种启动方法特别管用。在肯塔基州的这一带，经常只有山坡可以停车。我打算有朝一日开着这辆车驶出皮特曼县，除非为了妈妈，否则永不回头。

我买了车开回家的那天，妈妈就知道我想远走高飞。她看了我一眼说：“好吧，如果你弄了辆旧车，就得知道怎么开旧车。”我想她的意思是，我得知道怎么处理各种突发状况，因为她站在路中间，抱着胳膊，看着我把四只轮子卸下来再安回去。“好啊，咪西。”她说，“你就要开着车离开这里了。我最后看见的大概就是你的屁股了。”然后她问：“如果我放了前轮的气，你怎么办？”她还真说到做到了。我说：“简单，我换备胎。”没错，这辆又老又破的车居然有一只备胎。

然后她又把一只后轮的气也放了，问我说：“现在你怎么办？”

妈妈当年和福斯特在一起、开一辆奥兹莫比尔的时候，显然碰到过这种麻烦。她要确保我有备无患。

我想了想说：“我有个自行车充气泵。我可以在里面存够气，靠着它把车开到诺曼·斯特里克的店里，在那儿打上接下来要用的气。”她抱着胳膊站在那里，一动不动。我看得出来，不管是她还是上帝或者别人，都不会替我做这件事。我闭了会儿眼，心一横，开始给那只轮胎打气。

那天妈妈没在那儿，她不会想到，在紧闭的双眼后面，我看到的全是纽特·哈宾的爸爸用慢动作飘起来、飞向空中的情景，像条鱼从水里斜着蹦出来。还有纽特，躺在那里一动不动，像条被钓上岸的鲈鱼。

开车越过皮特曼县界时，我默默对自己许了两个承诺。有一个我实现了，另一个没有。

第一个承诺是我要改个新名字。我平生还从没冲动到非做什么事不可，但那时似乎到了和过去一刀两断的时候了。我没有想好什么具体的名字，只想有个变化。我对取名这事琢磨得越深，越感觉名字不是我们真正有权挑选的东西，而是或多或少得自偶然。我决定让油箱来决定。等到汽油用尽，我就找个路牌把名字取了。

我差点就要用伊利诺伊州的荷马给自己取名了，可我强撑着开了过去。我交叉手指祈祷着穿过悉尼、萨多拉斯、蔡罗·高尔多、戴卡图尔和蓝墩，烧尽了最后一滴油，终于滑到了泰勒维尔。所以，我就叫泰勒·格里尔了。我想你可以说，选这个名字的时候，我还有一些主动权，可是其中已经有了不少由命运决定的成分，足以让我满意了。

第二个承诺，我没有兑现的那个，跟我最终落脚的地方有关。我提前看过几份地图，可是，记忆中我从来没有走出过肯塔基州（我出生在河对面俄亥俄州的辛辛那提，但那根本不算），没办法知道某个地方为什么会比其他地方更招人喜欢。我看过的只有加油站里宣传手册上的图片：田纳西宣称自己是志愿者州，密苏里自称是眼见为实州，且不管那是什么意思；每个地方好像都有许多女人站在瀑布旁边，全部顶着五十年代的大波浪卷发。这些小册子我当然从不相信，从车窗扔得远远的。毕竟，连皮特曼都入选过“肯塔基之城”，依据是什么我就不知道了。可能是得益于这里欣欣向荣的火蚁和流言吧。我明白，人们如果想自吹自擂，根本不需任何理由。

所以我对自己许诺，要一路向西，直到车子跑不动了，那里就是我要住下来的地方。可是有不少事情我没有考虑到。妈妈好好地教了我怎样对付轮胎，还教过我许多别的事情，可我对转向摇臂一无所知。我也不了解大平原。

大平原让我心中充满了绝望。我在堪萨斯州的威齐塔转向南方，心想也许可以找条路从大平原旁边绕过去，可是没找到。我所在的是俄克拉荷马州的腹地。我从没想到圆圆的地球上竟能有一大片地方如此平坦。在肯塔基，你永远不可能看得很远，因为总有山脉阻断视野，给你留下想象的余地：也许只要翻过下座山，就会有好东西出现。可是在这里，一切都平平地展在你眼前了，你看得再远，也不会有更好的东西。俄克拉荷马让我感觉，这世界上已经没有什么可指望的了。

我的小车在一大片空旷中间抛锚了，按照路标上写的，这里属于切罗基部落国的地盘。忽然之间，方向盘与车子行驶的方向脱离了关系。全靠某种我肯定还不配领受的奇迹的惠佑，我把车子摇摇摆摆地开下了高速公路，没有车毁人亡，并且找到了一个服务站。

那个搞定我车子转向摇臂问题的男人叫鲍勃·图图。他要价倒还算公道，虽然我该学会自己修理它的。那天晚上他可是满载而归，衣袋里装走了我身上差不多一半的钱。我坐在停车场里，望着眼前这片邪恶的虚无之地，从没有如此想放弃一切，挖个坑把自己埋了。可是现在又没理由这样做。我的车修好了。

其实，我该放声大笑，真的。从我出生以来，妈妈就说切罗基部落国是握在我们手里的最后一张好牌。她爷爷是纯正的切罗基人，因为年纪太大或身体太虚弱，没法长途跋涉去俄克拉荷马，是为数很少的遗落在田纳西的族人。妈妈总说："如果我们的运气彻底耗光了，总还可以去切罗基部落国生活。"她和我都拥有足够的血统。照妈妈的说法，如果你有至少八分之一的切罗基血统，他们就会接纳你。她管这个叫我们的"人头权"。

当然，如果去过那里，她就会知道，要是没有被致命武器顶着后肋，你是绝不会去那里生活的。我看明白了，把切罗基人带到这里来，为的就是让他们躺倒在地，不战而亡。妈妈告诉过我，切罗基人相信上帝生活在树上。小时候，我经常爬树，一直爬到自己能到达的最高处，不到吃晚饭绝不下来。"因为你流着印第安人的血，"妈妈说，"你想看到上帝。"

举目望去，整个俄克拉荷马州没有一棵树。

太阳迅速移向笔直的地平线。接下来的十二个小时，除了从眼前闪过的车灯，什么都不会有。我急着离开这片大平原。有了鲍勃·

图图的跨接电线，我的发动机正好好地运转着，我想趁热打铁，免得浪费了这个好兆头。可是我已经很累了，如果不喝杯咖啡、吃点什么，就根本没力气再开一个晚上的车。我穿过一大片泥地，一边是家汽车修理站，另一边是座四四方方的小房子，窗户上挂着百威啤酒的霓虹灯招牌。

我绕到那座房子前面停下时，一群小男孩涌到我的车旁边，就像一群蜜蜂落在大熊身上。

“洗洗车窗吧，小姐。”他们说，“全洗只要一美元。”

“我的车窗没有玻璃。”我向后靠了靠，把手从侧窗洞里伸出去给他们看。“瞧，这车只有前面的挡风玻璃。幸亏是这样，因为我也没钱。”

男孩们围着小车绕圈儿，把手伸进每个窗户洞，试了又试。我仔细想了想要不要把东西扔在车里，去饭馆吃顿饭。那些东西都不值得一偷，可是话说回来，它们就是我的全部家当了。

我问他们：“你们这些小孩就住在附近吗？”

他们互相看了看。“对，”其中一个回答说，“他也住在附近，他是我哥哥。他们两个远。”

“你们听说过什么叫‘过目不忘’吗？”

大的那个点点头。别的几个都默默看着。

“好吧，我就是这样。”我说，“就像照相机。我刚刚在脑子里拍了一张相片，你们的模样全都在里面，所以可别从我的车里拿东西，知道了吗？随便拿出一件，你们就会为这个进去的。”

几个孩子从车旁退开，手在衣服侧面搓着，好像要擦掉已经在想象中抓到手上的东西的痕迹。

吹过凉爽的夜风，酒吧里燥热的空气迎面扑来，仿佛可以在里面游泳。门边摆着一个明信片架。有几张明信片上面是印第安人，姿势各异，但都不太自然；其余的都是从空中俯拍的奥罗尔·罗伯茨大学[①]景观，显然这所大学就在附近——虽说如此，它应该还在两百英里开外，否则我肯定已经能从停车场看到它了。

我取了一张印着两个印第安女人的明信片，一个老点儿，一个年轻些，也漂亮，两人并排站在一台磨玉米的什么东西旁边。我经常好奇我身上哪八分之一是出自切罗基血统，从这张照片里我能够看出点门道了。长长的直发，纤细的腕骨。年轻的那位穿着我喜欢的两种颜色：青绿和鲜红。我要把这张明信片寄给妈妈，写上："看，我们。"

我坐在吧台边，给了吧台后那个男的一毛钱，买下那张明信片。他拿着咖啡壶冲我指了指，我点点头，于是他给我满上杯子。留声机里放着肯尼·罗杰斯的歌，吧台后面的电视开着，但是关了声音。播放的是给奥罗尔·罗伯茨大学拍的或这所大学拍给别人看的节目，我照着明信片认出了那个地方。有个男人频频出现在屏幕上，双手干干净净、胖乎乎的，像啄木鸟似的只在头顶留了一撮头发。他说啊说，说个不停，但就是没声音。我想这就是奥罗尔·罗伯茨本人了。但是当然了，我也没法肯定。不时有一条蓝色文字从屏幕下方滚动过去。有时会给出一个电话号码，有时只有"赞美上帝"几个字。我给妈妈写明信片。"爷爷的决定非常英明。"我告诉她，"无意冒犯，说真的，切罗基部落国烂透了。继续向西。爱你，M[②]。"落款直接

①位于俄克拉荷马州塔尔萨市，创始人格兰维尔·奥罗尔·罗伯茨是美国著名的福音传道者。

②玛丽埃塔（Marietta）和咪西（Missy）的首字母。

签上“泰勒”好像还不合适。

现在这里没什么客人了，除了吧台边上的两个男人，一个白人，一个印第安人。两人都戴着牛仔帽。我心想，大概现在印第安人也能做牛仔了，虽然反过来大概还不行。那个印第安男人戴一顶棕色帽子，那张英俊的棕色面孔让我想起鹰，虽然我并没有真正见过鹰。他的年龄介于年轻和不那么年轻之间。我试着想象自己的曾外祖父长着那样的鼻子、那样光滑的下巴。另外那个戴灰色帽子的男子显得脾气很坏。能看出他是那种喜欢找麻烦的人。他们喝着啤酒，看着无声电视机里的奥罗尔，隔好久才压低声音说点什么。他们可能刚进来喝了一两杯，也没准儿从太阳出来的时候就喝上了——有些人要是没喝到烂醉，你根本看不出他们喝了多少。我回想着那天日出时自己在哪儿。是在密苏里州的圣路易斯，那里有巨大的麦当劳标志高高耸立在城市上空。[①]可是好像又不大可能。那仿佛是很久以前的事了。

“你们这里有一美元以内的吃的吗？”我问吧台后面的老人。他抱起胳膊看了我半天，好像以前从来没人这么问过他一样。

“番茄酱，”那个戴灰帽子的牛仔说，“厄尔会给你来上一丁点儿番茄酱。对吧，厄尔？”他把番茄酱瓶子使劲从吧台上推过来，撞到了我的杯子，大约五分钱的咖啡洒了出来。

“你以为被撞着是开玩笑吗？”我质问道，把那只瓶子推了回去，直直撞到他的啤酒杯上，可是啤酒没有洒出来。他看了看我，然后回头看起了电视，好像我不值得他上心纠缠。我怒不可遏，真想骂

①指圣路易斯拱门，是世界上最高的拱形建筑。

他个狗血淋头。

“他没什么别的意思，小姐，”厄尔说，“他只是有些上火。我可以给你个九毛九的汉堡。”

“好。”我对厄尔说。

等那只汉堡等了十几分钟。我使劲猜屏幕上那个手胖胖的男人到底在说什么，好让自己保持清醒。厄尔的地盘该彻底擦洗一番了。透过敞开的门，我能看到里面的厨房，炉灶后面有一层黑乎乎的油污，看上去仿佛从人类诞生起就积在那里了。空气闷热又污浊，每口气要吸上两遍，才能从中榨出一丝氧气。咖啡完全没法帮我保持清醒。就在我打算到外面呼吸点儿新鲜空气的时候，汉堡终于来了。

这时我才看到，酒吧里还有个女人，坐在更里面些的一张桌子旁边。这个女人长得圆滚滚的，不是特别老，身上裹着条毛毯。不是印第安人做的那种毯子，而是一条普通的粉红色羊毛毯，用丝带绲边，像极了我和妈妈在家里用的那条。她的头发梳成两条细细的、死气沉沉的辫子，披在肩膀上。她没吃东西，也没有喝什么，只是频频瞥向那两个男人，也许只是其中一个吧，我分辨不出来。她看那两个男人的眼神让我感觉，如果我知道些内情，准会被吓到。

厄尔的九毛九汉堡多少让我恢复了点儿生气，虽然我仍然感觉脑袋里塞满了救生圈里填的那种毛蓬蓬、白花花的玩意儿。我想象着自己走出门外，一下子被风吹得散了架。我会飘在平坦、黑暗的大平原上空，像乳草荚里飞出的银色绒毛团。

为了驱散这种感觉，我读遍了墙上的标语：他们不能解雇我，必须把奴隶卖掉，遇火灾请大声呼叫。电视里不断地出现“赞美上帝，

1－800－上帝[①]。”我努力让自己的注意力集中在某一处，即便那里没什么可关注的。然后我走到了门外。空气凉爽，我大口大口地吸着气，呼吸得太急，晕眩起来。我坐下来手握着方向盘，待了片刻，试图调整好状态，彻夜行驶，穿越俄克拉荷马州。

有人轻轻敲了敲挡风玻璃，吓了我一跳。是那个裹着毛毯的圆滚滚的女人。

“不用，谢谢。”我说。我以为她想洗挡风玻璃。可她却绕到侧面打开车门。“你要搭车吗？”我问她。

她的身体、脸蛋、眼睛，全都是圆的。你都能沿着一毛钱硬币、两毛五分硬币和罐头盖子，给她画出一幅肖像。她敞开毛毯，拿出一件活物来。是个孩子。那孩子被毯子裹了一层又一层，成了个只露出脑袋的包裹。她把这个包裹放在我的车座上。

“带上这个婴儿吧。”她说。

严格地说，这已经不算是个婴儿了。可能已经大到会走路了，不过还没有大到不方便抱着的程度。介于婴儿和儿童之间。

“你想让我带这孩子去什么地方？”

她回头望了眼酒吧，然后又盯着我。“带着就是了。”

我等了一会儿，心想我的脑子很快就会清晰起来，我会明白她是什么意思。可是没有。那孩子长着同样圆溜溜的眼睛。四只眼睛浮在黑暗中，浮在我眼前，等待着。百威招牌明明灭灭，投出一道微弱的光，把两人的眼白映照成橘黄色。

“是你的孩子吗？”

---

①原文为 1-800-THE-LORD，是用字母代替数字、方便记忆的一种电话号码宣传方式。对应数字 1-800-843-5673。

她摇摇头。“是我姐姐的，她死了。”

“你是说，你想把这孩子给我？”

“是。”

“如果我想要孩子，就待在肯塔基了。”我告诉她，“到现在我恐怕从耳朵里都生出好多孩子了。”

一个男人从酒吧里走出来。我停车的地方到门口还有段距离，看不清楚他戴的是灰色还是棕色帽子。他钻进一辆皮卡，可是并没有点火发动，也没有打开车灯。

“酒吧里那个男人是你丈夫吗？”我问她。

“不要回那间酒吧去了。我不想说为什么，别去就是了。”

“听着，”我说，“就算你是心甘情愿，也不能随便给人塞个孩子啊。你得办个手续什么的。连买车都有手续，证明车不是你偷来的。”

“这孩子没办过手续。没人知道他活着，也没人在意。至少警察什么的都不知道他。这孩子是在一辆普利茅斯上出生的。”

“好吧，又不是今天早晨才生出来的，”我说，“不管是在普利茅斯上还是哪儿，这孩子已经这么大了，肯定会惹人注意。”我隐隐觉得自己一直没反驳到点子上，这场讨论会无果而终。

她把手放在毛毯上大约是孩子肩膀的地方，轻轻地把孩子推回座位上，试图让他自然地待在那里。她盯着孩子看了很长时间，然后关上门，走了。

我看着她心想，她其实并不圆。没有了这个孩子和毛毯，从我的车边离开时，她其实是个很瘦削的女人。

我握着方向盘，把指甲抠进手掌，指望疼痛会迫使我头脑清醒起来，想到该怎么办。我还在思考的时候，看见那个女人钻进皮卡，接着，车开走了，车灯一直没有亮。我不知道是他们故意的，还是那车压根就没有车头灯。“赞美上帝，”我说，“至少我的车头灯还在。”

我想：我可以把这个印第安孩子带回酒吧，交给厄尔或者另外那个男人。要不索性就把孩子放在搁着盐和胡椒的吧台上，离开这个鬼地方。再不然，我先去找个地方睡一觉，早上就会想出办法来。

我正犹豫不决的时候，酒吧的灯全都关了。百威招牌闪了闪，熄灭了，再也没亮起来。另一辆皮卡在满地砂石的停车场上绕了一圈，朝高速路驶去。

我使出了全身力气想把车推着发动起来。当然，在俄克拉荷马，没有小山坡可以停车。“操，真他妈的操蛋！”我推了又推，跳上车踩住离合器，再跳下来往前推几步。我看见那孩子的一双大眼睛在黑暗中盯着我。

“这事儿没你想的那么蠢，”我说，“要是在肯塔基就容易多了。”

我的车没法记录里程，不过我觉得我们离下一座镇子至少还有五十英里远。没有窗玻璃，车里越来越冷，那个可怜的小家伙大概要冻僵了吧，却一声都没吭。

“你会说话吗？”我问。也许小家伙讲的不是英语。“今天晚上我可该拿你怎么办啊？”我说，“你吃什么？”

开阔平坦的地方比丘陵安静得多。高速路上车辆的声音好像在旷野上方径直被吸走了。田野里空空荡荡，连个筒仓都没有，声音不受阻挡，绵绵不断地冲入夜色之中。我开始怀疑，如果我张开嘴巴，也不会发出一点声音。我低声自语，好让耳朵里不那么空荡。这个时候，我愿意掏出最后一点钱换一台收音机，我甚至愿意听听奥罗尔·罗伯茨都讲了什么话。为了保持清醒，我对着那个不声不响的可怜孩子说话，虽然每开过一英里我都会感觉困意少了些，注意力更集中些，也越来越意识到自己正在做的事情太奇怪了。

我们经过一个路牌，上面标着到拓荒妇女博物馆的距离。太好了，我心想，我们总算是往什么地方去了。

“你是女孩还是男孩啊？”我问那孩子。他剪了个西瓜头，就像你在照片里看到的中国孩子的模样。那孩子一声不吭。我想我早晚会知道的。

过了会儿，我开始怀疑这孩子是不是已经死了。也许那女人弄了个死孩子，惨遭毒手或者什么的，然后放在我车里。我带着个死孩子赶路，还跟死孩子说着话。我想起来在高中语文课上读过一篇文章，讲的是一个女人和她死掉的丈夫同床共枕了四十年。情节设定跟《惊魂记》里的那个男人和他母亲的情况差不多，只不过《惊魂记》里的诺曼·贝茨是个动物标本剥制师，知道如何保存母亲的尸体，没让她整个腐烂掉。有些印第安人也知道如何保存尸体。我看过不少在西部发现印第安木乃伊的故事。人们常在山洞里发现这些东西。我安慰自己要镇定。我回想起那女人把孩子放到座位上的时候，孩子还睁着眼睛。可是，就算眼睛睁着又说明什么呢？他眨眼了吗？带着一个印第安死孩子穿越州界会遭什么惩罚啊？

过了一会儿，我闻到了一股湿羊毛的气味儿。“仁慈的上帝啊，”我说，“我猜你还是活着的。”

本来我计划在车里睡觉的，可是我的计划自然没将一个尿湿了的、冻得冰凉的孩子考虑在内。“我们现在真碰上麻烦了，你知道吗？”我说，“再路过一个电话亭，我就要去给 1－800－上帝打电话。”

再看到电话亭的时候，我们已经在野马汽车旅馆外面了。我把车慢慢开过去，看了看那地方，可是大堂里的家伙看上去不太靠谱。

附近有三四家汽车旅馆，整整齐齐排了一排。从高速路上看过去，玻璃外立面的大堂像一个个闪闪发光的电视机屏幕。有些大堂里看不见一个人影儿。断箭汽车旅馆里有个灰头发的女人。就是它了。

我在霓虹灯招牌底下停住车。招牌上，一支粉红色的箭反反复复地断开又接上。我走进大堂。

“您好，”我对那位女士说，“今晚天气不错，就是有点冷。”

她比我从门外看到的更老些，双手从柜台上抬起来的时候颤个不停。她一直微微摇着头，好像在努力向我身后的什么人暗暗打着“不”的信号。

其实那不是暗号，只不过是她上了年纪。她露出微笑：“冬天快到了。”

“没错，夫人，是快到了。”

“你是远处来的？”

“太远了。”我说，“这地方真不错。让人眼前一亮。这里归您管吗？”

“归我儿子，”她说，脑袋轻轻摇晃不停，“我晚上才过来。”

“您这里是家庭经营？”

“有点像吧。大部分清理还有其他的活儿由我儿媳和我来做，我儿子负责经营上的事。他在蓬卡城那边的肉联厂上班。这里的店相当于副业。”

“您估摸今天晚上住满了吗？”

她大笑起来。“天哪，宝贝，自杜鲁门总统以来，这地方就从来没住满过。”她慢慢地翻着那本大大的登记簿。

“杜鲁门总统在这里住过？”

她抬头看着我，眼睛在厚厚的镜片后面漂浮着，好像两只巨大的蝌蚪。“没有，宝贝，我想没有吧。如果有这么一件事，我会记得的。”

“您看着是一位非常好的人，”我说，“所以，我也就不遮遮掩掩了。我遇上了个大麻烦。我实在付不起房费，如果不是外面车里还有个孩子，我绝不会来打扰您。可那孩子尿湿了，外面又那么冷，如果我不找个暖和的地方让他睡上觉，他可能感染上肺炎。”

她朝车子望了望，一直在摇头，当然，我分不清那是什么意思。她说：“嗯，宝贝，我不知道行不行。”

“您让我做什么都行，清理的活儿我自己来。明天早上，我把这里的所有床单都换了。或者您想让我干别的事，都没问题。我只住一个晚上。”

“嗯，”她说，“我不知道行不行。”

“我先去把孩子抱过来。”我说，“但愿您别介意，趁您做决定的工夫，我先把那可怜的孩子抱过来暖和暖和。”

那孩子抓住人不放的样子太奇妙了。我从湿漉漉的毛毯小窝里抱起他的刹那，他就用那双小手把自己吸附到了我身上，就像树根紧贴干燥的土壤。我觉得把我跟自己的头发分离都比跟这孩子分开容易。

这可能是件好事。我累坏了，而且当然还没养成习惯随时惦记着刚才把孩子放在哪儿了。当我手忙脚乱地搞定车子，把行李搬到断箭旅馆最里面的那个小房间的时候，如果那孩子没有紧紧贴在我身上，我可能就把他弄丢了。最后，我就这样带着孩子来来回回地走了好几趟。“就像在医院送样本，”我在心里对自己说，“你得注意它们的动向。”看来带着血和尿跑来跑去是我人生的定数。

进屋以后，我把毛毯在一把椅子上铺开晾起来，又在浴缸里放了几英寸深的热水。“第一件事，”我说，“先给你洗个澡。剩下的明天早上再说。”我想起那次发现了只小狗，想自己养它，可妈妈让我先以每字一毛五分钱的价格在报上登个告示。“如果丢小狗的人是你呢？”她说，“想想你该有多希望它能回到你身边。”那个告示我是这样写的：“发现小狗，棕斑点，近弗洛伊德磨坊街。”我痛恨弗洛伊德磨坊街足足有七个字，花了我一块零五分。

我心想，为了让这个孩子回到家人身边，花一百〇五块我也愿意。可是如果有人丢了个印第安孩子，你得登个什么样的告示呢？

这孩子身上穿的所有衣服都太大，袖口卷了上去，衬衫下摆在身上系了起来，什么都湿得像泥靴，也像泥靴一样难脱下来。这孩子手臂内侧有一块我拇指两倍大的瘀青。我把湿淋淋的衬衫扔进水池里泡着，孩子的小手始终抓住我的手指不放。“你这小家伙，”我说，晃着我的手指和那只小拳头，“就像一只小乌龟。如果乌龟咬住你，除非天上打雷，否则它是不会松口的。”我刚把那双像钳子般紧抓不放的手从我的手指上松开，它们就又抓住了我的衬衫袖子和头发。给孩子脱下短裤和尿布的时候，我发现他身上还有更多瘀青。

有瘀青，还有更严重的伤。

这个印第安小家伙是个女孩。女孩，可怜的家伙。这个事实已经给她短暂的人生加上了某种我无法想象的痛苦负担。我以为人对人干的那些丑事我件件都看到过，却从来没想过竟有人能对一个小女孩干出这种事来。她安静地坐在浴缸里看着我。我只祈愿她的脊背已经长得足够结实，不要倒下去淹死在浴缸里，因为我不得不放开她。我蹲在马桶旁边的地上，尽量忍住别吐了。地板上铺着油毡，图案像是嵌在泥灰里的橡皮砖块。从来没有任何东西，连我看见纽特·哈宾那次都不算，能让我产生如此反胃的感觉。

那孩子像只青蛙似的蹲在水里，搅起哗啦哗啦的水花。她的手指在水面上扭着拍着，无疑是想抓住什么东西。“过来。”我说，递给她一条浴巾，浴巾边上用擦洗不掉的神奇记号笔写着“断箭”。她搂住浴巾笑了。我向上帝发誓，她笑了。

洗净擦干后，我用一件T恤裹住她放在床上，那件T恤是有一年夏天妈妈的什么熟人从肯塔基湖带来送给我的。穿我身上正合身，上面写着几个字：我他妈挺好。我像个模特似的瘦削、平胸，穿着那件T恤总是显得很有光彩，如果我可以这么说自己的话。T恤底子是青绿色，上面印着红色的字母，穿在这孩子身上，可以一直盖过她的膝盖。“这些颜色很好看，”我说，试图把T恤从她困得直点头的脑袋上套进去，“这是印第安色。”终于，她握着拳的双手张开了，放松了。她睡着了。

我取出从家里带来的包在蜡纸里的邮票，在其中一张背面舔了舔，把它贴在我从切罗基部落国买来的纪念明信片上。我在明信片底下加了几句话：

“我找到了自己的人头权，妈妈。正在与我同行。”

## Chapter 02

# 过年猪

露安·鲁伊斯生活在图森，但她仍然自认是个肯塔基人，只是离家很远而已。“鲁伊斯”是她随丈夫安赫尔得到的外国姓。现在看来，这是丈夫唯一还留在她这里的东西了。他在万圣节那天离开了。

三年前的圣诞节，安赫尔驾驶皮卡时遭遇了一场严重车祸。那场车祸给他留下了一条小腿假肢，以及一些难以确凿指明的东西。露安总觉得安赫尔其实不喜欢她，乃至根本不喜欢任何人。他经常因为不可掌控的事情而破口大骂。现在露安怀着第一个孩子，预产期在两个月之后。她比什么都希望孩子千万不要在圣诞节那天出生。

她以前就想到过，自己和安赫尔不在一起的时间加起来，甚至比她的孕期还要长，但她也没有因此去做些什么。这就是露安的方式。她希望离婚能像怀孕那样自然而然地演变，最终，他们自会达成某种协议，用不着去讨论它。离婚这件事却没能如她所愿。

当她开始晚上在床上背对安赫尔、早上默默地起来给他做鸡蛋的时候，安赫尔对此好像接受了。也许安赫尔觉得她是因为担心肚子里的孩子。但是后来，当争执再起的时候，浸透其中的绝望是露安从未体验过的。这些争执让她感觉自己全身的骨头跟橡皮娃娃一样软绵绵的，仿佛她的身体可以扭曲、固定成各种形状。她坐在餐桌边，手指在富美家仿木桌面的人工树疤上游移着；安赫尔则走来走去，指责她嫌他不够好。他罗列出一长串名字，大多是他的朋友，她都不太记得起和他们见过面。他质问她是不是跟他们睡过觉，是不是想跟他们睡觉。安赫尔跛脚的痕迹非常轻微，不仔细看几乎注意不到，不过他每走一步，都会发出非常细微的叮当声。如果他别那么自负，把它拿到义肢商店去修理的话，那声音也许是能够调整好的。无论他说话的声音抬得有多高，露安都能听到他的假肢叮当作响。她始终想不出能够说些什么来打断这些话，只能听任他指责个没完没了。几年前，有一次，她对安赫尔怒不可遏，扔了一包大香肠砸到他身上。两人都大笑起来，不吵了。但是现在，她连站起来打开冰箱门的力气都没有了。

最后，安赫尔说这全是因为他的腿坏了。无论露安说什么，他一概不听。露安多少已经放弃了交流。晚上，她仰面躺在床上，感觉压迫着脊背、让她疼痛不已的，是沉重的内疚，而不是她怀着的孩子。

露安还记得，就在车祸发生两周半后，她推着安赫尔走过医院洁白的走廊，接他回家。她感觉既充实又自豪：自己在世上所爱的一切都在那把轮椅里。她差点就失去了安赫尔，这使他更显得珍贵。有个医生说可能是安赫尔的靴子救了他的命，她都想去亲吻那只靴子，虽然在一片混乱中，没人知道那只靴子最后到哪儿去了。当卡车在图森市西边的 86 号高速路上打着转掉进路旁的灌溉渠时，那只靴子卡在了门框上，使得他被卡车拖行了几百码远。卡车奇迹般地没受什么损坏。驾驶室里有一瓶占边酒，瓶子居然都没有碎掉。由于身体扭曲、遭到拖扯，他丢了一条腿。可医生说，车速那样快，他要是从车里摔出去，瞬间就会没命。露安心中掠过一个念头：医生会这样说，大概是因为安赫尔为失去一条腿懊恼不已。但她随即决定，还是相信医生的解释更好。

安赫尔回家后，为了陪着他，露安放弃了在三熊走读中学的兼职，坚持说在他能回灌装厂工作之前，靠他的残疾津贴，他们能过得很好。接下来的好几个星期，她在床上跟安赫尔玩金拉米纸牌游戏，跑到李星市场去买他想要的东西。她喜欢听安赫尔说出一个个牌子的名称，比如史密斯太太牌布丁蛋糕，或者男厨牌牛肉通心粉。她没想到安赫尔还曾留意过啤酒以外的很多东西也有不同的牌子。那是他们一起度过的最美好的时光。

露安从来没有反感过截肢。断口长好以后，露安可以毫不在意地触摸它，安赫尔自己则绝不愿意触碰。那东西显得很光滑、很柔弱，让她联想到阴茎，她老觉得那是男人身上一个不太协调的东西。他刚刚装上假肢的时候，露安对假肢是怎样和腿接上的很是着迷，又过了一阵儿，就完全不在意它了。那只不过是每天夜里那只叫雪地靴的小猫蜷在她身边的地板上时，躺在他那边地板上的一件东西而已。安赫尔花了些时间才适应了那条新腿，可是长远来看，除了再也不能穿牛仔靴以外，这条假腿对他的生活影响甚微。不知怎么，假肢的脚腕不够灵活，穿不进靴子里。除此以外，露安看不出那场车祸究竟为什么要改变他的生活。毕竟他不做牛仔已经有好多年了。

安赫尔是星期五离开的，那时他已经回去上班很久了。他可能没想过那天是万圣节，只不过因为那天发工资而已。露安则当然没有想着这些，因为她丝毫不知道，那就是丈夫决定离开自己的日子。

那天，露安正在佩里诺夫斯基大夫的候诊室里等着做怀孕七个月的检查。她的大腿上，或者说她大腿从肚子下面露出来的那一截上，摊着一本杂志，可她一直盯着墙上一幅巨大的日历，全年的日期都一目了然。一想到孩子的出生日期，她就焦虑不已。出了那场车祸以后，自然，每年的圣诞节都很难熬，他们现在已经彻底不过这个节日了。但如果孩子生在那天，就会年复一年地勾起往事。何况她还在《麦考尔》杂志上看到过，圣诞节出生的孩子常常会觉得没办法拥有一个只属于自己的特殊日子。但露安又想到，如果在圣诞节后、大家都已经庆祝累了的时候出生，可能更糟糕。她决定咨询一下医生，有什么办法能确保在圣诞节前生下这个孩子，虽然她心里清楚，那是不可能的。

佩里诺夫斯基大夫的护士们好像很喜欢他，都管他叫“P大夫”。露安心想这听着像是一种挖苦，因为他是个妇产科大夫，而妇产科的事情总是从尿液妊娠检查开始的。[①] 听到护士在对讲机里喊“P大夫，P大夫”的时候，她都要强忍着才不会放声大笑。

一个有着看似脆硬的白发、穿着淡紫色裤装的护士走出来，喊了声露安的名字。她管露安叫安杰尔·鲁伊斯太太。那些英国裔的人读错自己的名字时，安赫尔经常纠正他们。“安赫尔！”他会

①佩里诺夫斯基的英文拼写为Pelinowsky，“P大夫”的“P”与尿液的英文“Pee”发音相似，好像在说“尿大夫”。

说，“我可不是他妈的棒球队！[①]”但露安很少纠正任何人的任何说法。她母亲劳甘太太既念不准安赫尔的名字，也念不准他的姓，总把他叫成“驴子”什么的。她当初就不同意露安嫁给安赫尔，但理由很成问题。她不喜欢安赫尔，就因为他是个墨西哥人。这一点对露安来说根本无关紧要。她试图向母亲解释，在图森，墨西哥人有很多，大家并不觉得他们是外族人。他们当医生、做银行职员、上电视，甚至还自己开旅馆。“随便哪天，你都能在某家黑安古斯牛排屋看到他们。”她对母亲说。劳甘太太住在肯塔基东部，从来没见过墨西哥人。她觉得这些都是露安编的。

做检查的时候，佩里诺夫斯基大夫又警告她体重增得太猛了。起先，大夫以为她怀了双胞胎，但现在已经确定了这只是露安加上一个婴儿的分量。这次他警告得更严厉了。根据诊室挂图上的标准，露安怀孕前的体重实际上是过轻的，她无法想象等这事过去后她的样子会有所变化。可她也承认，婴儿闹得她老想吃东西。她告诉佩里诺夫斯基大夫，要是你整天都在厨房里给某个人做饭，想节食是很难的。他让露安说服丈夫也节食。自然是当玩笑说的。

露安离开的时候，护士给了她一本英语和西班牙语的双语小册子。她有点想再要一份，寄给母亲。四年过去了，露安仍然感觉有必要证明自己关于墨西哥人的观点，所以每当他们当中有人被提拔成副总裁，以及发生诸如此类的事，她就给母亲寄些新闻剪报。不过，露安觉得这本小册子不能归到那一类里去。毫无疑问，妈妈已经确信墨西哥人也能像别人一样生孩子。而且她还对露安说过，据她所

① “Angel”西班牙语读作“安赫尔”，英语读作“安杰尔”。“棒球队”指洛杉矶天使队（Los Angeles Angels）。

知，墨西哥人生得太多了，他们想像天主教徒那样占领这个世界。

露安还没有告诉她，孩子出生以后，她打算做天主教洗礼。这主要是为安赫尔的母亲着想，她一直嚷嚷着自己快要死了，原因五花八门。她会讲的英语单词全都是各种疾病的名字。露安选定教派，纯粹是出于现实原因：既然祖母、外祖母中总会有一位大发雷霆，那最好是一千八百英里之外的那位，而不是就住在镇子对面的这个。

等公交车的时候，露安翻了翻那本小册子。像她以前收到的宣传材料一样，这本小册子的封面图片是一位母亲抱着婴儿。封面上的女人有时是白人，有时是墨西哥人，有时是黑人，她们用各种姿势搂抱着婴儿，可是封面上从来没有出现过孕妇。露安很纳闷，因为这些小册子都跟孕期护理有关。

在车上，露安想通了，肯定是因为编写这些小册子的都是男人。照她看来，男人们都更喜欢母亲和孩子，而不太喜欢怀孕女人的样子。她对这点很有把握。比如，在公共汽车上，就有几个男人起身给她让过座，可是视线都避开她。那几个高中男生都屏住呼吸不说话，公交车忽然停住和拐弯的时候，也尽量躲着不要贴到她身上。能在拥挤的公交车上这样放松，对露安来说倒是一种全新的体验。她想，在某种意义上，当一辈子的孕妇也不是那么坏。

露安看着街边的房子和电线杆迅速远去。有些电线杆上贴着塔妮亚·玛利亚的海报，她穿着宽松的套头衫和一双细高跟鞋，身体微微前倾。她是个歌手，头发浓密得足够两个人用。其他电线杆上贴着黑乎乎的招贴画，上面的文字看起来像是从报纸上剪下来的，好似侦探小说里的勒索信，但其实都是“音频迷乱”“无用骚动”“肉木偶”之类乐队的广告。露安想，也许可以给自己的宝贝取名叫塔妮亚·玛利亚。安赫尔可能会提议叫肉木偶。这就是他所认为的幽默感。

在公交车上，没有人推搡她，也没有人碰她，太开心了。她任思绪离开自己奇怪而庞然的躯体，飘到很远的地方。她九岁的时候，祖父奥姆斯比给过她一把折刀，并且对她说，安全起见，用这把刀的时候，要记得在自己周围画一道魔圈。有时她坐在后院里，在地上画一道圆圈，谁也不许进来，然后坐在那儿，一小时接一小时地用折刀切厚厚的棕色肥皂块。那把折刀现在早已不见了，但又有类似魔圈的东西萦绕在她周围了。

露安在罗斯福公园站下了车，那里距公园还有半个街区远。坐落于宽阔街角的那片低矮的房子是个叫“耶稣就是上帝”的二手轮胎店。这个名字你绝不会搞错，它就用巨大、潦草的蓝色字迹写在大门上方，每个字之间都插入一个句号：耶。稣。就。是。上。帝。二。手。轮。胎。在那栋瓦楞铁皮板房的侧面，有一幅巨大的耶稣画像。耶稣张开双手，一道道黄色光芒从头顶散射出来。画面上还有一只白壁轮胎，可能是后来才想到加上去的，和上帝没什么关联，可它正好悬在耶稣左手下方的半空中，像一颗巨大的悠悠球。耶稣好像马上就要玩起“单脚绕球”或者别的花式足球的招数了。

铺过砖的街角尽头，凡士通和米其林轮胎头重脚轻、参差不齐地摞起来，在“耶稣就是上帝”和旁边那家叫“范妮天堂”的夜总会兼色情用品店中间隔出一道墙。那个地方你也不会搞错。正门两侧各有一扇窗户，玻璃都涂成了白色，上面刷着招摇的大字，一侧是“女孩女孩女孩”，另一侧是“全裸”。正门上画着一个真人大小的女人，一头红色长发，穿着豹纹比基尼。各式各样的公共艺术在这个街区很流行。

露安几乎每天都要经过这两座房子。“耶稣就是上帝”这家店有某种肯塔基州的气质，她总想问问这里的人是不是她的同乡（她要有这个勇气就好了）。至于“范妮天堂”，她尽量视而不见。门上那幅画有种天真稚拙的味道，好像那位豹纹比基尼女郎是出自某个学童之手，可她摆成那样的姿势，又像出自精心设计：一按门把手，就会扎进她的裤裆里去。每次经过这扇门，露安都不寒而栗，但她努力不去多想。

她转过街角，顺路在李星市场买了些日用品，这家店正好在她和安赫尔住的地方正对面，中间隔着公园。那份健康饮食手册上推荐的绝大多数食物她都买了，可是有些，比如酸奶，实在太贵了。她又买了一袋马卡龙，那是安赫尔最喜欢吃的东西。

收银台后的那个中国女人就是李星。她和母亲住在店铺后面，据说她母亲已经一百多岁了。李星告诉露安，她怀的肯定是个女孩。“位置很高，在这儿。”李星用瘦得皮包骨的拳头点着肚子上方。露安每次来，她都要这样说一遍。

“怎么都挺好。”露安说，虽然她忍不住有些好奇李星说的是不是真的。

李星一边敲打收银机，一边摇摇头，嘴里咕哝着什么，露安听着像是“过年猪”。

“对不起，你说什么？”露安有点怕李星，她经常像这样冒出一句古怪的话。

“养活女孩子，就好像给邻居家喂了一头过年猪。费了那么多功夫，到头来全给了别人家。”

这句话露安听着十分刺耳，但也无言以对。她离自己在肯塔基的家确实太远了，可她不觉得这全是自己的错。而且，她哥哥也没有离家更近些。他北上到阿拉斯加输油管道公司工作，和一个加拿大驯狗员结了婚。他们生了四个女儿，都取了爱斯基摩人的名字，听起来像是奇努克、维纳贝格[1]什么的，露安根本捋不清。

天快黑了。露安匆匆穿过公园，绕开一片老旧的木篱笆墙，几个游荡的人正往那里聚集。像往常一样，她极力集中精神，不让自己害怕。安赫尔曾告诉她，有些人像狗一样，能嗅出恐惧的气味。

露安回到家里，看出安赫尔下班后回过家又走了，而且是一去不返。起初她迷惑不解，以为家里被抢了，但她逐渐看出被拿走的东西有某种规律。她拎着购物袋在屋子里转了一圈，观察着这栋空了一半的房子。一起过了四年，除了衣服，她已经很难挑出家里哪些东西是清清楚楚地属于自己的，哪些又是他的。被一种奇怪的心态驱使着，她入神地寻找到底哪些东西被安赫尔视为己有。她觉得，比起四年的婚姻，这些选择更能揭示安赫尔的个性。

安赫尔留下了所有的被单和毯子，屋子里的小摆件，还有全部厨房用品，但是拿走了三个成套的啤酒杯。他从书架上带走了几本旧杂志和平装侦探小说。比起想念那几本书，让露安更难过的是书被取走后留下的丑陋空洞，就像掉了牙齿的缺口，两边的书都倒下来挤在那儿。

卧室里，安赫尔在一九七八年的一次牛仔竞技大赛上拍的照

①奇努克（Chinook）和维纳贝格（Winnebago）是美国印第安部落的名字。

片不见了。安赫尔坐在一头叫 S.O.B. 的公牛背上，那是牛仔竞技大赛史上最暴烈的公牛。一九七八年一整年间，只有一位骑手在 S.O.B. 的背上待到了八秒钟。那个人不是安赫尔。拍这张照片的时候，那头公牛被注射了 PCP[①]，正昏昏沉沉。在这一行里，PCP 比地上的土还普通。牛仔们驱赶公牛和马匹的时候，就给它们注射这种药物来麻醉。安赫尔在牛仔竞技大赛上的名字叫达斯蒂，就是“天使尘”[②]的昵称。

他还拿走了一条干净的毛巾、唯一一管牙膏，以及那台电视机。

露安忘了那天是万圣节。一帮孩子出现在门口的时候，她茫然不知所措。他们黑洞洞的眼珠透过鲜艳的塑料面具上的小孔向她窥探时，露安吓坏了。她知道这都是些自己见过无数次的邻居小孩，可是他们穿上万圣节的装扮以后，她搞不清楚究竟谁是谁了。她跟孩子们聊了一会儿，试图猜出哪个是男孩，哪个是女孩，让自己镇定下来。扮成公主、绿脸女巫、弗兰肯斯坦和绿巨人的几个孩子她猜对了，但她猜错了扮成 E.T. 的那个。

露安这才想起自己为什么去李星市场。她一颗糖果也没有。她想给孩子们发些水果或者马卡龙，但又想到这只会白白浪费。他们的母亲可能会把袋子彻底检查一番，扔出这种零散的东西，因为害怕里面有氰化物或刀片。电视上说，不管给什么食物，都得在原来的包装里封得好好的。孩子们好像挺同情她，可是渐渐不耐烦起来。他们眼里，成年人应该都是从容不迫的。

“你最好给我们点儿东西，不然，我们就只能往你们家窗户上

①即苯环己哌啶，一种具有麻醉效果的致幻剂。

②原文为“Angel Dust”，是 PCP 的别称，第一个词即安赫尔的名字。

涂肥皂了，鲁伊斯太太。”那个 E.T. 半真半假地说。露安决定摇出那个米老鼠存钱罐里的存货。她往里面存了好久的零钱，想买台洗衣机洗婴儿尿布。安赫尔还嘲笑过她，说等她攒够那么多零钱，这婴儿都该有自己的孩子了。

孩子们拿到零钱后似乎心满意足，随即离开了。她把米老鼠放在门口，这样下一拨孩子来的时候，自己就好更加从容地应对。

夜里十一点，露安的脚疼得要死。她能从脚踝感觉到自己的脉搏。最近三四个星期，露安的脚肿得只能穿特制的鞋，那双鞋横过脚踝束了条带子。现在她只能穿着这双鞋上床睡觉了，因为她没办法弯下腰来解开鞋带，安赫尔又不在家，没人可以帮她。如果她早些想到，没准还可以请最后那拨“不给糖就捣蛋”的孩子们帮忙解开，可是现在已经太晚了。

露安准备睡觉的时候，瞥见了镜子里的自己。她觉得自己穿着这一身睡裙、连裤袜和鞋子的模样让人生厌，散发出浓烈的色情气息，像在“范妮天堂”上班的女郎。当然，她们那里是肯定不会要孕妇的。尽管如此，这个念头还是让她心烦意乱。她关了灯，可仍然听着外面的声音，等着会不会还有孩子来到门前，安赫尔会不会回心转意，回到家里。她的另一只耳朵贴着枕头，听到自己的血液一路朝下向双脚涌去，那声音听起来像大海。她和安赫尔曾经在墨西哥见过大海。胎儿似乎在用手指轻轻推她、捅她，但用的肯定是小小的胳膊肘或者脚丫。她想象胎儿在她血液的波浪中，在她体内光滑、黑暗的海滩上嬉戏。她的脚疼极了，她在床上扭来扭去，却找不到一处舒适的地方。

夜深人静的时候，露安哭了起来，哭到眼窝都淘空了。那天在海滩上，她把海水弄到了眼睛里，现在的感觉就和那时一样。安赫尔警告过她要闭上眼睛，可是她想看清楚自己在游向哪里。你永远不知道海面下可能潜伏着什么东西。

## Chapter 03

## “耶稣就是上帝”二手轮胎

太阳升起的时候，我们穿过了亚利桑那州界。天上的云朵红彤彤的，肥肥厚厚，模样有些滑稽，像迪士尼电影里那些跳芭蕾舞的河马。道路带着我们穿过一个叫得克萨斯大峡谷的地方，谢天谢地，那地方一点儿也不像得克萨斯，但也不像我见过的其他任何地方。那里好像一片森林，不过长的不是树，而是鼓鼓囊囊的岩石，像圆滚滚的动物或者圆乎乎的人。岩石层层叠叠，像堆起来的一袋袋土豆。阳光照到的地方，都变成粉红色。整个画面太过离奇，不像是真的。路边的一处标牌从车旁一掠而过，我看见上面有个模样像恐龙的东西。我猜它是想说明那些岩石属于哪一类，又或者是想说，那些岩石其实是变成化石的恐龙粪。我笑得牙都要掉了。“受不了了，”我对那个印第安孩子说，“这可是我这些年来见过的最棒的东西。”不管这儿是不是我的小车要抛锚的地方，我已经下定决心要在亚利桑那住下了。

这是新年的第二天。圣诞节那几天，我一直住在断箭旅馆，靠换洗床单挣了些钱。胡格夫人，就是那位有颤抖病的老太太，决定让我在那儿待一阵子，因为圣诞节期间她们可能需要更多人手，而且现在儿媳妇的脚踝又让她行动越来越不方便。这是当然的。人类的脚踝设计出来不是承受两百五十磅重量的。如果注定要负担那么沉重的分量，我们的脚踝大概会像大象或者河马的那么粗大滚圆。

圣诞假期之中，确实有不少人路过旅馆，在这儿歇歇脚，再去俄克拉荷马的某处，或者从俄克拉荷马离开——那正是我渴望做的事情。可是，另一方面，能有机会在踏上收费公路前赚笔钱，也挺不错。我觉得胡格太太让我们待下来，内心深处的理由是那个孩子。她花了许多时间照顾这孩子，她的心思表露无遗，她最大的渴望就是有个孙子。胖艾琳偶尔抱起孩子时，胡格太太总是说："艾琳，你不知道你这样有多好看。"好像你应该为了好看而生个孩子似的。

这时候，我已经给这孩子想好了名字，至少是个暂用名。我管她叫小乌龟，因为她喜欢抓住人不撒手。她还不会说话，不过她知道那是自己的名字，会像一只小猫似的做出反应：你喊这个名字的时候，如果她在兴头上，会抬起头来看看。胡格太太想方设法地暗示我，这孩子有点傻，不过我坚持认为她有自己的节奏，不喜欢被人推着走。她有生之年已经被人推得够远了。当然这件事我从没对胡格太太或者她儿媳讲起过。

再次上路，到了亚利桑那，我仿佛进入至高的天堂。俄克拉荷马的大地无边无际，我的眼睛都开始疼了。我发誓真的会疼。你时时刻刻都得使劲往远处看，才能看见地平线。

到了图森附近，我明白那些胀鼓鼓的粉红云彩里盛的是什么了：冰雹。不到五分钟，车里车外全罩上了一层冰，路上根本开不动。车子慢吞吞地往前蹭，速度和政府检查差不多。我从一处匝道离开州际公路，把车停在一顶坑坑洼洼的混凝土飞翔修女[1]帽旁边，帽子底下有几根橘黄色的柱子撑着。这儿以前可能是个加油站，虽然看不见加油泵，而且硬地停车场后面的那栋建筑看上去已经荒废了，墙壁和用木板封住的窗户上满是涂鸦。有人用红色喷漆喷了一堆像是带笑脸的精子的玩意儿，还有些“傻瓜才信”之类的话。

我把手放在膝盖上搓着，让它们别冻僵了。远处传来雷声，但没有看见闪电。我想象着亚利桑那州所有的小乌龟都在同一瞬间松开了口。亚利桑那有小乌龟吗？有个我妈妈去给他家打扫过卫生的老人说，要是一月能打雷，七月就会下雪。显然他没来过亚利桑那。也没准就是因为他来过。

我们从没有窗玻璃的车里出来，站在混凝土帽子下面躲避冰雹。小乌龟对眼前的景象兴趣盎然，这还是头一遭。在这之前，她唯一感兴趣的好像只有我发动车子时那种特殊的方式。

“咱们这是到外国了，”我告诉她，“亚利桑那。这个地方，你了解多少，我就了解多少。咱们俩彼此彼此。”

冰雹转成雨，不间断地下了半个小时。有个人从那座小板房里走出来，靠在我们附近的一根橘黄色柱子上。我不知道他是就住在那儿，还是怎么回事。（如果他就住在那儿，那些精子是他画的吗？）他穿着迷彩军裤，戴着黑色棒球帽，帽子后面垂着几条布带，像格里高利·派克还是谁在那些讲雇佣兵的老电影里一直戴的那种。他的T恤上写着几个字：外星来客。说的就是我，我心想。该是我穿那件T恤才对。

---

①美国情景喜剧里的人物，总戴一顶类似飞机翅膀的帽子。

“你从郊区来的？”过了会儿，他打量着我的车，问我。

“不是，”我说，“我每年去肯塔基州拿我的牌照。”我不喜欢他的模样。

他点上一支烟。“你为这堆破铜烂铁掏了多少钱？”

“三百六。”

“你还挺野的嘛。”

“你说对了，傻帽。”我说。真希望上帝别让我一会儿发动车子时当着他的面出洋相。

冰雹还没停，太阳就出来了。城市后面的山顶上空出现一道彩虹，之上还有另一道彩虹，颜色是颠倒的。两条彩虹之间的天空显得更加明亮，像条从后面照亮的白色被单。不出几分钟，天气热了起来。我穿着件厚厚的红色套头衫，开始出汗了。亚利桑那绝不会适可而止。如果它是部电影的话，你肯定不会相信它的剧情。太夸张了。

我想我最好再待上一会儿，让发动机有时间晾干。那家伙还在附近转悠，抽着烟，闹得我很紧张。

“当心。”他说。一只毛茸茸的、个头跟农场上的小动物差不多的蜘蛛正从人行道上穿过去。它的几条腿痉挛般忽上忽下，像从糖果机里转出来的那种拉线塑料蜘蛛。

“更厉害的我也见识过。”我说。不过说实话，我没见过。那东西看着像从《午夜恐怖生物》节目里爬出来的。

“那是只狼蛛，”他说，“你可要当心这些吸血的虫子。它们能跳四英尺高呢。咬你一口，你就会疯掉。那里面有种特殊的毒素。”

他这话我不信。我从来不明白为什么男人总觉得只要把世界描绘成一件危机四伏的大事就能打动女人心。我的意思是，世界不是每天都他妈是同一副德行吗?

“它跑这儿干吗来了？”我说，“它是你的宠物还是女朋友啊？”

“不是。”他掐灭烟。我看得出，他有点儿刻薄，但是嘴太笨。

水泥台子上的虫子越聚越多。一大群黑蚁从一道裂缝里爬出来，围着那截烟屁股转，出于我无法想象的原因，开始拆解那只烟头。那片烟叶可能是用卡车从肯塔基州运来的，来自哈宾、里奇或者比德尔农场，而现在，一群蚂蚁正要把它分解成小碎片，带去给它们的蚁后。你根本想不到一件东西会有什么样的结局。

“最近我们这里雨水很多。”那家伙说，“地里吸满了水的时候，虫子就从洞里被赶出来了。它们必须从洞里爬出来，把自己晒干。”他伸脚踩死了一只闪闪发亮、长角的黑色甲虫。它的双翅张开，白色的黏液从翅膀之间渗出来。这种甲虫你想不到它还会长翅膀，不过根据我的经验，几乎所有的虫子都有这样那样的翅膀。除了蜘蛛。

他又点燃一支烟，然后把火柴朝那只狼蛛扔过去，没扔到，差了几英寸。蜘蛛冲着火苗竖起两条前腿，像老电影里惊恐万状的女郎。

“我还有事要做，”我说，“再见。”我把小乌龟放进车里，绕到车的另一边，挂上空挡，开始用脚蹬地。

那个家伙大笑起来。“这叫什么玩意，是车还是滑板啊？”

“你看，傻帽，你可以帮我推一把，也可以站着看热闹，可是不管怎么样，我都能从这儿出去。这辆车把我从肯塔基带到这儿来了，我看它还能再跑上几千英里。”

“跑不了那么远，轮胎撑不住了。”他说。我看了看后视镜，左后轮已经瘪了，松松垮垮地挂在轮圈上。“操。”我说，就在这时，发动机打着了火，车开始慢慢往前滑行。从后视镜里，我看到斜坡出口那儿有闪烁的碎玻璃，在我身后逐渐远去，像一片荧光闪闪的绿色湖泊。

我不想找那个傻帽帮忙。轮胎看上去已经不中用了，我凑合着开了几个街区，路过一家银行、几栋房子和一个长着棕榈树和病怏怏草丛的公园。几个把毯子卷起来裹在腰间的男人正踢着地上的土，可能是想找虫子来踩踩。我看见就在公园那一头，有一摞高高的轮胎。“你看，那是什么，”我说，“我真是个幸运的丑小鸭。我们该去拉斯维加斯才对。”

摞得老高的轮胎在街角一处砖地院子两边筑起两道墙来。有个女人站在院子里，正用送风软管驱赶虫子：她用管子吹出一阵阵微弱的气流，把虫子引开。她穿着蓝色牛仔裤，脚上是一双牛仔靴，头上围了条红色大手帕。一根长长的灰色辫子从她的后背正中垂下来。

“你好啊。”我说。我发现这地方名叫“耶稣就是上帝二手轮胎”。我想起自己曾经打算拨“1－800－上帝”这个号码，看看究竟会逮着什么人。也许就是这儿了。

“嗨，亲爱的，”她说，“一下过雨，这些虫子就把我烦死了，可我也不想直接踩死它们。毕竟虫子也只有一世可活。像我们一样。”

“我明白你的意思。”我说。

“你心真好。你有一对轮胎都瘪了啊。”

果真如此。我没看过右边的后视镜。

“开到那个大千斤顶上来，”她命令道，“咱们把轮胎卸下来看看。

你的车子立马就能修好。”

我问她能不能让小乌龟待在车上，可是她说那样不安全，我只好把她抱出来，找个地方放下。周围有这么多轮胎，搞得我很紧张。或多或少出于本能，我向上望去，想看看头顶上有什么高的地方可以给她上去。只有一片湛蓝的天空。

院子另一头堆了些轮圈和瘪胎。空轮胎大概是不会爆炸的，我这样推断着，把小乌龟放在了一只瘪胎上。

“你的小姑娘叫什么名字？”那个女人想知道。我说了以后，她连眼睛都没有眨一下。通常，人们不是面露尴尬就是长篇大论地教训我一通。她告诉我她叫玛蒂。

“真是个漂亮的小家伙。”玛蒂说。

“你怎么看出她是个小姑娘的？”我可没有说漏嘴，只是很好奇。我并没有给她穿粉红色的衣服。

“从她的脸蛋看出来的。”

我们把那两只轮胎滚到一个水盆边。玛蒂在胎面上涂了些象牙牌肥皂，然后把轮胎浸到水里，看起来就像大号的糖霜甜甜圈。水里冒起一束束小小的气泡，像一串串玻璃珠子。气泡很多，仿佛水里面开着一家珠宝店。

“我得遗憾地告诉你，宝贝，这两个胎全坏了。我可以向你保证，补都没法补。全都被扎透了。”她露出关切的表情来，“看到边沿这些地方了吗？全都割破了。”她的手在水里顺着轮胎的侧面抚摸着。她戴着一只金戒指，像那些有点年纪的女人一样，戒指嵌在手指的肉里。从来不曾取下过才会变成那个样子。

“真遗憾，”她又说了一遍，我能看出她是真心实意的，“顺着这条路再走六个街区，有一家固特异轮胎店。如果你愿意把轮胎滚到那里去，可以再听听他们的意见。”

“不用，”我说，“我相信你。”小乌龟正用一只手拍打着她那只白壁瘪轮胎的侧面，另一只手抓着给轮胎打气的那个小玩意儿。我心想我们现在究竟该怎么办。“换上新的要多少钱？”我问。

玛蒂考虑了片刻：“我可以给你一对不错的翻新轮胎。保证能再跑五千英里。装上、调稳定了，总共六十五美元。”

“这个我得想想。”我说。她人这么好，我都不想直截了当地告诉她我换不起轮胎。

“大清早的，不适合听到什么坏消息，”玛蒂说，“我刚煮了壶咖啡。你要喝一杯吗？进来坐坐吧。”

“好的。”我说。我把小乌龟从轮胎中揽出来，抱到店铺后面。店铺是幢有些年头的两层楼房，地方很宽敞，车库后面那片地方有一个洗涤槽、几个架子、几把漆成蓝色的折叠椅、一张铁桌子，还有一台咖啡先生牌咖啡机。我把另一只瘪胎往椅子前挪了挪，把小乌龟放在上面。能离开那道轮胎墙，我高兴了不少。那些轮胎全都胀得鼓鼓的，好像马上就要炸了，在那儿待着，跟生活在一间炸弹做的房子里差不多。光是那送气软管的声音就让我心里发毛死了。

“这东西用起来很顺手嘛，”我说，尽量表现出开心的样子，“我知道我能用那两个瘪轮胎干什么了。”

“我这里有些抹了花生酱的薄脆饼干。”玛蒂向小乌龟侧过身去，“她吃花生酱吗？”

“她什么都吃。只是别让她抓住你还想留着的东西就行，比如你的头发。”我说。玛蒂的辫子正朝危险区晃荡。

她把咖啡倒进一只杯子递给我，杯子上写着“大写的比尔”。她又往一只白色杯子里给自己倒上咖啡，那只杯子上画满了卡通兔，兔子一只叠着一只，像得克萨斯大峡谷的岩石。过了一会儿我才意识到，这些兔子是在用数不清的姿势做爱。我搞不清这是个什么样的女人。不管怎么说，绝对不是“1－800－上帝”。

“你一定开了很远的路吧，”她说，“我看见你的车牌是肯塔基州的。至少后车牌是。在肯塔基，你们不用前后都挂车牌吗？”

“不用，只在后面挂。”

“这里前面也要挂。我猜，这样你无论来去警察都能逮着。”玛蒂给小乌龟递了一块花生酱饼干，她双手抓住。饼干在她手里碎成了粉末，她的眼神一下子伤心极了，我觉得她快要哭了。

“没事，宝贝，”玛蒂说，“你把那块放进嘴里，我再给你一块新的。”小乌龟照办了。我惊讶不已。她对胡格太太可从来没有这样听话过。玛蒂显然很懂怎么和孩子相处。

“你们是一直都在路上吗？”她问我。

“是的，从肯塔基一路到了这儿，中途在俄克拉荷马停了几天。我们想看看都能看到什么。我想现在我们能看看图森是什么样了。”

“是的。我应该多少知道一点儿，我在这儿生活一辈子了。告诉你吧，我们这种一直待在这儿的人可是很稀罕的。我觉得图森已经没什么人是本地出生的了。你知道，大多数人都是从外州过来的。我丈夫萨缪尔就是从田纳西州来的。他年纪轻轻就因为哮喘过世了，一直适应不了这里干燥的空气。我倒是还挺喜欢这种气候的。我想这跟从小适应哪种环境有关。”

“我想也是。”我说。我特别好奇这地方的名字究竟是什么意思，想得抓心挠肺，可就是找不出个得体的方式问出来。“这家轮胎店隶属于一家全国连锁机构吗？”我终于问了。这听上去倒很礼貌得体，只是太傻了一点儿。

她哈哈大笑。“不是，是我和我丈夫办起来的。山姆[①]他爸爸是个汽车修理师，所以他从小就是个油猴子。这儿的名字就是他给取的。他对宗教是有那么点儿狂热。愿他的灵魂得到保佑。”她又给了小乌龟一块饼干。这孩子吞起东西来简直像一座着了火的房子。“他找了几个墨西哥孩子在墙上画了那幅画，我从来没改过。它挺特别的，有很多人会出于好奇进来看看。这孩子要喝点果汁吗？她得拿什么东西把花生酱送下去。”

“不麻烦你了。我可以从水龙头里给她接点儿水。”

“我去给她弄些苹果汁来。要不了一分钟。”我以为她的意思是去商店买，可她走进了自家店铺后面的另一个房间。显然这幢房子里还有更多东西，比如一台放着苹果汁的冰箱。我想玛蒂可能就住在底层，或者楼上。

她出去的工夫，两个男人进了店里。他们几乎同时到，但不是一起的。其中一个问起玛蒂尔达[②]。他想要个校正器，再给自己的ORV挑个轮胎。他说话的口气好像人人都应该知道ORV是什么东西，家里可能还放着那么一两个。另外那个男的穿着一件缀有白色教士领的黑衬衫，却穿了条蓝色牛仔裤。我暗暗猜想他是不是相当于神父里的替补队员。我真猜不出来。皮特曼县里没有天主教徒。

“她要不了两秒钟就会回来，”我告诉他们，“她就是去拿个

①萨缪尔的昵称。

②玛蒂是玛蒂尔达的昵称。

东西。”

那个 ORV 伙计继续等着，神父却说他待会儿再来。他好像有点神经质。他开车离开时我才发现，有整整一家人都挤在那辆旅行车的后座上。看着像是印第安人。

“嗨，最近怎么样，罗杰？”玛蒂回来时问道。“你请随意，亲爱的，这边一会儿就好。”她对我说，给我递来一只橙色杯子，带个小小的吸嘴，那吸嘴大概是专为小孩设计的。我想着通过那个小吸嘴往里倒果汁恐怕不容易。小乌龟一抓住杯子就再不想松手了。

罗杰把车开到一座平台上，平台连着一部带许多把手和仪表盘的红色机器。玛蒂发动机器，罗杰那辆丰田车的前轮随之转动起来。过了一会儿，她一只肩膀着地，侧躺下来，开始调整车头底下的什么东西。她身上都没沾上什么油污。我还从来没见过懂这门技术的女人。不知为什么，我觉得有些自豪。在皮特曼县，如果哪个女人想开家自己的轮胎店，她肯定会经营不下去。就算能干得下去，种种闲言碎语也会让你的耳朵像杏干似的卷起来。“如果耶稣真的就是上帝，”我在心里对自己说，“他肯定不会让这个善良、聪明的女人被充气过度的轮胎冲到天上去。也别让我碰上那种事，如果他在关照的话。”

他们两个走到外面那堵轮胎墙前，抽出一对不太大的圆鼓鼓的轮胎。两只轮胎砰地落地，吓得我和小乌龟都跳了起来。罗杰捡起其中一只，像运球似的把它转来转去。他和玛蒂说着些什么，用嘴唇发出各种震动音，我猜他是想描述他的 ORV 出了什么毛病。玛蒂饶有兴致地听着。她对罗杰的态度真好，即便他头顶已经秃了，脸涨得通红，举止挺专横。她从来没有对罗杰还嘴。

等玛蒂回来的时候，小乌龟已经喝光了自己的果汁，正用杯子敲打着轮胎，不吭不响地索要更多。我开始难为情起来。

“你还想喝，对不对？”玛蒂用成人对小孩的那种口吻对小乌龟说，“幸好我把整瓶都拿下来了。”

“真的不必这么麻烦你。我们已经打扰你很久了。我得跟你说实话，我现在连一只轮胎都买不起，更别说一对了。至少现在还不行，得等我找到一份工作，再给这孩子和我找到一个住处以后。”我抱起小乌龟，可是她继续用杯子敲打着我的肩膀。

“没事，宝贝，别在意。我可不是为了做成这笔买卖。我只是觉得你们两个需要开心起来。”她从小乌龟手中把杯子撬出来，又倒了满满一杯，泡沫都溢了出来。我没想到她会这么说。

“你一定有孙子了吧。”我说。

“嗯，差不多吧。”她把杯子还给小乌龟，小乌龟使劲吸了一口，发出像青蛙般的声音。我有些纳闷，“差不多”用来指孙子到底是什么意思。

“这里天气太干燥了，孩子一转眼就会脱水。”玛蒂对我说，“他们会在你背上趴着趴着就直接干枯掉。你可要当心这个。”

“哦，好的。”我说。我不知道还有多少别的东西潜伏在周围，想趁你不注意要了孩子的命。我一点儿用也没有。我真是疯了，还以为把这个孩子从切罗基部落国带走是帮了她一个忙。如今，她多半会在亚利桑那化成一尊木乃伊。

“你想找份什么样的工作？”玛蒂把咖啡杯洗干净，扣在架子上。架子上方挂了一份日历，上面画着一个胸脯赤裸的男子，戴一顶羽毛头饰，套着沉甸甸的臂镯，抱着一个看上去死了或者昏过去的女人。

“什么工作都可以。我对房屋清洁、照 X 光片、尿液检测和红细胞计数都很有经验。我还会给豆苗捉虫。”

玛蒂大笑起来。“这份履历可真奇特。”

“我看我的生活确实够奇特的。”我说。天很热，小乌龟把果汁不知是洒还是吐在我肩上了，正沿着肩胛骨往下流。我心里越来越沮丧。“我猜你们这里没有豆苗，”我说，“我能找的活儿不多了。”

“哦，你猜怎么着，姑娘，我们这里真有豆苗！”玛蒂说，“还是紫色的呢。你见过紫色的菜豆吗？”

“没见过活的。”我说。

“到里边来，我给你看样东西。”

我们穿过后面那道门，进到一个堆满杂物的小房间。里面有张桌子，上面都被纸盖住了。四面墙边，全都堆着齐腰高的《国家地理》《大众机械学》，还有一种叫“灯塔”的杂志，封面上，耶稣身穿飘逸的长袍，在一个灯塔上方飘着。桌子后面有一道楼梯，还有一扇门通往后院。我能听见头顶上有人穿着袜子走来走去的声音。

门外是一片由鲜花、蔬菜和汽车零件构成的灿烂而狂野的仙境。白菜和生菜从旧轮胎中间萌发出嫩叶。一整辆锈迹斑斑的雷鸟车，没了轮子，车窗里探出一丛丛旱金莲，像妈妈放在家里前廊上的鸡食罐。车载天线搭成一座圆锥形架子，上面爬满了生机勃勃的樱桃番茄藤。

“你能相信吗？这才一月二号，番茄就长出来了。”玛蒂问道。我告诉她我无法相信。坦白说，让我难以置信的还远远不止这个。玛蒂家的后院就像老轿车死后升上天堂的地方。

“通常我们这里感恩节的时候就会来一场霜冻，植物都活不下来。可是今年一直很温暖，菜豆和番茄长个不停。来，宝贝，咬一口，别全都吞进去。”她递给我一只小番茄。

“好的。”我说。我还没反应过来，她就已经把一只小番茄塞进小乌龟的嘴里了，而且还跟她说着话。“今天早上刚下过冰雹，”我提醒玛蒂，“有那么阵子我们差点没给冻死。”

“哦，真的？在哪里？”

“在免费高速公路上。离这里大概五个街区远。”

“冰雹没有下到这儿，我们这里只下了雨。冰雹倒可能会打伤番茄。瞧，这就是我跟你说的菜豆。”

果然，这些菜豆百分百是紫色：茎、叶、花朵和豆荚，都是紫色的。

“天哪。”我说。

“隔壁那个中国女人给我的。”她挥手指了指一道瓦楞铁皮篱笆，我刚才完全没注意到它。篱笆上盖满了藤蔓，另一边也是这样一片百衲衣般的园子，只是没有汽车零件。紫色的菜豆仿佛沿着整个街区一路高歌猛进，从一切障碍物上翻越而过。

“这些菜豆最初是由她一九〇七年带来的种子繁衍出来的。”玛蒂告诉我，“你能想象吗？这么多年了，一直是同样的菜豆。”

我说我能想象。我能想象这些种子横越太平洋，从中国某个人家的菜园里出发，最后在这里生根发芽。

玛蒂的轮胎店让我觉得格外亲切，可是住进喧嚣的图森市中心，就像搬到了一个陌生的国家。或者一个陌生的年代。进入落基山时区的时候，我把手表拨回了两个钟头，却一下子跃进了未来。

很难解释这是种什么样的感觉。我上高中的时候是七十年代，可是你要知道，在皮特曼县，那时就跟五十年代差不多。皮特曼在你能想象的每个方面都落后这个国家二十年，除了青少年怀孕率。比如说，我们是全国最后一个引入拨号电话的地方。直到一九七三年，你抓起电话听筒还要说，玛吉，接下我叔叔罗斯科，或者谁。电话局设在县政府大楼三层，接线员可以看到主街广场周围的一切，比如银行、药店还有费彻勒医生的诊所。她都能告诉你医生的车是不是停在那里。

在图森，显然没人俯视众生。我们只能各自走好自己的路。

我和小乌龟在共和旅馆住下来，房费按周付。旅馆离“耶稣就是上帝”不远，走路就可以到。玛蒂说，把我的车暂时放在她那里完全没问题。这是她的一片好意，可是我幻想着如果不能很快把它修好，车里会长出萝卜来。

在共和旅馆的生活跟在断箭完全不同，在断箭旅馆，提醒你还没有死掉的唯一一样东西就是胡格太太和艾琳之间没完没了的口角。图森市中心则生机勃勃：秘书们穿着高跟凉鞋咔嗒咔嗒地走过人行道；银行家和律师模样的人脖子被领带勒得胀鼓鼓的；到了晚上，妓女们穿着你难以想象的奇装异服出来站街。有一个妓女经常在共和旅馆附近出没，穿一条长得像雷诺兹食品包装铝箔的超短裙，几乎每天都会换一条新丝袜：各种颜色的渔网袜，有一条后面自上而下缀着一长串小蝴蝶结。她叫谢丽尔。

还有一类人，整天都生活在市中心，不是住在共和旅馆，而是住在公交车站，或者红十字血浆中心周围的人行道上。他们睡觉都不换衣服。我知道我住在共和旅馆只是比他们高出了几级楼梯而已，可我睡觉时至少还会换上睡衣。

还有另外一群人。这些人似乎并非身无分文，可他们穿的衣服像是妈妈帮工的那些豪宅太太会捐赠的那种，你宁肯赤身裸体，也不会愿意穿着它们去上学。比如蓬蓬裙。在餐厅柜台前和咖啡店里排队的时候，他们会互相摩挲着对方的颈背说："你这里太紧了。"他们大多不住在市中心，而是在已经空荡荡的临街房里开工作室和展厅。那些房子曾经是J. C. 潘尼这类人物的住宅，有些砖楼的门脸上还保留着以前的标识。

起初我并不知道那些临街房是做什么用的。其中一间我几乎每天经过，临街的橱窗里摆着两件奇妙的东西。看上去像是两盒湿沙子被樱桃炸弹炸开，又在中途突然凝固了。终于有一天，好奇占了上风，我径直走了进去。我知道这肯定不是什么沃尔沃思家的宅第。

屋子里有好多这种用凝固的沙子做成的东西，其中一件比我还高，形状有点像灌木。一个女人站在门对面的墙前，正往墙上挂着的一件沙制品底下的卡片上写字。那东西像是从某个金属框里炸出来的。她穿着粉红色套头衫、白色齐踝袜子、粉色高跟鞋，那条紧身裤看着像是用粉色的丝质豹皮做的。她手里拿着个书写板走过来，瞥了几眼小乌龟的手，我得承认她的手很有黏性，但她离那棵沙质灌木还远远的呢。

"太奇妙了。"我说，"这件东西是什么意思？"

"它并不表现任何意义。"她说，死死盯住我，好像我是她刚在卫生间里发现的一条虫子。

"原谅我白活了。"我说。她看着跟我岁数差不多，肯定不超过二十五岁。我看不出她干吗要摆出一副傲慢自大的脸色。我想起妈妈教我对付那些自认为比我优越的孩子的话：“你肯定是从霍格诺顿来的，那地方连猪都能上教堂奏管风琴。”

那件东西放在一个用褐色粗麻布裹着的正方形基座上，旁边的卡片上写着“比斯毕狗 6 号”。我看不出二者有何关联，可是装出一副心满意足的样子。“比斯毕狗 6 号。”我说，“我想知道的就是这个。”

我和小乌龟在屋子里转了一圈，把挂在墙上的那些东西都看了一遍。大多数都叫什么什么解脱：上升解脱，内生解脱，动机解脱，触电解脱。过了会儿我才意识到那些白色小卡片上还标了价格，比如 400 美元。“喜剧式解脱，”我对小乌龟说，“这个叫即刻解脱，”我说，“瞧，就是那种助消化药片，凝固在扑通声和嘶嘶声之间了。”

有些时候，就比如那天，我觉得自己快疯了：身上所有的钱加起来也装不满一只衣兜，没活儿可干，没前途可言。这里不少人赚钱的主要手段是卖血，可我给自己画了一条底线。“血液是人体最大的器官。①”艾迪·里克特的话犹在耳边，我可不想还活着的时候就出卖身上的器官。我去血浆中心打听过工作的行情，可是那个穿着白色外套和皱巴巴平底鞋的头儿审视着我说：“你是亚利桑那州有执医资格的抽血医师吗？”那口气好像在说：“就凭你，也以为自己能分清针头和针屁股？”所以这事儿就完了。

血浆中心一个街区外，有个叫德比汉堡店的地方。那里的工作人员都戴着红帽子，穿着红白条纹衬衫和看上去像红塑料做的短裤。其中一个名签上写着“嗨！我是珊迪”的，还戴着小小的马形耳环，

---

①血液通常不被认为是一种器官。

不过那应该不是制服原有的配件。他们没办法强迫你在耳朵上扎洞。那样肯定是犯法的。

珊迪上早班时一般都是单独一个人，我们渐渐熟悉起来。我在共和旅馆里的房间有个小电热炉，可以热热汤罐头什么的，不过有时候我会出门吃，仅仅为了找个伴。德比汉堡店是个很安全的地方。这里不大可能有人说你什么地方太僵硬了。

珊迪原来是个赛马迷。知道我来自肯塔基州以后，她对我的态度就好像我是德比赛马节的冠军。“你真是太幸运了，”她说，“我最大的梦想就是拥有一匹自己的马，给它的鬃毛里别上花，在跑马场里奔驰，赢得绶带和奖品。”在她心目中，肯塔基州人人都拥有至少一匹纯种马，我费了不少口舌才说服她，我从来没跟一匹马近到会被它踢到的距离。

“在肯塔基州我们家住的那片地方，没人有自己的纯种马，”我告诉她，“他们只希望自己能活得像匹纯种马。”纯种马都有自己的游泳池。我们全县都没有一个。我告诉她，我们全都觉得以下这件事太好笑了：那些有钱人花了六百万买下那匹已经退役的“秘书”[①]——它大概是地球上最值钱的种马了——后来却发现，那匹马是个默种，这个词是同性恋的一种奇妙说法。你把全夏威夷产的糖都给它，它也不愿意接近一匹母马半步。

珊迪被“秘书”的性生活震惊了。

“你难道不知道吗？我敢肯定这事上了全国新闻。”

“不知道！”她说，像个狂魔般擦着保温餐桌。她不停地打量

①美国一匹著名的赛马，在1973年成为美国三冠马王。

四周，看看店里还有没有别人。不会有人来的，我敢肯定。现在是上午十点半，这个时间去吃热狗，实在太奇怪了，可我在设法让我和小乌龟适应每天吃两顿饭。

“在这里上班怎么样？”我问她。店面窗户上有个牌子，写着“招帮手”，已经挂了两个星期了。

“哦，太棒了。”她说。

可不是吗，我心想。做三重皇冠辣热狗和招牌汉堡包，追着赶跑那些挨桌搜刮奶精、直接打开盒子往嘴里倒的醉鬼和流浪汉，真是太棒了。她看着只有十四岁。

“你应该来应聘，真的。他们肯定不会拒绝你，你是肯塔基人呀。”

“好吧。”她在想什么，难道我天生就有炸鸡基因吗？“工资怎么样？”

“一小时三块两毛五。还包伙食。”

“我这是想什么呢？我还带着个孩子，”我说，“在这儿挣的钱还不够我找人看她呢。”

“哦，这不要紧。你完全可以像我那样，把她放到儿童中心。”

“你有孩子？”

“有啊，有个小男孩。二十一个月大。”

我还以为皮特曼县是地球上唯一一个人们还没学乘法口诀就开始生孩子的地方呢。我问她儿童中心是干什么的。

“完全免费。就是你在大商场里购物的时候，替你看管孩子的地方，可他们怎么知道你真在购物呢？懂了吧！你只要每隔两小时去签个到，证明你还在商场就行了，所以我只需要趁休息的时候跑过去一趟。5 路公交车直达。有时候我也让朋友替我去签到。那儿的工作人员看不出来区别。你看，他们那儿满地都是孩子爬来爬去，他们怎么知道谁是谁的妈妈呢？”

珊迪正在把那些盛着菜花、胡萝卜丁、鹰嘴豆的白色小桶挨个放进自助沙拉台的凹槽里，为午饭时间的人群做好准备。不知出于什么古怪的理由，他们搞了些假葡萄点缀在桶边的冰块上。

“我会去看看。”我说，虽然我已经能想象出那里是个什么样子了。

“如果你想现在就去，能不能帮我的小男孩签个到？他叫西雅图。我敢说他是那里唯一一个叫西雅图的孩子。只要帮我看一眼他是不是还好就行，可以吗？”

“是因为华盛顿州那个西雅图吗？”

“不，是‘西雅图旋风’那个西雅图，那匹赛马。他的头发带点浅黄色，你不会弄错的，他长得和我一模一样，只是头发颜色浅些。对了，他们有个要求，孩子得能自己走路。你女儿会走路了吗？”

“当然会走了。如果有什么地方吸引她走过去的话。”

一根芹菜从桶里掉出来落在地上，珊迪捡起来咬了一口。“嗯，我可不能让顾客吃掉在地上的。”珊迪说。

“不用看我啊，”我说，“你就是把整桶芹菜还有边上那些假葡萄全吃了，我也管不着。一小时拿三块两毛五，我想你有这个权利了。”

她若有所思地大口嚼了会儿。她的眼睫毛被蓝色睫毛膏粘在一起，像一圈花瓣环绕在眼睛周围。“你知道，你家小姑娘长得不像你。”她说，“别生气，她可爱得像只小扣子。”

“她的确不是我的，”我说，“她只是个我摆脱不了的小家伙而已。”

珊迪打量着我和孩子，胳膊肘支着屁股，沙拉夹子在半空中停住了。“是啊，我完全明白你的意思。”

## Chapter 04

# 塔格佛克河水

露安的奶奶劳甘和新生儿都在起居室里睡着了，为了抵挡午后的热气，窗帘都拉上了。最近两个星期，劳甘奶奶一直跌跌撞撞地绕着屋子走来走去，把露安刚刚拉开的窗帘嗖嗖地使劲合起来，最后露安索性放弃了，大家都在昏暗阴沉的屋子里活动。“别人还以为里面死了人，而不是有孩子出生了。”露安抱怨说。可是老太太声称一月份就这么热很不正常，会让孩子长出麻疹、身子虚弱。

劳甘奶奶醒来后总是否认自己刚才睡着了。她说自己只是在为返回肯塔基的旅程休息休息眼睛。要在灰狗巴士上待整整三天呢。

艾维·劳甘和露安正在厨房往一个牛皮纸袋里装香肠三明治、黄苹果和一瓶冰茶。艾维粗壮的胳膊和系着围裙的上半身四处忙活着，好像她即便并不熟悉女儿家的厨房，也仍然是这儿的主人。她低声哼着一句赞美诗：“负我罪孽担我忧。”反反复复地哼唱，露安觉得自己快要尖叫出声。这是她母亲一向的习惯了。

露安把汗湿的金发从脸上往后撩开，对母亲说希望她能多待几天。不管艾维什么时候看她，露安都能感觉到自己眼睛下面也有两个疲惫的半月形暗影。

“你都没时间跟安赫尔告个别。他星期二休息，可以开着卡车带全家去转转。会有个办法把我们全都装下。要不我和德韦恩·雷待在这里，你们几个都去。你这么远从家里过来，却没到处看看，太可惜了。”

令露安惊异的是，安赫尔同意在她妈妈和奶奶过来的时候回趟家。露安发现，尽管安赫尔可能不好交流、在许多方面难以理喻，可是至少，他明白母亲和祖母的威力。如果劳甘奶奶知道他们要离婚，没准会气得中风。最起码，她和艾维会坚持让露安回老家去。

“哦，宝贝，我们在车上已经看过很多东西了，”艾维说，“有那么高的仙人掌，还有其他各种各样的东西。老天爷啊，还有城里那些高大的房子，我看着像全是玻璃做的。我想我们回家的路上还能再看好多风景呢。”

“可能吧。可是你们到这里以后，我们除了做家务、看孩子，好像什么都没做。”

“宝贝，我们就是为这个来的。现在我们已经帮助你生下了这个孩子，又把他安顿好了，所以就急着回家。这天气热得你奶奶心情很不好。”

“我知道。”露安从鼻孔里慢慢出着气。她越来越觉得自己胸腔里那团干燥的热气可能就是奶奶声称的毒药。“我只希望能把你们招待得更周全些就好了。”露安说。

“你已经把我们招待得够好了。你了解她，就是示巴皇后出面招待我们，她也是这副模样。她脾气暴躁得很。离了自己的床，她就睡不好。”艾维解开借来的围裙的纽扣，把海军蓝衣服的前襟往下抚平。露安想起妈妈在无数次教堂聚餐的晚上都穿着这件衣服。现在只要一看，她就感觉吃饱了土豆馅饼和可口可乐蛋糕。

“妈妈，”她说，声音太低，她不得不重新起了个头，“妈妈，爸爸还活着的时候……”她想不清自己到底要问什么。你们彼此交流吗？你会攒起很多话去找他说，还是和现在一样，什么事都是一屋子的女人一起干，一起做伴？艾维没有看着女儿，但她的双手第一次停了下来。“奶奶从一开始就跟你们住一块儿吗？”

艾维往牛皮纸袋里瞥了一眼，然后把袋口紧紧地卷起来。“不是她跟我们。是我们跟她住一起。”

“那是你想要的吗？”露安有些尴尬。

“是的，我始终觉得总有一天我们自己的生活会真正开始，就像你现在这样。可那时候，要干的活儿太多了，根本没时间找乐子。再说了，要是就我一个人去什么地方，我会怕得要死。”

“不会就你一个人。你可以跟爸爸一起去的。”

“也许吧，”艾维说，“可我们俩没那么想过。”她转过身对着洗涤槽，洗了洗手，然后从上方的木环上取下洗碗巾，重新叠好，挂了回去。“我想让你现在到那边的屋里去告诉奶奶，我们该准备出发了。”

由于这样那样的原因，艾维和她婆婆互相不说话。露安永远跟不上那一个个理由。她无法想象她们此行怎么过，怎么在灰狗巴士上度过好几个昼夜。但她们肯定会找到办法交流的。过去，在有必要的时候，她看到过母亲和祖母通过完全陌生的人互相传话。

“奶奶。”露安把手温柔地放在老太太的肩膀上，隔着滑软的黑衣服抚摸着奶奶肩膀上的骨头。奶奶睁开眼睛的刹那，孩子哭了起来。“您刚才睡得还好吗，奶奶？”露安边问边匆忙抱起孩子，背着孩子颠起来。她总觉得孩子哭的时候听着就像快要窒息了。

“是我的眼睛需要休息而已。我自己没有睡。”奶奶紧紧抓住椅子扶手，直到搞清了自己身在何处才松开。“我告诉你，这种热法会让孩子得疝痛的。得给他吃点芥末膏，把热气逼出来。”

“妈妈让我告诉您，该收拾您的手提箱了。她说你们定好今天晚上走。”

“我的手提箱收拾好了。”

“那太好了。走之前您想吃口晚饭吗？”

“宝贝，你们干吗不跟我们一起回去？你和孩子一起。”

“我、安赫尔还有孩子一起，奶奶。我结婚已经整整五年了，您记得吗？”她感觉她像个大骗子，故意让人觉得自己的婚姻很美满。就好像给母亲和祖母送了件漂亮的圣诞礼盒让她们带回去，里面却只有几张纸巾。她不记得自己以前对她们撒过谎，可她心里就是不愿承认她们对安赫尔的判断是对的。

“安赫尔在灌装厂的工作挺不错。”露安对奶奶说。至少这个是真的。“我们都喜欢这里。”

“我就不明白，从来不下雨的地方，怎么会有人喜欢。天哪，我都快被烤焦了。给我来杯水。”

“我马上就给您端来，”露安说，把孩子换到后背的另一侧，知道奶奶很快就会忘记自己刚提的要求。“慢慢就适应了。刚搬来的时候，我整天嗓子疼。我害怕得要死，以为喉咙里长了肿瘤，像电视上的那位，叫什么来着，您知道吗？她后来没法唱歌了。”露安这时才意识到奶奶整天跟斑豆打交道，不看 NBC 电视台的节目。“可是，到头来，我当然好好的了。对他也没一点影响，是不是？”她弯起一根手指头勾了勾孩子的下巴，凝视着孩子雾蒙蒙的蓝眼睛。“德韦恩可是个地地道道的图森小子，对吧？”

露安的孩子既没有出生在圣诞节当天，也没有出生在次日，而是生在一月一日的大清早，刚好错过了当上圣约瑟医院年度首个宝宝的机会，只差四十五分钟。露安想，如果自己当时再使劲努努力，没准就能获得保底尿布公司免费赠送一年的尿布片呢。那是他们给年度首个宝宝的奖品。本就少得可怜的洗衣机基金已经分成好几份给了邻居的孩子们，这个奖品正好用得上。

“我就不明白，从来不下雨的地方，怎么种烟草。”奶奶说。

“这儿不种烟草。也基本上不种庄稼，只有工厂之类的，还有来这里过冬的游客。这里的山野很漂亮。您要是不这么着急回去的话，我们可以带您去看看的。”孩子又开始咳起来，露安连忙颠了几下，“再说，平常一月份没这么热。您自己也听到了，奶奶，收音机里那人说了，这是有史以来最热的一月。”

“你又装模作样。我知道，你又端起架子来了。”

“奶奶，我没有。”

“别跟我回嘴，孩子，你就是装了。我听得出来。我猜你以后肯定会告诉孩子，他的亲戚尽是些无知的山里人。”

艾维提着几袋吃的和一个行李箱走进来，箱子用皮带束着。露安认出那条皮带就是抽过她的家伙，那时父亲还活着。

“宝贝，”艾维说，“告诉劳甘妈妈，别又揪着你不放。我们得走了。”

“告诉艾维，管好她自己的事儿，我的事儿我自己会管。过来，我给你带了点东西，给孩子用。”劳甘奶奶取出那只黑丝绒小包，由于年久磨损，环扣周围已经开始发紫。她用肿胀的指头慢慢在里面摸索着。露安尽量避开视线，不愿看她的动作。

过了一会儿，老太太取出一只可乐瓶，里面灌满了雾蒙蒙的水。翘起的金属瓶盖被扳了回去，用玻璃纸蒙着，拿细绳缠了一道又一道。

露安把孩子换了个位置，把头发理到耳朵后面，用空着的那只手接住瓶子。“这是什么？”

“塔格佛克河里的水。给孩子施洗用的。”

瓶子里的水看着像牛奶，凉凉的。露安把瓶子斜了斜，看到瓶底粘着细细的褐色沉淀。

“我记得你在塔格佛克河里受洗的时候，还是个小不点儿。怕得要死。牧师要把你倒过来浸到水里的时候，你大呼小叫的。天啊，我记得可清楚了。”

“真好，奶奶。您记得的事情我都不记得了。”露安不知道奶奶想如何用一瓶水施洗。当然，本来是打算给德韦恩洒洒水，做个天主教洗礼，可是如果奶奶知道了这事，准得气死。不管怎么说，现在安赫尔走了，一切都还悬而未决。

“亲爱的宝贝，我想我们都妥了，”艾维说，“天哪，我真不想走。让我再抱抱我的外孙。你瞧，他现在吃得饱饱的了，露安。我以前怀你和你哥哥的时候奶水都可足了，你还是没我结实。你从小就不是个结实的姑娘。我把东西放你面前，你不吃，那可不是我的错。”她抱着孩子在自己皱巴巴的胸前颠了颠。“上帝保佑，我想着，等我们下次再见面的时候，他就该长成一个大小伙子了。”

“自打有了他以后我就肥得像头猪，妈妈，你是知道的。”

“记得换着用两边的乳房喂他，如果只用一边，他会把你吸干的。”

“别指望他长成个大小伙子以后我还能见到他，”奶奶咕哝着说，“他太婆可等不到那个时候了。”

“妈妈，我真希望你们等安赫尔回家了再走，我们就可以开车送你们到车站。如果去坐公交车，你们准会搞糊涂的。你们还得在市里换一次车。”她们两人都尽量避开安赫尔，他也察觉了，可能不会真的回家。

“星期天还要工作真是罪孽。主日这天他应该跟家人在一起啊。”劳甘奶奶叹了口气，“我原本就不该对不信上帝的墨西哥人有啥指望。”

“正好轮班，”露安又解释说，“人家让他值班，他只能去啊，仅此而已。他不是异教徒。他就出生在美国，跟我们别的人没什么两样。”不就是因为安赫尔没在那条脏兮兮的河里受洗过嘛。露安用奶奶听不见的声音暗暗嘟囔了一句。

“是谁让他加班去的？”老太太不依不饶。露安望着母亲。

“我们自己去坐公交车，没问题。”艾维说。

“这样不对，你说是不是？就因为别的异教徒让他在主日这天上班，他就去？”

露安找了一小片纸，写上她们在市中心要换乘的公交车站名和线路。艾维把孩子递给露安，接过纸条，仔细看了看，把它叠了两下塞进包里，开始帮劳甘奶奶穿外套。

“奶奶，您用不着穿那件外套。”露安说，“我敢发誓外面都已经二十五度了。”

“发誓的时候得小心点，否则它没准儿会要了你的命。别跟我说什么用不着穿外套，孩子，这可是一月份。”她苍老的手在空中抓了半天，艾维默默地握住那只手，把它捉进外套沉甸甸的黑色衣袖里。

“露安，宝贝，别让他玩那支水笔，”艾维回头说，“要不然，他这辈子还没好好开始，就把自己的眼珠子挑出去了。”

孩子正在朝露安前口袋的方向笨拙地挥舞着拳头，那只口袋里插着一支蓝色水笔。不过，即便他的性命系在那支笔上，他现在也还没有能力抓住它或者把它取出来。

“好的，妈妈。”露安静静地说。天热成这样，她还是用一条薄毯裹着孩子，因为她知道要是不裹着，这两个女人准会有一个大惊小怪。

“我来扶您下楼梯，奶奶。”露安说，可是奶奶抹开了她的手。

路面上热浪滚滚，焦黄的草地和高大的棕榈树干仿佛在人行道上方摇摆。露安想起以前看过的那些描绘奇异世界的动画片，那里面的棕榈树都在跳草裙舞。她们到了那个小小的公交站，站牌底下摆着一条混凝土长凳。

“别坐那上面，”露安提醒说，“太阳这么晒，那里热得像拨火棍。”劳甘奶奶和艾维像受到惊吓的孩子般从长凳前缩了回来，露安很开心，她也能说出些她们还不知道的东西了。三个女人站在长凳旁边，一起望着公交车开来的方向。

“天哪，你不觉得有股恶心的味儿吗？”公交车来的时候，劳甘奶奶说。艾维搂住露安和孩子抱了抱，然后提起那两个箱子上了车，高高地抬起脚，好跨过那两级台阶。到了车上，她转过身，伸手去拉她婆婆，用那只满是皱纹、结实的手握住老太太苍老的指节。公交车司机用双手撑住下巴，倚在方向盘上，看着前方。

“要是你没有离我们这么远就好了。”车门嘶嘶地关上的时候，艾维说。

“我知道。”露安喃喃地说。“跟太婆招招手再见。”露安对孩子说，但她们坐在车的另一侧，看不见。

露安想象自己在公交车后面追着跑，敲打着车门，司机让她上了车。她抱着孩子在宽椅上坐下来，坐在她妈妈和奶奶中间。“告诉你妈妈，把那罐茶叶递给我。”劳甘奶奶对她说，“恐怕我们还没到肯塔基，我就已经干枯成一根老篱笆棍了。”

一个街区以外，老鲍比·宾格正在街对面他那辆破破烂烂的卡车旁边卖蔬菜。露安经常被他家卖的番茄吸引过去，它们看上去比杂货店里硬邦邦的粉色番茄要好：那些简直不像番茄，而是某种病快快的城市水果，可能是在仓库里种出来的。有一次，她终于鼓起勇气问了价钱，结果居然比摆在店里的还便宜。这一天回家路上，她决定再去买几个。

“嘿，买番茄的姑娘，”宾格说，“我记得你。”

露安忽然脸红了。“还是四毛五一磅吗？”

“不，五毛五了。快到季末了。”

“好吧，”露安说，“还是挺便宜的。”她把箱子里的番茄挨个看了一遍，最后挑了六个，用空着的那只手一个一个递给老人。她用另外那只手在背后调整好孩子，按照医院教的那样撑住他摇摇晃晃的脑袋，动作格外小心。“不管在老家还是在这儿，我都是头一次见到这么好的番茄。”说出“在老家”时，她感觉心里微微颤动了一下。

鲍比·宾格的皮肤就像烤焦的土豆。是个不折不扣的菜农，露安想，可她忍不住很喜欢他。

宾格眯起眼睛瞧着她。“你不是本地人？我都没觉出来过。”他抖了抖一大卷大小不等的塑料袋，选了个上面印着红色字母的，把那几只番茄装进去，没有放到秤上，只在手里上下掂了掂就说：“七毛五。”他又挑出一只红苹果，对着孩子晃了晃，“再给小家伙送只苹果。”

“他叫德韦恩·雷。他肯定非常感谢您的好意，可惜他还没牙吃呢。”露安笑了起来。虽然有些尴尬,可是这样大笑感觉太美妙了，她都担心她要哭出来了。

“没牙也挺好，”宾格说，“一出牙，就该咬人了。你认识我的孩子吗？”

露安摇摇头。

“你肯定认识。他每天晚上都上电视，卖车。他在汽车行当里是个货真价实的大腕儿。”

“抱歉，”露安说，“我没有电视。我丈夫把电视带到他的新房子里去了。”她简直不敢相信，在欺骗了亲生母亲和祖母整整两周以后，她居然在大街上向一个陌生人坦白自己的婚姻失败了。

他摇摇头。“没事。我儿子每次出来我都不舒服。他都不拿真正的名字称呼自己。他管自己叫‘阿宾’,‘快来阿宾的凯迪拉克店，’他就这么说，‘来阿宾家，要啥有啥。’我一直希望他成为那种真正了不起的人物。可是,你瞧瞧,他现在就这副德行。连蔬菜都不吃了。如果他现在就在这儿，肯定会告诉你他不认识我。‘扔了那辆旧卡车,’他老是跟我说，‘你还卖这些垃圾干吗？我现在就能在比佛利山[①]给你买套房子。’我说：‘比佛利山！你疯了吧？在比佛利山上，他们恐怕连蔬菜都不吃，天天只吃阿拉斯加帝王蟹和长棍面包！’我跟他说：‘你要让我开心，就送我一辆崭新的凯迪拉克，我好用它的后备厢卖菜啊。’”宾格摇了摇头，“来点儿葡萄吗？这星期的葡萄不错。”

“不要了，只要番茄就好。”露安递给他三枚两毛五的硬币。

“给你，拿上这些葡萄。这葡萄小家伙可以吃。没籽儿。”他把葡萄装进放番茄的袋子里，“我告诉你个道理吧，番茄姑娘。越是你想要的，到头来越不合你的意。”

回到家，露安把孩子放下来让他稍微睡会儿，然后把水果仔细洗干净，放进冰箱。自始至终，她都感觉母亲在盯着自己的双手。“到头来越不合你的意。”露安喃喃地重复着，直到把自己都说烦了。她沿墙边走着，仿佛高大的母亲和苛刻的祖母还占据着屋里大部分空间。她感觉家里既空空荡荡，又拥挤不堪。她忽然无比渴望某种无法言明的东西，也许是自己很久以前吃过的某种食物。她拉开起居室的窗帘，让光线透进来。天空明亮刺眼，不是那种仿佛能滴出水来的湛蓝的天空。真是奇怪，她现在偶尔还是会惊讶，打开窗户看到的居然不是肯塔基。

①位于洛杉矶，美国著名的高级住宅区。

她看到那只可乐瓶放在矮木桌上，旁边还有劳甘奶奶的两只发夹。那种老式发夹让她一阵伤感，又觉得有点恐怖。有一次，她在烟草仓库里发现了父亲工作时用的手套。他已经去世好久了，可那双手套还定格在他的手戴过而留下的弯曲形状上。

瓶子在木头上洇出一道水圈，露安试图用毛衣的下摆把它擦掉。她担心会弄脏桌子，因为这件家具不是她的，而是房子出租时自带的。她想了很久该拿这瓶子怎么办，最后把它放在卫生间药柜里的玻璃架上。

过了一会儿，在起居室里给孩子喂奶的时候，露安闭上眼睛，试图回想自己在塔格佛克河里受洗的情景。露安能看到那个身穿白裙的孩子，手臂晒得发红，紧紧地收住胳膊肘，当她被头朝下抱起来时，露安能听到她的大声哭喊，可是当那孩子膝盖弯曲、绿色的水漫过她的脸时，露安却感觉不到她的恐惧。从窗户照射进来的强光在她紧闭的双眼后面变成了水淋淋的模样，她看得清清楚楚，却感觉不到。她想着母亲，下意识地把孩子的头换到另一边乳房前。

安赫尔回来的时候，露安还在喂奶。她睁开眼睛。傍晚的光线洒在群山之上，山被染成粉红色，失去了立体感，仿佛一张明信片。

她听到安赫尔在厨房里的动静。他在里面转悠了好一会儿，才开口对露安说话。露安暗自诧异，他的存在跟满屋子都是女人的感觉完全不同。他在或者不在，几乎没有区别。像一只虫子或者老鼠半夜在橱柜里抓挠。你可以起来赶走它，也可以回头继续睡，随它去。她想，这样挺好。

安赫尔走进起居室的时候，露安能听到他的腿轻轻地叮当作响。

“她们走了吗？”安赫尔在她身后问道。

“走了。”

“我来拿我的剃须刀。”安赫尔说。他留着小胡子，但经常刮脸上其余的胡须，有时一天要刮两次。“你看到我那个皮带扣了吗？银色的，上面有个羊角结。”他问露安。

“上面有个什么？”

“羊角结。是条绳子，系了个小结。”

“哦，我还好奇那是什么东西呢。”

“你见过？”

“没有，最近没见过。”

“那顶斗牛帽呢？”

“蓝的那顶？”

“对。”

“你落在曼尼·奎罗兹的车里了。记得吗？”

“妈的，曼尼搬到圣迭戈去了。”

“嗯，那我就没办法了。这是你的事儿。”

“妈的。”

安赫尔站在露安身后，离她非常近，她能闻到他呼吸里隐隐的啤酒味儿。那气味露安很熟悉，可是今天，她却想到了酒吧、灌装厂，那些安赫尔每天都要去而自己从来没有见过的地方。她转过身，刚好看着他走出房间，工作服袖子卷到胳膊肘上，因为整天干活弄得脏兮兮的。但她不知道究竟是些什么活。有短短一瞬间，还不到一拍心跳，她感觉跟这个非亲非故的男人生活在同一座房子里有些奇怪。

当然，怎么会非亲非故呢。他是我的丈夫。曾经是我的丈夫。

“这是他妈的什么破东西？”安赫尔在卫生间里喊道。

她靠在转椅上，面朝东透过那扇大窗向外望去。“那是塔格佛克河水，是我家乡的一条小河，我在河里受洗过。我想我家里所有人都是在那条河里受洗的。劳甘奶奶带了些河水，给德韦恩洗礼用。你不知道她喜欢带些这种怪里怪气的东西吗？”

她听到安赫尔把那瓶水倒进下水道时发出的咕嘟声。孩子的吸吮让她感觉很舒服，好像可以把她的痛苦从乳房里吸出来。

## Chapter 05

# 和谐空间

共和旅馆紧挨着铁路，那条大动脉正是从这里扎进图森市吱呀作响的古老胸腔，准备进入火车站复杂的左心房和右心室。我猜这条铁路曾经给这座城市带来鲜活的生命力，就像血管运送着红细胞穿过肺部循环。如今，这条铁路要是还能叫图森的大动脉的话，也只能说是条硬化的动脉。

火车开进老城区的时候，会放慢速度，吐出一声悠长而疲惫的嘶叫。这汽笛是警告前方路口的小车还是只为了让那些逃票的人知道该从车厢里出来，我就不得而知了。但是，这声嘶叫总在六点十五分响起，我开始把它当作我的闹铃。

有时这声音会裹进我的梦里。它响彻我的梦境，仿佛回荡了好几天，而睡梦中我正试图从火炉上提起一把沉重的烧水壶，或者像有一次，正在追赶一匹奔逃的马，马背上是小乌龟，她不住地高声喊叫（我在现实中还没听见她那样喊过）。终于，这声音从我眼睛里冲出来，豁然天光大亮。印第安风格床罩做成的栗色涡纹窗帘挂在那里，陶瓷洗涤槽上面沾着黄褐色的污迹，水龙头滴着水，小乌龟在那张军用折叠床上熟睡，安然无恙地待在共和旅馆里。有时，早晨是这样到来的。

还有些时候，汽笛还没响，我就醒来了，然后无所事事地躺在那里等待着，感觉没有这声嘶叫，我的一天就不能开始。最近，大多是这第二种情形。

我们碰上了麻烦。我在德比汉堡店坚持了六天，然后和店长大吵一架，把那顶所谓的红色赛马骑师帽扔进了垃圾加热炉，扬长而去。把整套制服都扔进去也不成问题，可我才不想让店长看一场免费表演呢。

不是说在那里上班没有一点儿值得留恋的时刻。我和珊迪一起值早班的时候，还是玩得很开心的。我会跟她讲我听说过的各种养马场传闻，比如，真正高档的马，马棚里都装着电视机呢，据说这样能够降低它们的血压。

“它们最喜欢看《埃德先生》[①]的重播。”我会一本正经地告诉她。

“得啦！你肯定在逗我。这些都是真的吗？”

“它们特别讨厌诺克斯明胶的广告。”

她很容易捉弄，可我不得不佩服她这一点。毕竟生活已经给她送来了一大车粪便，还没留发货地址。珊迪孩子的爸爸见人就说，她是个确诊了的精神分裂患者，发现自己怀孕以后，就随手一翻高中年鉴把他挑了出来。不久，那男孩的爸爸调走了，他们举家迁往加利福尼亚的奥克兰；珊迪的母亲把她从家里赶了出来。珊迪现在和她姐姐艾米住在一起，艾米是个重生基督徒，珊迪住在她那儿，

---

①美国电视剧，主角是一匹名叫“埃德先生”的会说话的马。

每月要付房租。在艾米看来，让珊迪和她的私生子不花钱住在自己家里，无异于纵容一桩罪孽。

可是这一切好像都没有难倒珊迪。她什么事儿都知道，比如孩子长牙的时候该如何用冰块擦拭牙龈，比如从什么地方可以给孩子搞到免费的二手衣服。一起值班的时候，我们会轮流去商场看看小乌龟和西雅图，下班以后，再一起去把孩子接回来。"我不知道，"我们在儿童中心排队的时候，她会故意用很夸张的声音说，"我真是拿不定主意，到底要那把 La-Z-Boy 真皮沙发椅好呢，还是那把防污渍的绿格子花呢椅子好？""别急着决定，"我就会说，"多考虑考虑，明天再来。"

不管我早上把小乌龟放在什么地方，她都会原地坐着不动，手里死死抓着个破破烂烂的毛绒玩具狗、撕坏了的书或者另一个孩子的外套，眼睛盯着空中某个空空如也的点，活脱脱像只猫。猫和她仿佛都生活在另外一个宇宙里，那里和我们这个宇宙占据同一片空间，但是充满了老鼠、麻雀、我们看不见的电视节目等等奇妙的事物。

儿童中心帮不上小乌龟什么忙。我明白。

六天后，德比汉堡店的店长，杰瑞·斯派勒这个鸟人（他觉得经营一个汉堡连锁店就是统治全宇宙的前奏），说我态度不端正。我告诉他，他说得太对了，我必须承认我对德比汉堡店的规章制度缺乏敬意。为了好好地给他证明一番，我把帽子扯下来扔进那台"强力守财奴"垃圾加热炉，拧开了开关。珊迪看得入了迷，一连炸糊了两份薯条。

那次争吵是因为德比汉堡店的制服。我发现那条短裤其实不是防水布做的，而是棉布加涤纶，上面带一层闪亮的抛光，必须干洗。

一小时才挣三块两毛五（外加几根芹菜），干洗短裤的钱居然还得自己掏。

我唯一遗憾的就是不能再经常见到珊迪了。我当然得另找地方吃早餐。那片地方有半打咖啡店，虽然没有一个让我觉得自在，但我发现了一种新的资源：报纸。餐桌上，连同那些粗糙的咖啡杯、橘子皮以及羊角面包碎屑一起被丢下的，常常还有当天的报纸。

有位叫杰西的女士，满头乱蓬蓬的白发，穿一双松松垮垮的雨靴，总是急匆匆地冲进各家馆子，将吃剩的水果和西瓜皮洗劫一空。“这可不是打算吃的，”当她推着味道奇特的购物车，跌跌撞撞地走在人行道上时，会向每一个路人解释，“是画静物写生用的。”那辆购物车在它的生命历程里一度属于西夫韦超市。她告诉我，除了圣母像，别的她一概不画。她画橘皮圣母像，画用草莓做的圣母和圣婴。我们两个是这儿的清场搭档。我抓走报纸，剩下的都归她。

细读每天的分类广告赋予我的生活崭新的意义，虽然我目前还把“招租”那栏当成笑话看。不过，里面有不少广告是寻找室友的，我以前从没想到还有这种办法。我把看起来有戏的条目都圈了出来，尽管人们对共同生活的人似乎有种难以置信的吹毛求疵：

“诚征成熟、负责的艺术家或研究生合住；责任共担，必须体贴。”

“富有洞察力的处女座人士和猫愿与一位不吸烟的女性素食主义者共享和谐空间。”

我不得不怀疑，在亚利桑那州成为一名有执医资格的抽血医师，需要的证明文书都没有与富有洞察力的处女座人士共享和谐空间那么多。

不过，最要紧的其实还是我能不能在标满了公交线路的“太阳列车”[①]地图上找到那个地址。到了周末，我决定去两处有可能的地方看看。其中一家在广告上说了不少，有一条是：“必须对各种新思想持开放态度。”另一家则说：“新手妈妈需要陪伴。独立房间，租金低廉，我保证不会打扰你。有孩子也没关系。”第一个听着像是场冒险，第二个则好像不必通过什么考试。我穿上一条硬挺、干净的牛仔裤，把头发扎成辫子，在洗涤槽里给小乌龟洗了个澡。她已经有自己的衣服了，可是出于怀旧，我给她穿上了我那件来自肯塔基湖、写着“我他妈挺好”的T恤，希望能碰上好运气。

两家都离市中心不远。第一家是幢又老又旧、摇摇欲坠的大房子，前廊上挂着十几种各式风铃。有一只风铃是用长笛或者单簧管上的银键做成的，连小乌龟都好像很感兴趣。我还没敲门，一个女人就走到了门前。

她让我进屋，然后大声喊道：“未来的伙伴来了。”她的左耳打了三个耳洞，垂下三只银耳环：一弯半月，一颗星星，还有一枚咧嘴笑的太阳。走起路来，三只耳环摇摇晃晃，让她看起来好似一只叮当作响的人形风铃。她光着脚，穿了条裙子，那裙子有点像共和旅馆房间里的窗帘。房间里没有真正的家具，只有一张五彩斑斓的地毯，地上到处放着一堆堆枕头，所以我就站着等，看她接下来怎么办。她钻进一个枕头堆里坐了下来，把裙子卷过膝盖。我看到她在四根脚趾上套了细细的银戒。

另一个女人从厨房走出来，透过厨房门，我看到里面有一张桌子和几把椅子，这才放下心来。一个又瘦又高、露着光洁胸膛的男

①图森市的公共交通机构。

人在另一个过道里蹲坐了一会儿又离开了，挠着满头黄发的脑袋，那脑袋看着像只湿淋淋的猫。他只穿了条海滩流浪汉式的紧身短裤，裤腰上画着一根假绳子。我实在搞不清这些人到底多大年龄。我一直等着有个家长模样的人从另一边的过道里现身，让那位沙滩毯宾果去把衬衫穿上，可是他们说不定比我还要大些。我们全在那些枕头上坐了下来。

“我叫菲，”那位套趾戒的女人说，“拼法是‘F-E-I’。这是拉–伊莎。这位是蒂莫西，你得原谅他。昨天他用了咖啡因，现在内平衡失调了。”我猜他们是在谈论他车子的事，虽然我从来不知道咖啡因还能用在汽车上。

“真是太糟糕了。”我说，“除了喝，我从来不拿咖啡因干别的。”

他们全都盯着我看了半天。

“哦。我叫泰勒。这是小乌龟。”

“小乌龟。这是她的印第安名字吗？”拉–伊莎问道。

“没错。”我说。

拉–伊莎身材肥宽，露着两只硕大的光脚丫，小腿肚圆滚滚的。她穿的衣服有点像纱笼，上面印满黑色和橘色的大象和长颈鹿，头上裹了条丛林图案的头巾。天哪，我还曾经只因为把红色和青绿色一起穿就惹人侧目。如果这三个人在皮特曼县从天而降，人们准会一下子跑得没影了。

面试审查由F-E-I主导。“孩子也要住这里吗？”

“没错，我们是一对儿。”

“真好，有个小人儿我没问题，”她说，“拉–伊莎，蒂莫西，你们看呢？”

“和我本来想象的不太一样，但这样也可以。我接受孩子的能力挺强的。”拉－伊莎考虑了一会儿说。蒂莫西说这孩子挺漂亮，又问是男孩还是女孩。

“女孩。”我说。可是我被菲的话搞懵了：“蒂莫西，我真不觉得这是个问题。”她又对我说：“在这栋房子里，性别不是问题。”

“她平常吃什么？”拉－伊莎想知道。

“只要她能抓到的，差不多都吃。早餐吃了半个芥末热狗。”

谈话又出现了一阵空白。小乌龟暴躁地拉扯着一个枕头角上的小铃铛。我自己也烦躁起来。所有人的膝盖和下巴都保持在同一水平线上。我想起曾经看过的一部关于阿拉伯酋长的很长很长的电影。没准拉－伊莎是阿拉伯人呢，虽然她皮肤白皙，胳膊上长着金色的毛发，眼睛周围那一圈是粉红色的。没准儿是个得了白化病的阿拉伯人。我回过神来，发现她在发表演讲。

“一个热狗之中，”她说，好像是对着整个房间而不是单独对着我说，粉红色的眼眶里开始如烈焰般燃烧起来，“至少含有四种有毒物质。”现在她确凿无疑是在对我说了，“你想过吗？”

“我还以为有七八种呢。”我说。

“亚硝酸盐。”蒂莫西说。他用两只手掌夹着脑袋，一只手掌放在下巴上，一只手掌按在头顶上，朝左右两边拉，直到脑袋好像快要爆炸了才停住。我开始理解内平衡失调是怎么回事了。

“我们这里主要吃豆制品，”菲说，“我们马上就要成立一个饮用豆奶的团体了。对房客的要求是每人每星期至少花七个小时过滤炼乳。”

“过滤炼乳。”我重复了一遍，心里想说的是，群魔乱舞。下大粪雨。[1]不是大粪雨，你知道，是紫罗兰雨。

"没错。"菲继续用那种变态的镇定口吻说。我恨不得扔一只枕头砸在她脸上。"我想这孩子……"

"小乌龟。"我说。

"我想小乌龟可以例外。不过我们得在厨房的定额上为此做些调整……"

我已经烦躁得心神四散。拉－伊莎始终眯缝着眼睛，试图引起菲的注意。我想起胡格太太颤抖的样子，好像总在对你身后的什么人神秘兮兮地说："别这样。"

"来谈谈你自己的情况吧。"菲终于说。我从白日梦里猛地跳出来，感觉就像在课堂上忽然被点名的孩子。"你预想自己置身于怎样的空间？"她的原话就是这么说的。

"哦，小乌龟和我都很随意，"我说，"目前我们住在市中心的共和旅馆。我在德比汉堡店做过一阵子油炸食品，但已经被炒鱿鱼了。"

听到这个，拉－伊莎显得有些僵住了。我想象着她衣服上所有的小象都被电击枪正中心口的样子。蒂莫西一直在做鬼脸吸引小乌龟的注意，到目前为止都没什么效果。

"一般小孩都会对鬼脸着迷，"他告诉我，"这孩子好像有些昏昏沉沉。"

"她很有主见，知道什么才能让自己着迷。"

"她的头发还真不少，"蒂莫西说，"她多大了？"

---

①原文中，"过滤炼乳（straining curds）""群魔乱舞（flaming nurds）""下大粪雨（raining turds）"是一组押韵的词。

"十八个月了。"我说。这是瞎猜的。

"她长得很像印第安人。"

"美洲原住民，"菲纠正她，"确实像。这孩子的爸爸是美洲原住民吗？"

"她太姥爷是纯正的切罗基人，"我说，"是我这边的血统。切罗基族的特征会隔代遗传，比如红头发。你不知道这个吗？"

我要去的第二家原来就在正对面，从"耶稣就是上帝"穿过公园就到了。这家的主人叫露安·鲁伊斯。

不到十分钟，我和露安就已经在厨房喝上无糖百事可乐，放声嘲笑内平衡和豆奶，笑得衣服都快撑破了。我们已经确认彼此的老家只隔着两个县，而且在我毕业那年，我们还在肯塔基州博览会看过同一场鲍勃·赛格演唱会。

"那后来怎么了呢？"露安笑得眼泪都快出来了。其实我并没想刻意贬低那几个人，他们看上去本质不坏，只是越往下说越觉得可笑。

"没怎么。按他们自己的方式，他们文雅礼貌得很，都到了可悲的地步。我是说，一眼就能明白他们觉得小乌龟是个傻瓜，还觉得我就像从火星来的，连室内卫生间都没见过，可他们却一个劲儿地问我，要喝点苜蓿茶吗？"我最后告诉他们，不喝，谢谢，我们还是趁早离开，预想自己置身于另一片空间吧。

露安带我看了其他所有房间，除了她的卧室，她的孩子正在里面睡觉呢。我和小乌龟会有自己的房间，如果我们需要的话，还外加纱窗隔挡的后廊。她说夏天睡在那里简直太舒服了。我们在房子里走动时压低了声音，免得惊醒孩子。

“他是今年一月刚出生的，”我们回到厨房的时候露安说，“你的孩子多大了？”

“跟你说实话，我也不知道。她是我收养的。”

“你收养的时候他们没告诉这些情况吗？她没带个出生证明什么的？”

“不是正规收养。有人就那么把她给我了。”

“你的意思是，有人把她放在篮子里，搁在你们家门口的台阶上了？”

“没错。不过是放在我车里的，而且没有篮子。现在一想，我觉得至少应该有个篮子才对。印第安人做的篮子很不错的。她是印第安人。”

“连张纸条都没留下？你怎么知道她叫小乌龟的？”

“我不知道。是我那样叫她的。这是个暂用名，等我弄清她的真名再说。我想我早晚会知道的。”

小乌龟坐在露安家里一把高脚儿童椅上，对一月出生的孩子来说，这把椅子肯定太大了。小饭桌上印着青蛙克米特和猪小姐的图案，小乌龟不断用手拍打着。那里没有任何可抓的东西。我把她从椅子上抱出来，让她骑在我的肩膀上，在那儿她可以够着我的辫子。她并没有揪扯我的辫子，只是把它像条救生索般捉在手里。这是我们俩最常见的姿势。

“我受不了，”露安说，“有人居然就这么随便把她送出去，好像她是一只多余的小狗。”

“是啊。不过，我觉得那个人挺关心她，如果你肯相信的话。

小乌龟那时候的日子很难过。我不知道如果她待在原来的地方，现在还能不能活着。”一只白爪子的灰色肥猫正在洗涤槽上方的窗台上睡觉。我是这么以为的，结果那家伙忽然一跃而下，从厨房蹑手蹑脚地溜了出去。露安背对着门，可从我这里能看见那只猫进了隔壁房间。它在起居室地毯上来回兜圈，不停地往后蹬脚，想把看不见的沙子盖在看不见的大便上。

“你绝对不会相信你家的猫正在做什么。”我说。

“哦，那个啊，我相信。”露安说，“它那样子是刚刚大便了对吧？”

“对。可它没有，至少我没看见。”

“对，它从来都没有过。我怀疑它有猫格分裂。好猫醒来后觉得坏猫刚在地毯上拉屎了。你看，我们开始养它的时候它还是只小猫，我管它叫雪地靴，可是安赫尔觉得这名字太傻了，所以总是叫它花衣仔。后来，不久以前，德韦恩还没出生的时候，它就开始这个样子了。对了，安赫尔是我的前夫。”

得花点功夫才能搞明白谁是猫谁是丈夫。

露安继续说：“然后，就在前几天，我在一本杂志上看到，如果父母对待同一个孩子的方式完全不同，比如有一个整天对孩子说他是好的，另一个又说他是坏的，孩子就容易人格分裂。他会产生这种念头，觉得自己必须又好又坏。”

“真奇妙，”我说，“你家的猫应该上《雷普利怪谈：信不信由你》，或者杂志上那种专门登宠物趣事的读者专栏，比如会吹迪克西调儿的长尾鹦鹉，或者一定要睡在那条画着金鱼的毛巾上的猫。”

“我可不想让别人知道雪地靴的事儿，太尴尬了。那可是它来自破碎家庭的铁证，你不觉得吗？”

“花衣仔是什么意思？”

“意思是墨西哥坏小子。那种在画着涂鸦的墙附近瞎转悠、混帮派的小伙子。”

别名雪地靴的花衣人还在起居室里折腾。“说真的，”我说，“你真应该送它上节目。说不定他们会给你好大一笔钱呢，你都不会相信有些东西会让你大赚一笔。最起码他们会送你一盒免费的猫粮。”

“我差点给德韦恩赢得一年免费的尿布。德韦恩是我儿子。”

“哇。他干什么了？”

露安哈哈大笑。“他很正常。我想他是这座房子里唯一正常的。还要可乐吗？”她起身把我们的杯子斟满。“那你是开车过来，还是飞过来，还是怎么过来的？”

我告诉她我就是在驱车穿越印第安保留地的途中，跟小乌龟搭上了关系。“要不是那根摇臂坏了，我们的道路永远不会交叉。”

“嗯，如果真出了事故，至少你还可以感激幸运星保佑，让你待在一辆车里，而不是一架飞机上。”她边说边在桌台上把冰块敲碎。我感觉小乌龟在我的肩膀上吓得直打哆嗦。

“我从来没有往这个角度想过。”我说。

“我绝对没办法坐飞机。天哪，绝对不会！还记得有一年冬天，一架飞机一头扎进华盛顿特区那条结了冰的河里的事吗？我在电视上看到，他们的尸体被拉出来时都冻僵了，膝盖和胳膊都弯着，像那些本来应该骑着马的塑料小牛仔，可是一旦没了那些马，他们就全都没用了。唉，天哪，太惨了。我都能听见乘务员说：‘各位旅客，请系紧安全带。’镇定无比，好像在说：‘没事，都是套话，不必当真。’结果再一睁眼，你就变成一坨冰块了。哦，糟糕，德韦恩醒了。我去把他抱过来。”

我也记得那次飞机失事。电视上播了救援直升机放下绳子，从满是死人的冰河上救起唯一幸存的乘务员。我还记得她紧紧攥住那条绳子的样子。像小乌龟。

露安很快就抱着孩子回来了。“德韦恩，来了几个很好的人，我想让你认识一下。说‘你好’。”

他还是个小不点儿，皮肤真的有点透明。我想起在休斯·沃尔特的生物课上看的《透明人》。“他可真漂亮啊。”我说。

“你真这么想的？我简直爱死他了，可我老觉得他脑袋有些扁。”

“孩子都这样。刚开始脑袋就是这么扁，过上一阵子，前额就会慢慢鼓起来。”

“真的吗？我一点儿也不知道。没人告诉过我这个。”

“真的。我在医院工作过。我看过很多新生儿，个个脑袋扁得像把铲刀。”

她脸上露出严肃的神色，不声不响挑剔地看了孩子好一会儿。

“那你是怎么想的呢？”我终于问，“我们搬进来，成吗？”

“当然成了！”她睁得老大的眼睛和抱孩子的样子让我想起珊迪。市中心的那位女士可以从她们二人当中随意选一个作画：《向日葵眼睛的迷茫圣母》。“你们当然可以搬进来啊，”她说，“我很乐意。但我还不敢肯定你愿不愿意呢。”

“我为什么不愿意？”

“哦，我的天，你瞧，你又苗条，又聪明，又招人喜欢，什么都好，而我和德韦恩，唉，我们窝窝囊囊地待在这里，想方设法地过日子。我把那个广告放到报纸上的时候，我想，唉，这四美元算是打了水漂了，这世界上谁会搬到这里跟我们一起住啊？”

“快别说了行吗？可别说得人人都比你强。我只不过是个山里来的乡巴佬，还带着个收养的孩子，人人都跟我说这孩子傻得像一袋石头。我哪点比得上你啊，姑娘？我说的是实话。”

露安用手捂住嘴。

“怎么了？”我说。

“没什么。”我清清楚楚地看出她在笑。

“得啦，到底怎么了？”

“好久没听见了，”露安说，“你说话跟我挺像的。”

## Chapter 06

# 情人节

冬天第一场致命的霜冻是情人节那天降临的。玛蒂家的紫豆藤从篱笆上垂下来，像太阳底下风干的一条条牛肉干。看到那片色彩缤纷的丛林化作黑乎乎的泥灰，我的心都要碎了，尤其是，那天还是个人人都在互赠鲜花的日子。可是这丝毫没有影响玛蒂的情绪。“这就是生命的循环，泰勒，”她说，“旧的去了，新的才来。”她说霜冻能让白菜和抱子甘蓝的幼芽更美味，可我觉得她这是在幸灾乐祸。前一晚，听了天气预报以后，她出去从番茄藤上摘了满满一桶硬邦邦的小圆球，所以今天早上，她在楼上烤起了青番茄馅饼。我知道，这东西听着不比小孩子拿泥巴和六月虫做成的馅饼好到哪里去，可闻起来还是很诱人的。

我在“耶稣就是上帝”二手轮胎店里找了个活儿。

如果不是万不得已，我是肯定不会选这条路的。我喜欢玛蒂，可你知道我和轮胎的事。每次我去她那里看我的车子，都感觉自己像那部战争片里的约翰·韦恩，他扣紧钢盔，喝上一大口波本威士忌，朝着雷区冲去，吼叫着：“不自由就粉身碎骨！”

可是玛蒂是我认识的唯一一个可以不用花钱也不用跑很远就能说话的朋友，当然，后来还有露安。所以，她告诉我店里还需要个人手的时候，我只想礼貌地把话题转移开。她说，她招过很多兼职帮手，可是人们如果来去匆匆，就根本没时间掌握像补胎、调试这些活儿里的窍门。我就对她说，我对诸如此类的东西也没什么天分，刚才那人的皮带扣上是有一条真蝎子吗？他们是怎么把那些奇怪的环扣和星星缝到牛仔靴上去的，得有个特殊的重型缝纫机吧？

可是这些题外话都没法让玛蒂偏离她的主线。她坚信我在轮胎方面天生有才。没有顾客的时候，她就跟我和小乌龟闲聊；我们回家时，她就送我们满满一袋白菜和豌豆，然后说："再考虑考虑，宝贝。把这事放进你的'星期一决定'篮子里。"

等玛蒂说到她会免费给我换两只新轮胎，再教我修理我车上的点火器的时候，我知道，我再拒绝的话就是不识好歹了。她给我的报酬是德比汉堡店的两倍，而且这里当然没有需要干洗的可笑工作服。如果我被炸上天，至少还穿得体面。

从很多方面说，这份工作堪称完美无缺。再没有比玛蒂更好的上司了。她耐心、善良，如果我需要，还让我带着小乌龟来工作。露安有时会帮忙照看孩子，可是如果她要出去买东西或者看医生，带着一个孩子她都忙不过来。把小乌龟完全推给露安，我感觉有点过意不去，可是她坚称小乌龟一点儿也不调皮，经常都让人想不起她还在那里。"她连尿布都很少弄湿。"露安说。这倒是真的。小乌龟人生的主要目标，除了紧紧抓住各种东西，似乎就是不引人注意地活着。

玛蒂那里总是忙忙碌碌的。她说得没错，人们总是来去匆匆，而且，不只是顾客。有一拨讲西班牙语的人，和她一样住在楼上，待的时间长短各异。有一次我向玛蒂打听起他们，她问我是否听说过庇护所。

我想起在加油站见过的旅游宣传册。“听说过，”我说，“就是给鸟儿们安排一片地方，不许人射杀它们。”

“没错，也有给人安排的地方。”她只愿意讲这么多。带着这些人来来去去的，通常是那位穿蓝色牛仔裤的神父，开着我第一次来时看到的那辆车。他的皮带扣也很有趣，不过上面不是蝎子，而是一个火柴人走迷宫似的刻印图案。玛蒂说那是印第安人象征生命的符号：迷宫里的人。这位神父身材短小，肌肉结实，长着一头乱糟糟的浅色金发。他不算我喜欢的类型，不过有那种刚从床上起来的英俊感。这样形容一位神职人员大概会犯下某种罪孽。他叫威廉神父。

玛蒂介绍我们认识的时候，我嘴上说的是“很高兴见到你”，同时尽量不去看他的皮带。可我脑子里突然冒出来的是这么一句：“你老了，威廉神父。”这句话到底是打哪儿来的？他根本算不上老，而且就算他真的老了，你也不该说这样的话。

他和玛蒂去了店铺后面，边喝咖啡、吃馅饼，边讨论着什么事情。我在前面看着店。过了一会儿，我正测试一堆旧白壁轮胎，把它们浸在水里，在漏气的地方用黄色粉笔画上小圈的时候，我突然想起来了。我想起三幅画，画的是一个圆滚滚的小个子男人：第一幅，头朝下倒立；第二幅，用鼻子高高地顶起一条鳗鱼；第三幅，把一个小男孩踹下楼梯。“你老了，威廉神父”是我小时候看过的一本书上的一首儿歌。有些页面有蜡笔涂涂画画的痕迹，所以肯定是妈妈做清洁的某家人送的，是他们家里的孩子小时候的书。只有有钱人家的孩子才能在精装书上乱画。

我决定下班后去珊迪告诉我的一家“焕新”玩具店，给小乌龟找本书。“焕新”就像妈妈做清洁的那些人家，只是选择的余地更大些。

我把所有的轮胎都做了记号后，把它们从院子里滚过去，按漏气的和完好的摞成两堆。我给自己叫了声好：这次手很稳。可是那天晚些时候，有辆雪佛兰热狗车在街上回火，我吓得跳了起来，玛蒂看见了。那时她正在接待一个顾客，可是过了一会儿，她来找我说，她一直想问我为什么经常这样一惊一跳的。我想起《读者文摘》那个“最尴尬一刻”读者专栏。里面的文章标题都很可爱：“那天我的寻回犬寻回了邻居晾衣绳上掉下来的内衣。”而在现实生活中，你最尴尬的一刻绝对是你最不情愿让《读者文摘》登出来的。

“没事。”我说。

我们各自抱着胳膊站了会儿。玛蒂的灰色刘海与其说是胡椒色，不如说更像青盐色，剪得很短，齐刷刷的。她的皮肤看起来总是有点晒伤。她眼角的皱纹让我想起她的托尼喇嘛靴。

玛蒂就像路中间的一块磐石。你可以盯着她看，一直看到奶牛都回了家，也不会让她打定的主意有一丝改变。

“可别说你在躲避法律的制裁，”她终于说，“我手上这样的人可够多了。”

“不是这么回事。”我不知道她究竟是什么意思。外面的大街上，一个男孩骑着自行车掠过，胳膊紧紧夹着一幅放大、裱框的跑车照片。“我有爆胎恐惧。”我说。

“真没想到。”她说。

“我知道。我一直没有告诉你，是因为这事比一泡鸡屎还微不足道。”我赶紧打住，想到在一个叫“耶稣就是上帝”的地方，是不是最好别说“鸡屎”这种词，可话已经说出口了。“和听起来还不太一样。但我找不到更合适的词了。我觉得没有哪个词能说清楚我害怕的那种东西。”

“真没想到。”她又说了一遍。她现在看我的眼神大概就像你第一次注意到某人有残疾那样。六年级的时候，我们有了一个新老师，三个星期后我们才注意到他没有左手。他总是用手帕遮着那儿。我们都以为他只是皮肤过敏。

“过来一下，”玛蒂说，“我给你看个东西。”我跟在她后面穿过院子。她拿出一个五加仑的简易油桶，就是吉普车捆在车后面的那种，往里面灌了一多半水。

“哇！”趁我没注意，她把那只沉甸甸的桶朝我扔了过来。我接住桶，心想这家伙差点把我撞翻了。

“吓你一跳，但还不至于要了你的命，对吧？”

“对。”我说。

“这是二十八磅水。相当于你打进轮胎的二十八磅空气。打到你身上的时候，感觉就是这样。”

“虽然你这样讲，”我说，“可我亲眼看到，有个人给轮胎打气的时候被掀上了天，一直飞到美孚石油的牌子上。他的拖拉机轮胎爆炸了。”

“那又另当别论，”玛蒂说，“如果我们这里来了拖拉机轮胎，我会处理的。”

我从来没有想过轮胎爆炸的强度有区别，不过仔细想想，有些情况就是要比其他情况更严重，这也是理所当然。我虽然还没办法彻底打消恐惧，但感觉好多了。去他的不自由就粉身碎骨。

“好，”我说，“到时候我们一块儿来处理吧，怎么样？”

“那太好了，宝贝。”

“我可以把桶放下了吗？”

“当然可以，放下吧。”她用很严肃的口吻说，好像那只水桶是我们认真讨论的某个很重要的汽车零件。我很感激玛蒂在这场谈话里一次也没有笑。“或者，”她说，“最好把里面的水浇到甜豌豆上。”

关于植物，我有许多东西都弄不明白，比如，为什么霜冻杀不死甜豌豆？那个男孩又飞快地骑了过去。或许是另一个男孩。这次他胳膊底下夹了一束白纸包着的玫瑰。水汩汩地往甜豌豆上流淌的时候，我发现玛蒂在抱着胳膊看我。只是单纯地看着而已。我突然好想妈妈，想得胸口都疼了。

我猜，小乌龟一度试图在没有一本书陪伴的情况下度过一生。然后有一天，一下子有两本书都是为她而买的。我给她买的是《唐老鸭先生有间屋》，图上画着唐老鸭在窗台的花盆里种芹菜，在浴缸里种西兰花，在起居室地毯下种胡萝卜。唐老鸭楼下的住户能看到胡萝卜从天花板上冒出来。这本书让我想起了玛蒂。而且，里面的纸页都很结实，我希望它能经受住小乌龟那种能把萝卜榨出汁的抓握。

去市中心购物时，我还找了张注定会迟到的情人节贺卡，想寄给妈妈。我还是有些难过自己离开了她，而且觉得改了名字就像终极背叛，可是妈妈并不这么看。她说我能想到泰勒这个名字不知道有多聪明，这个名字就像水洗牛仔裤一样适合我。她告诉我，她一直觉得玛丽埃塔这个名字和我不太相称。

我找到了适合寄给她的那张贺卡。封面画着很多心形图案，写道："希望你家很快拥有一件又大又结实的东西，能打开那些拧得密实的盖子。"贺卡打开，里面画的是一把水管扳手。

与此同时，露安则在日用品店排队结账的地方买了本宝贝取名书。我到家时，她已经把那本书打开立在炉子上，一边做晚饭，一边大声念着女孩的名字。小乌龟和德韦恩都靠在桌边的椅子里，那两把椅子对他们来说太大了。德韦恩的脑袋耷拉着，他太小了，还撑不住自己。他冲着地板摇摇晃晃，像从篮子里扭着往外逃的蛇人。而小乌龟就那样坐着，望着空气，或者望着桌上一件对她来说真实存在的东西，就像看不见的大便对雪地靴来说是真实存在的一样。

露安拍打着罐子盖，想唤醒那个无动于衷的热瓶子。她已经停止喂奶，开始给德韦恩吃配方奶粉。她说自己已经快变成化石，没有足够的奶水给德韦恩吃了。

"莉安德拉，莉奥妮，莉奥诺尔，莱斯丽，莱蒂西亚。"露安大声诵读着这些名字，同时回头留心看着小乌龟，好像希望当她碰上了正确的字母组合时，孩子会像老虎机似的吐出一堆两毛五的硬币。

"上帝保佑，"我说，"你打算从阿加莎和艾米一路找下去吗？"

"哦，嗨，我没听见你进来。"她显得有些不好意思，像正在赌咒发誓的孩子被人撞了个正着。"我想我今天能念完一半，明天就好了。你猜怎么着？露安这名字正好在全书正中间。我怀疑我妈妈也有这么一本书。"

“妈妈们用的是圣经，不是这种跟《国家探索杂志》摆在一个架子上、一本卖五毛钱的玩意儿。”我清楚得很，我的众多名字没有一个出自圣经，露安的名字也不是，可我不管这个。我单纯是因为心情恶劣。我把小乌龟架在肩膀上。“就算你叫出正确名字了，你真指望她能有什么反应吗？跳起来，尖叫，亲你，像上游戏节目的人那样？”

“别冲我发火，泰勒，我只是想帮忙。我有点担心她。我不是说她傻，可她好像没有表现出什么个性。”

“她当然有个性，”我说，“她喜欢抓住东西不放。这就是她的个性。”

“恕我冒犯，那可真算不上个性。孩子那样做都是无意识的。我没在医院之类的地方工作过，可至少这点我还清楚。个性是你后天学习才会有的东西。”

“把全世界的名字都朗读一遍，就会教出她个性来吗？”

“泰勒，我不是想对你指手画脚，可是每一本杂志上都说，想要培养孩子们的个性，就得和他们一起玩儿。”

“所以呢？我经常跟她玩儿。我今天还给她买了本书。”

“好吧，你是跟她玩。对不起。”露安从炉子上的大锅里舀出汤，把碗端到桌上。她的碗里只盛了大约两勺红色的肉汤。她在饿着自己，想减掉怀德韦恩时长的那些肉，依我所见，那些肉恐怕都是长在她脑子里的。

“这是俄式甜菜汤，”她宣称说，“名叫罗宋汤。是甜菜把汤染红的。本来还要在最上面搁上酸奶油，可那样卡路里就太要命了。做法是我从《女士家庭杂志》上学来的。”

我能想象她舔着食指，逐页翻阅某篇叫“冬季家庭悦食谱”的文章，寻找处理我从玛蒂那里带回家的一大堆白菜的办法。我捞出一块粉红色的土豆，放在小乌龟的碗里捣成泥。

“我没事了，露安。不是针对你，我只是情绪有些坏。”

“当心，里面有豌豆。任何比高尔夫球小的东西都有可能堵住孩子的气管。”

对露安来说，生命本身就是一项有生命危险的艰巨事业。世上没有哪样东西是全然无害的。除了收集拉美裔银行总裁们的资料以外（眼下安赫尔正在说离婚的事，她也就开始任由那些资料散落），她还喜欢收集你能想到的各种离奇灾难的新闻报道。毫无察觉的餐厅顾客因天花板风扇掉落而被斩首。家人玩飞盘时，婴儿头朝下跌进啤酒冰镇箱，淹死在融化的冰块里。一位有七个孩子的家庭主妇从威肯蜡烛店里走出来，碰巧被街对面建筑工地上打偏了的高压钉枪射穿心脏。按照露安的思维方式，这不仅证明冰镇箱和建筑工地是危险的，威肯蜡烛店和飞盘游戏同样危机四伏。

我答应她不会给小乌龟任何比高尔夫球小的东西。想到白菜，我觉得很有趣：如果把一片白菜叶压缩成高尔夫球大小，它危险吗？还是只因为整棵白菜很大，就说白菜是安全的呢？

露安正吹着一口汤，还是太烫，不好咽下去。“如果我给奶奶做俄式白菜汤，我都能听到她会说什么。她会说，我们全都变成共产主义者了。”

那天深夜，孩子们都睡了，我才真切地意识到是什么让我烦恼不已：露安在杂志上寻找育儿建议和菜谱，而我辛苦工作了一天，回家牢骚满腹。我们就像电视广告上名叫米特尔和弗雷德之类的两口子。我都能想象我们谈起了空气清洁器。

露安穿着浴衣走进来，头发上裹了一条蓝色毛巾。她蜷在沙发上，又开始翻起那本取名书来。

“哦，天哪，在我开始翻男孩名字之前，赶紧把这本书拿走。肯定有五万个名字都比德韦恩·雷要好，我甚至都不想知道是些什么名字。现在已经太晚了。”

“露安,陪我喝点啤酒吧。我有事想跟你说,但不想惹你生气。”她拿来啤酒，端坐着，好像我给她下了个命令，我知道这样肯定不会顺利。

“好，开始吧。”听她的语气，你会以为我拿着杆 M-16 步枪。

“露安，我搬到这里来，是因为我知道我们合得来。你真好，给我们大家做饭吃，有时还照顾小乌龟。我知道你是好心。可是我们好像在扮演布朗黛和大梧[①],就差那条叫‘点点’的小笨狗给我拿拖鞋了。看在上帝的分上，我们不必非要像一家人。你有你自己的生活要过，我也有我的。你不必为我做这么多事情。”

“可是我想做。”

“可我不想让你做。”

就谈成这样了。

我们喝到第三瓶啤酒，吃了一袋油炸玉米片、一包小袋分装的甜椒奶酪片、一罐芥末沙丁鱼的时候，露安哭了起来。我记得我说了一句:“我自己都没有过老爹，我干吗会愿意扮成一个啊？”

---

①美国卡通漫画《布朗黛》中的人物，一对情侣。

都是这些垃圾食品害的，我想。我们整天吃这些东西，那帮豆奶屁孩一定又会讲些不知所云的话。

忽然间，露安安静了下来，双手捂住嘴。我想她一定是噎住了(尽管她说了那么多高尔夫球的事儿)，随即想起了玛蒂店里墙上海姆立克急救法的挂图。她那里经常要给人提供食物。我努力回想要不要拍打对方的脊背。可是露安把手拿开，捂住眼睛，像三勿猴[①]中的勿视、勿言猴。

“哦，天哪，”她说，“我醉了。”

“露安，你才喝了三瓶啤酒。”

“这就够多了。我从来不敢喝酒。想想我喝醉了以后会干出的事，我就怕得要死。”

我倒是兴致盎然。这栋房子里充满了各种意想不到的惊奇。但这次和那只猫的情形完全不一样。露安只是担心她会失控，干些可怕的事情出来。

“比如什么事？”

“我不知道。我怎么会知道？反正会有事儿。我感觉我还能交到朋友，唯一的原因就是我总是小心翼翼地没有说傻话。如果我不小心露馅，那就完蛋了。”

“露安，亲爱的，这样的友谊理论可太荒谬了。”

“不，我就是这样想的。自从安赫尔离开后，我老想着去年八月，他的朋友曼尼和拉莫娜夫妇过来，我们都到沙漠里去看流星。据说会有好多流星，要下一场流星雨，好多媒体都说。可是我们一直等

---

①三只分别捂住眼睛、耳朵、嘴巴的猴子，寓意出自《论语》“非礼勿视，非礼勿听，非礼勿言”。

啊等，还喝了瓶龙舌兰酒，喝得底都不剩。第二天早晨，安赫尔不停地说，‘伙计，你能相信昨晚那场流星雨吗？什么，你都不记得这事儿了？’可我真的不记得了，只记得我们找拉莫娜戒指上嵌的星形蓝宝石，不知它掉在哪里了。后来才发现，那枚宝石很早以前就掉了，她在家里的狗食盘里找到了，你能相信吗？”

我试图把安赫尔安顿在某个鸽子洞里，或者我头脑里储存着我对男人认知的某个地方。我喜欢这个会去看流星的新版安赫尔，可是讨厌他第二天的样子，因为一件可能都没发生过的事情对露安大肆嘲笑。

“他可能在戏弄你，”我说，“也许压根就没有沙漠流星雨。你问过拉莫娜吗？”

“没有。我从来没想过这个。我觉得一定有。”

“你干吗不去给她打个电话问问？”

“她和曼尼搬到圣迭戈去了。”她呜咽着。听她这么说，你会觉得他们之所以搬走，就是为了不让露安知道这件事。

“好吧，真不走运。”

她不肯罢休。“可问题还不在这儿。根本不在于我错过了什么重要的事。我一直在想，如果我能错过一整场流星雨，唉，那我还可能做出其他荒唐的事情来。就比如说，没准我会裸奔穿过沙漠，边跑边唱‘跳向我的露’。”

我发起抖来。沙漠里有那么多带刺的树和遍身荆棘的小玩意儿。

她悲哀地凝视着那只空空如也的玉米片袋子。“今天还是情人节呢，”她说，“这么大的世界，人人都坐在家里的沙发上跟丈夫亲嘴、看电视，可是露安不行，不行，先生。她丢了丈夫，连电视也丢了。”

我都不知道该从何说起。我想起妈妈另一句有关猪的妙语来："待宰的猪全变成了聋子。"意思是人们只听他们愿意听的话。妈妈是在一家养猪场长大的。

露安背靠沙发，看上去扁扁的，有些走形。我想起她父亲。她曾经告诉我，她父亲是开拖拉机时翻车被轧死的。他被发现的时候，人给轧进了一片泥滩里，大家把他拽出来以后，泥滩上留下了一个完整的人形印迹，露安管它叫"爸爸印"。她曾经想用巴黎石膏填满那个空洞，保存起来，就像上学时为母亲节做的那种手印。

"我一直在想，我会失去他，是不是跟我们那天晚上喝醉了酒有关。"她说。有片刻我迷惑不解，还在想着她父亲。

"你不是说安赫尔走了你很高兴吗？"

"是吧。可是你知道，我还是觉得不该走到这一步。我本来是想一辈子只爱一个人，直到天荒地老什么的，可是没做到。所以，我肯定是在哪里搞砸了。"

"露安，你看杂志看得太多了。"我走进厨房，翻腾冰箱，这已经是那天晚上第十五次了。还是老样子：只有白菜和花生酱。我打开一个橱柜，往一罐罐煎豆泥和番茄酱后面瞄了瞄。有一瓶黑糖蜜、一盒速溶粗玉米粉、一个粉红鲑鱼罐头。我把这几样东西可能的搭配全都想了一遍，决定再来一袋玉米片。我想，没有电视机的人就会这样。死于垃圾食品。

我回到起居室的时候，她还在因为安赫尔而闷闷不乐。"我来给你讲个我的理论，怎么才能一辈子跟一个男人在一起。"我说，"你知道浮球吗？"

她来了精神："什么球？"

“浮球。马桶里的一个部件，冲水的时候能上下活动。它会把水挡住。”

“哦。”

“我在汽车旅馆打工的时候，有一回，有个马桶漏水，我得更换浮球。包装上写着一段话，我一直留着那张包装纸，直到熟记在心才扔掉：‘请注意。本包装中的零件适用于各种装置，但不存在某种装置需要使用全部零件。’这就是我关于男人的哲学。我不觉得有那么个装置需要用上我所有的零件。”

露安捂住嘴巴想掩住一声大笑。我都怀疑有人告诉过她放声大笑是犯法的。

“我可是当真的。我指的是心智和其他一切，可不只是一只鸡被剁成的那种零件。”这次她大声笑了出来。

“我把我最隐私、最黑暗的秘密告诉了你，你却哈哈大笑。”我假装生气。

“他们肯定用得上胸、大腿或者小腿，可是谁都不会想要脏兮兮的老颈骨！”

“别忘了还有翅膀，”我说，“他们一直想狼吞虎咽地吃掉你的翅膀。”我把袋子里剩下的玉米片倒进我们俩中间那条长凳上的一只碗里。我还真有点想去拿那罐花生酱了。

“你看我给我妈妈买的情人节贺卡。”我说，在包里翻了半天才找到。可是露安已经笑得要岔气，我敢说，这时候哪怕我给她看一张电费单，她也会觉得那是有史以来最搞笑的东西。

“天哪，”露安说，任由卡片掉下来落在她大腿上。她高亢的笑声逐渐降低，像毕业舞会上的皇后从体育馆的楼梯上飘然而下。“我可以用上一个好扳手。或者，何不用一个……你管那玩意儿叫什么？就是像根火腿肠的那个？”

我不知道她指的是什么。“填缝枪？角向电钻？电瓶接头清洁器？”仔细想想，几乎所有的工具不是像火腿肠就是像把手枪，全凭你怎么看。“华盛顿纪念碑？”我说。这下又把露安引爆了。如果大笑真的犯法，我们两个现在恐怕已经在被押往森森[1]的路上了。

“我的天，这句话就该印在情人节贺卡上，”她说，“我都能想象出把这个寄给我妈妈会怎么样。她肯定站在厨房里当场发飙。劳甘奶奶会一惊一乍地说，‘那是啥意思？我没看明白。’她会追在邮递员后面说，‘年轻人，回来待会儿，问问艾维是什么东西这么有意思。’”

“我的天，我的天。”露安又说了两遍，擦着眼泪。她一抬手往嘴里扔了块玉米片，又津津有味地舔了舔每根手指。她靠在沙发上，裹着绿色的毛巾布浴袍和蓝色的包头巾，像巡视尼罗河的克娄巴特拉女王，雪地靴蜷在她的脚边，像只疯疯癫癫的宫廷宠物。我从什么地方看到过，在古埃及，精神分裂症患者都被尊崇为神灵。

“给你讲件事儿吧，”露安说，“如果有什么事情烦着安赫尔的话，他绝对不会大半夜不睡觉、陪我说话、吃所有能吃的东西。你不会觉得我烦得让人发疯吧？”

我竖起两根手指头。[2]“要和平，姐妹。”我说，深知只有彻头彻

①美国联邦监狱，位于纽约的欧西宁。

②竖起食指和中指作“V”形，在反战运动中是象征和平的手势。

尾的乡巴佬才会在八十年代说出这话。爱珠[①]传到皮特曼县，跟拨号电话是同一年。

"和平与爱，随着鸽子高飞。"她说。

①嬉皮士戴在颈上象征爱与和平的彩色串珠。

## Chapter 07

# 如何在天堂里吃饭

“一个红脸印第安人以为可以在教堂里嚼烟草！”露安闭着眼睛，仿佛灵魂出窍，把这句话从自己四年级的记忆中挖掘出来，那样子就像抢劫案的目击证人正在接受催眠，试图回忆那辆逃亡轿车的颜色。“就是它！算术！[①]”她跳上跳下地尖叫道。然后她又说：“关于印第安人，没有冒犯在场任何人的意思。”其实谁也没觉得冒犯。

“没错，我也记得这些。”玛蒂说，“每门课都可以编个句子，‘地理’可以说：乔治爱吃放久了的灰色大头菜，然后捡起他的——什么东西。[②]会是什么呢？”

“真恶心，”露安说，“简直像吃了条蛆虫。”

我想不出乔治可以捡起哪一样以Y开头的东西。“可能是你找的词不太对头，”我对玛蒂说，“也许可以换成别的，比如‘抽他的

---

①“一个红脸印第安人以为可以在教堂里嚼烟草”原文为“a red Indian thought he might eat tobacco in church”，各单词的首字母合起来组成“arithmetic（算术）”一词。

②原文为“George eats old grey rutabagas and picks his...”，以将所有单词的首字母组成“geography（地理）”一词。

纱线’。”

“种他的园子呢？”露安建议。

“宠他的牦牛。”[1]那个黑皮肤的英俊男子说。他是玛蒂邀请来参加野餐的一对年轻夫妇中的一位。他们的名字我还没捋顺：埃斯什么，埃斯什么。男的以前在危地马拉城做英语教师。我们先是聊起他为帮助学生记忆英语元音而编的口诀，然后又聊到拼写上。

“牦牛是什么？”露安问。

“一种毛发非常茂盛的牛。”他解释说，似乎有点不好意思。我和露安跟他说过三四遍了，他的英文说得比我们两个加起来还好。

我们都四肢舒展地躺在岩石上，像一群在太阳下懒洋洋的蜥蜴，感觉舒服极了，不愿意挪动。露安的脚伸进水里晃荡着。她坚称自己穿短裤看着就像一台谢尔曼坦克，可最后还是换上了，又穿了件粉红色的无肩背心，她告诉我们，安赫尔管这个叫抹胸。我穿着牛仔裤，很后悔。霜冻一过，二月的天气立即变暖了，三月也是让人微微出汗的宜人天气。露安和玛蒂一直说这是有史以来最热的冬天。再过些年，等我们上了岁数、回望过去时，会觉得这是没有冬天的一年，只是情人节这天上帝送来一场霜降，让我们吃到了青番茄馅饼。夏季的野花还没到复活节就开始怒放，玛蒂说，上帝一定是在告诉我们该向山野进发，享受一顿野餐。你永远搞不清玛蒂心目中的上帝是什么版本的。他的形象一个接一个地变着。

我们来到一个你绝对想不到会在沙漠中发现的地方：一片小小的幽静之地。一条小溪从山顶一路奔流而下，在峡谷边缘的巨石上

---

① “抽他的纱线”“种他的园子”“宠他的牦牛”英文分别为“pulls his yarn”“plants his yard”“pets his yak”。

纵身一跃，破碎的水花汇成一眼清澈的深潭。洁白的岩石从水里斜着露出来，像巨大而友好的河马屁股。木棉树围拢成一圈，树脚浸在凉凉的湿地里，树梢在我们头顶时而聚拢，时而分开，轻轻地飒飒作响，让我想起了小时候经常玩的那种传话游戏：大家围成圈，悄声传某句话。你一开始说的是“兰迪朝五金店里走过去”，转了一圈以后却变成“奶奶往母鸡肚里装东西”。

到这里来是露安的主意。她刚到图森的时候，经常跟安赫尔上这儿来。我不知道她选择了来这里是不是个好兆头，可安赫尔不在场，她好像并没有不开心。她更在意的似乎是我们大家喜不喜欢这个地方。

“这地方好吗？你们真觉得好？”她一遍又一遍地问，最后我们都恳求她相信大家的话，这里是整个地球表面最棒的野餐地点，她这才放下心来。

“其实我和安赫尔还商量过，在这里举行婚礼。”她说，把脚趾头一下下地浸到水里又缩回来。这里也有耶稣虫，但不是老家那种长腿、优雅的品种。这些虫子的形状有点像我的车，在水面上东倒西歪地窜来窜去。它们聚在一起的样子，就像大众汽车王国在举办一场毕业晚会。

“这婚礼可够受的，”玛蒂说，“客人还得来一场健身徒步旅行。”

“哦，不会。所有人都骑着马。你能想象吧？”

也许我在《人物》杂志上见过。跟马有关的任何事我都很厌恶，我总是忘记，安赫尔是在干骑术表演赛的那些日子赢得露安的芳心，把她从肯塔基偷走的。

“总之，”她继续说，“因为安赫尔的母亲，我们始终没法通过这个方案。她说：‘好吧，孩子们，就这么干。等我从马背上摔下来，脑袋碰到岩石上开了瓢，就从我身上踩过去，继续办你们的婚礼好了。’”

那位英语老师用西班牙语温柔地对妻子说着话，她则微笑着。我们的对话好像大部分都在翻译中走失了原意，像是某种国际版的传话游戏。不过，这个故事是从鲁伊斯太太的西班牙语（露安声称她婆婆认识的英语单词全是些疾病名称）翻译成英语，然后再毫不费力地译回去的。有一类母亲在任何语言中都一样。

他们两人分别叫埃斯佩兰萨和埃斯特温，听名字你会以为他们俩是双胞胎，而不是一对年轻夫妇。他们还真有双生的特点。他们都很小巧，肤色深，有着同样高高的额头、警惕的眼睛、骨骼结实的脸庞，在酒吧、加油站和切罗基部落国的明信片上，这样的脸令我迷恋。玛蒂跟我说过，危地马拉有超过半数的人是印第安人。我以前从不知道这个。

埃斯特温的小巧让他显得紧凑而矫健有力，大多数人身体里面仿佛充满松肉和锯末的部位，在他那里却仿佛都是钢条。埃斯佩兰萨则像是被缩小了的那种小巧，仿佛用热水洗过的羊毛衫。她的手小得不可思议，很难相信她小小的上衣胸口那些红色和蓝色的菱形图案以及绿色的鸟儿都是用正常大小的针绣的。我有个想法，在人生的某个时期，她的身体曾经更大一些，只是有人像打开套娃似的，把她一分两半，从中发现了小巧版的她。她几乎不占一点儿空间。我们别的人聊天、扬水、大笑的时候，她安静地坐着，像是从石头上自然生长出的一丛彩色的枝条。她让我想起小乌龟。

那天早些时候，她和小乌龟之间出现过特别的一幕。我们开着两部车上了路，露安、我和孩子们在刚刚换上翻新轮胎的车上带路，另外三个人坐玛蒂的皮卡跟在后面。到了小路的起点，我们把车停在一棵牧豆树下小小的阴凉地里（那片树荫就像灰色的蕾丝衬裙），然后把冷藏箱、床单和水壶一一从车里取出来，最后取出来的两样是德韦恩和小乌龟。

埃斯佩兰萨正要从车里出来，看到那两个孩子，忽然向后倒在了车座上，像遭到了二十八磅空气的重击。接下来的十几分钟里，她脸色惨白，好像煮透了的蔬菜。她的目光一刻也无法从小乌龟身上移开。

我们沿着小路上山的时候，我故意落在埃斯特温后面，和他闲聊起来。露安走在最前面，把德韦恩放在育儿袋里背着，头上还顶着他的塑料车座，像戴着一顶太空时代的遮阳帽。埃斯佩兰萨走在我们和露安之间。从后面看，你会误以为她是个学生，两条长长的辫子在背后轻轻摇摆，步子一丝不苟，小小的凉鞋移步向前。挂在肩上的那只橘黄色的塑料水壶，像是从另一个世界强加到她身上的重负。

我终于问埃斯特温，他妻子没事吧。他说当然没有，她挺好的，可是他知道我话里有话。过了片刻他说，我女儿看着像他们在危地马拉认识的一个孩子。

“就我所知，还真有可能。”我大笑起来，对他解释说，她不是我的亲生女儿。

后来，我们在石头上坐下，开始吃香肠三明治。埃斯佩兰萨一直注视着小乌龟。

我和埃斯特温最终决定鼓起勇气下去试试冷水。“不许看。”我大声说，然后脱掉牛仔裤。

“泰勒，不要！”露安说。

“看在老天的分上，露安，我穿着正经内衣呢。”

“不，我不是这个意思。吃完东西一个小时内不能下水。会淹死的，你们两个都会淹死。你胃里的食物会把你拽下去。”

“我们有你呢，露安，”我说，“如果我们沉下去，你一定能把我们捞出来。”我捏住鼻子，跳了进去。

水冷得要命，我简直不明白它为什么没有牢牢地冻在白雪覆盖的山顶。我们两个屏住呼吸，朝对方扬着水花，直到露安威胁说她会要了我们的命才停手。玛蒂则更愿意使用直接手段，她开始往溪中投掷土豆大小的石头。

“如果你们觉得我会下去把你们谁给拉上来，那可真是没脑子。”玛蒂说。露安说：“如果你们想待在那儿，染上沛炎[①]，那就自便吧。”

埃斯特温时而高喊，时而用西班牙语唱歌，用这种奇妙的约德尔唱法[②]夸张地表演着。他像狗刨水般向埃斯佩兰萨游过去，下巴搭在妻子脚边的岩石上，继续唱着歌，随着歌词一下下地点头。是什么样的歌词，很容易猜：“我亲爱的夜莺，我的玫瑰，你的眼睛像天上明亮的星。”他英俊得令人难以置信，那微笑的模样简直能把你的心敲开成两瓣。

可是埃斯佩兰萨还坐在那里出神，一次又一次把目光投向蓝色床单上那两个熟睡的孩子。说真的，谁能责备她呢？那场面太温柔了。木棉树的树荫涟漪般洒在孩子身上，他们看上去就像旧童书里

①原文为“pee-namonia”，露安将“肺炎（pneumonia）”说错了。

②真假嗓音反复变换的一种歌唱方式。

的一幅画，孩子待在水下世界，吹出晶莹的泡泡，手握住鱼尾巴。德韦恩戴着一顶巨大的白色水手帽，在他的车座上往前点着头，但是小乌龟的嘴巴张着，冲着天空。她的头发湿淋淋的，聚成一绺绺黑色的细线，黏糊糊地贴在太阳穴附近，额头比平时露得多了些。即便隔着一段距离，我仍然能清楚地看见她的眼睛在薄若白葡萄皮的眼睑下面悸动。小乌龟总是做些绝望、激烈的梦。睡着的时候，她好像可以自由自在地去做一切她醒着的时间里只能静静观看的事情。

我们傍晚时分返回，天已经暗下来了，但车灯还帮不上什么忙。玛蒂说，一到这个时候，她就全瞎了，所以开车的是埃斯特温。“这个时候要多加小心。”他们三个钻进皮卡的驾驶室时，玛蒂叮嘱道。“除非迫不得已，不要停车。”露安、孩子们和我在我的车里跟在后面。

幸运的是，从停车场出来，有一道很长的斜坡，发动起车子来简直小菜一碟。我还没骂上两句，车子就启动了，我们很快追了上去。玛蒂不用担心：埃斯特温是个谨慎的司机。我们慢悠悠地前行时，露安老得把手伸到后座让两个孩子安分些。其实后座早已不见了，只有以前的后座留下的一个坑。步行下山的时候，两个孩子都酣睡着，可是这会儿他们彻底清醒过来了。

“哦，该死，我的上半截胸都晒伤了，”露安说，皱着眉头俯视胸部，“那些妊娠纹什么的。”

玛蒂的皮卡忽然刹住，我差点跟它追尾了。我猛地踩下刹车，大家全都朝前栽去。后座上砰地一响，接着是一阵介于咳嗽和尖叫之间的声音。

“老天啊，是小乌龟，”我说，“露安，是她，对吧？就是她的声音。她的脖子摔断了吗？”

“她没事，泰勒，大家都好好的。你瞧。”她抱起小乌龟给我看。“她翻了个筋斗。我想刚才是她笑了。”

看来的确是这样。她正紧紧地黏在露安的抹胸上，还笑眯眯的。我和露安都看着她。过了一会儿，我们又把目光转回前面皮卡的后挡板上，那车子已经在路上一动不动了。

“出什么讨厌的事情了？”露安问道。

我说不知道，但接着我又说：“瞧。”前方的路上有一只鹌鹑，一片很大的羽毛从它头顶上钻出来，像四十年代摩登女郎的帽子。乍一看，它在路上急匆匆地蹦来蹦去，接着我们慢慢看清了，有二十几只小鹌鹑都聚拢在它周围。这些小家伙就像一颗颗毛茸茸的滚珠，在轴承里不停地绕圈。

我们惊得嘴巴张开又合上，几个人全都凝固在座位上。我想已经混乱成这样了，就算这时我们鸣喇叭或挥手驱赶，这位可怜的妈妈也不会更无所适从，可是我们都端坐着没动。连小乌龟都很安静。漫长的一两分钟过去了，鹌鹑全家簇拥着离开了公路，走进一片乱糟糟的灌木丛。皮卡的刹车灯闪烁了几下，像在眨眼，埃斯特温重新发动了车子。刚才那一幕中有某种东西让我的眼泪直往上涌。我一定是快要来月经了。

“你知道吗，”过了会儿，露安说，“如果换了安赫尔，他会恨不得每撞到一只就给自己加两分。”

知道小乌龟发出的第一个声音是笑声，我如释重负。如果我带着她穿过大半个国家，却把她照料得一团糟，她还会笑吗？我想绝对不会。她会静静地等待，收集她需要的词语，甚至句子，然后终于开口："看你干的什么好事！"

我怀疑自己受了露安的传染，要赋予这笑声某种象征意义。露安天天研读自己的星座运程，还有我的，还有德韦恩的。她总是焦虑地说，我们永远不会知道小乌龟是什么星座了（对我来说这是对小乌龟的种种忧虑中最无关紧要的）。她还出于一种奇怪的逻辑一口咬定，一个男人会离开妻子就是因为她错过了一场流星雨或者买错了饼干；如果信件来得晚了，那就意味着有人（很有可能是劳甘奶奶）死了。

可是，我们俩都无法解读小乌龟说出的第一个词象征着什么。那个词是"豆子"。

那天我们正在玛蒂家的后院，帮她在园子里种夏季蔬菜，她说，今年天气这么热，已经种得有些晚了。玛蒂的座右铭大概是："别让你的脚底下长出草来，但是其他地方都要种点花花草草。"

"看这儿，小乌龟，"我说，"我们像你书里的唐老鸭那样种菜呢。"玛蒂翻了个白眼。她坚持要小乌龟在旁边看着我们种，我猜她是想纠正小乌龟脑袋里的错误概念。她担心小乌龟长大后会认为胡萝卜是从地毯下面长出来的。

"这是南瓜子，"我说，"这是辣椒籽，这是茄子籽。"小乌龟若有所思地看着那几个小小的扁盘。

"这样只会把她搞糊涂，"玛蒂说，"那些种子和它们长大以后的样子一点儿都不像。孩子这么小的时候，还没法凭空相信这种事情。"

"哦。"我说。我觉得对于小乌龟来说，每件事她都得凭空相信。

“要给她看那些和你吃的一模一样的东西。”

我从玛蒂的一只罐子里抓了一把大白豆。“这是豆子，记得加了番茄酱的白色豆子汤吗？喏，你喜欢喝。”

“豆子。”小乌龟说，“哼豆子。”

我向玛蒂望去。

“别在那儿干坐着，孩子跟你说话呢。”玛蒂说。

我抱起小乌龟，紧紧地拥抱了她一下。“没错，是豆子。你真是世界上最聪明的孩子。”我说。玛蒂只是笑了笑。

我种豆子的时候，小乌龟跟在我后面，把我种下的豆子一颗一颗掏出来，放回罐子。“好姑娘。”我说。我已经能看到一个全新的时代正光临我和小乌龟的生活。

玛蒂建议我给小乌龟些豆子让她自己去玩儿。我抓了一把豆子给她，虽然这些天里，露安关于气管和高尔夫球的警告如影随形。“这些是留给你玩儿的，”我对小乌龟解释说，“可别吃，这些是玩儿的豆子。吃的豆子家里有。还有这些，是要种进地里的。”说真的，我相信她听懂了，因为接下来的半个小时里，她安安静静地坐在两堆南瓜中间，玩着自己的豆子。最后，她把那些豆子就地埋了，大家都忘了那地方，直到有一天，一丛菜豆藤从南瓜堆里开出一条路，蓬勃地生长起来。

在回家的路上，每次见到路边有光秃秃的土地，小乌龟都会指给我看：“哼豆子。”她告诉我。

露安正在经历隔一天就剪一次头发的人生阶段。几个星期的工夫，她的头发就从齐肩长发变成了她所谓的“木瓦”短发，中间还经历了几个用花样滑冰运动员命名的发型。

“我不懂木瓦是什么，”我说，“可是你必须画条底线，要不然你最后就会变成总到玛蒂店里来的那个留着莫希干发型[1]的家伙。他头皮上还文了‘生而向死’几个字。”

“还不如剃光得了。”露安说。我觉得她没好好听我在说什么。

她非常迷恋那种笔直的金发。有短短几年，那种金发让所有女生梦寐以求。我记得那些年纪稍大点的女孩子不厌其烦地谈论漂白和熨烫手法，你会以为她们的头发是种该扔进洗衣机彻底清洗一番的东西。露安比我大几岁，那时应该正在上高中，也许错过了这一轮集体的疯狂。她太在意自己是不是这里不对、那里不对了。她告诉我，上高中的时候，她每天晚上都祈祷拥有两条魅力美腿，意思是如果你在膝盖、小腿和脚踝之间各夹上一枚硬币，硬币都能够夹住而不掉下来。她声称自己的小腿之间都能放个垒球了。我敢说她根本就没注意到，整整一年来，她的头发都完美极了。

“看着好像死翘翘了。”她拉了拉眉毛上方的一绺直发。

我不禁想提醒她，不管什么东西，如此频繁地交给一把剪刀，都不大可能活得下来。当然，我没有真的提醒她。我一直试着多多肯定她，尽管我发现，对露安来说，连称赞都是种侮辱，会导致她皱眉蹙目，劝我去约个眼科大夫。她非常鄙视自己的外表，我还没见过谁有本事像她这花样百出地贬低自己。

“长成这个样子真应该给枪毙了，”出门之前，她会对着前厅里的镜子说，“我看着就像从地狱里被倒着拖回来的。”随便哪一天她

①脑袋中间留着头发，两边剃光。

都会这样说。“好像死过一次又给焐热了。简直就像猫呕出来的东西。”

我希望那面镜子回嘴：“嘘，别说了，你不是这样的。”可它当然只会冲着她做同样的嘴型，留她陷进深深的绝望里。我常常忍不住想在镜子上贴些小纸条。我想起我那件来自肯塔基湖的T恤衫(现在是小乌龟的了)。露安需要一面写着“我他妈挺好”的镜子。

这天晚上，我们邀请埃斯佩兰萨和埃斯特温来吃晚饭。玛蒂要上电视了，在六点的新闻里。露安提议邀请他们来我们这儿看那台已经不存在的电视。她总是忘记那些安赫尔已经带走的东西，慷慨地答应把它们借出去。不过，我们还是解决了这个问题：我们也邀请了露安认识的有便携式电视机的邻居来吃晚饭。她说一直想请她们过来，她们人都很好。她们的名字是艾德娜·珀佩和维姬·梅·瓦伦丁·帕森斯，至少信箱上是这样写的。我还没见过她们，不过搬进来之前露安对我说，她们帮忙照看过德韦恩好多次，比如有一回，雪地靴吞吃了个卫生球，她赶着带它去看兽医的时候。

露安终于不再狠批自己的头发，在厨房支起了熨衣板。我在做饭。我们定下了几条规矩：周末我做饭，而且如果哪个工作日是露安照顾小乌龟，那天晚上的饭就由我来做。相当于付费看管孩子。她负责打扫除尘，因为她喜欢干这活儿；我来洗碗碟，因为我不觉得这件事麻烦。“就在第七日，歇了我们一切的工，洗豆子屎。”我大声宣告。以前我感觉，为了琐碎的家务人都佝偻了，好像很不值得。现在我开始看出意义了。

租金和物用我们对半开。露安还有些安赫尔留下的残疾保险费，出于不知什么原因，他从未动过这笔钱。他偶尔寄支票过来，但是非常稀罕。我担心一旦源头枯竭了她怎么办，但我已经想好了，我可以劝她开始自己的生活。

为了这次聚会，我鼓起勇气做了一道酸甜鸡肉。是照着露安一本杂志上的菜谱做的。德比汉堡店的那些同事们真该瞧瞧我现在的本事。本来计划要做豆子汤，以庆祝小乌龟说出的第一个词，可到周末的时候，她又说了好多新词，我没法把它们全都用匈牙利炖菜一锅炖进去。她似乎有个一根筋的词汇库，像露安得了疑病症的婆婆，不过幸运的是小乌龟的词汇库是奔向植物而不是疾病。我能想象出这两个人对话的情景："坐骨神经痛，蜂巢症，蔷薇症，脑膜软化。"鲁伊斯太太用带着浓重口音的英语说。小乌龟则回答："玉米，土豆，豆子。"

"什么事这么好玩？"露安问，"真希望我还能塞进这件衣服里去。我得先试试它，有了德韦恩以后我就没穿过了。"我已经发现，不止自己的身材，露安对生活里的很多东西都用有德韦恩之前和之后来衡量。

"你肯定能穿上，"我说，"你最近称过体重吗？"

"没有，我不想知道自己的体重。大概已经超出量程了。"

"我跟你说，我绝不相信你体重超标。如果你再说自己一个'胖'字，我就用手指堵住耳朵唱《蓝色河湾》，唱到你说完为止。"

露安有片刻没作声。传来蒸汽熨斗的嘶嘶声和潮热的棉布味道，让我想起了跟妈妈在一起的那些周日下午。

"玛蒂因为什么上电视？你知道吗？"她问道。

"我不太清楚。好像跟那些和她一起住的人有关。"

"天哪，我要是上电视，准会紧张得呆若木鸡，肯定会的，"

露安说，“我担心我会脱口而出‘内裤’这样的词。我还是个小姑娘的时候就害怕去教堂。在祷告或者别的特别安静的时刻，我就忽然害怕自己会站起来大喊一句：‘上帝的小鸡鸡！’”

我哈哈大笑。

“我知道听着很可笑。我是说，我都不知道上帝长没长那玩意儿。在画像上，他总是穿着长袍什么的。不过，对这种事儿浮想联翩恐怕已经算得上罪大恶极了。既然我都坏到去想这档子事的地步了，我怎么知道自己就不会站起身说出来呢？”

“我明白你的意思，”我说，“有个天主教的神父经常来找玛蒂，他叫威廉神父。他长得实在英俊，我觉得是你喜欢的类型，我也说不准。可有时我会想，如果我大摇大摆地走过去说：‘嗨，漂亮小伙，干吗呢？’那会怎么样。”

“就是这种感觉！你有没有过这种时候，当你站在悬崖边上，或者高楼的窗户前，就能想象自己跳下去的情景？我碰到最可怕的一次是在高中。我们毕业旅行去了州议会大厦，在法兰克福[①]。哎呀，你肯定知道，还用我说？你可以一直爬到那个穹顶下，周围只有一道护栏，往下看，人就像微型蚂蚁。然后，我发觉自己居然想抬腿跨过护栏。我当场就僵住了。我觉得，如果我这么想，就可能这么做出来。我男朋友，当时是艾迪·塔布斯，我还没遇到安赫尔，他觉得我怕高，就在回去的车里告诉大家说我有恐高症。但我觉得比那更复杂。我是说，恐高症不会让你害怕在教堂里喊出渎神的话，对吧？”

---

①美国城市，肯塔基州首府。

“对。我想，你的这种恐惧症完全不同。你害怕的是你想象的东西会变成现实。”

露安盯着我，惊呆了。“你知道吗，我觉得你是第一个听我讲了这件事后，真正明白我意思的人。”

我耸了耸肩。“我看过一部《星际迷航》，里面就有这样的台词。最后整个星球上的女人都光着身子来着。我记不清了。不过我想，柯克船长能变成一把水管扳手了。”

我们打开电视机的时候，六点钟新闻已经过半。跟隔壁的女人发生了点误会，她们一直等着我们过去拿电视机，不知道我们请了她们来吃晚饭。

埃斯特温和埃斯佩兰萨已经来了。埃斯特温玩起绅士式的调情，说我看上去真漂亮，他是不是认识我那个在二手轮胎店工作的假小子姐姐？他确切的用词是“曼妙”，而且说“假小子”的时候一字一顿。我眨巴了几下眼睛说是的，家里就数这个姐姐最有头脑了。

我想我看上去确实比较优雅。露安把我的头发分到一侧，（“要是能在一只耳朵后插一朵乱蓬蓬的大白花就太棒了，”她说，“天哪，要是能有一头像你这样的黑发，让我杀人我都愿意。”“杀人？”我说，“还是杀一只臭鼬吧！”）然后硬是把我塞进一件她“有德韦恩以前”在上城旧货店里买的衣服。那是一条中式紧身黑色丝绸裙，你得找个闺蜜一起试穿——她帮你拉上拉链，你屏住呼吸。我答应穿这条裙子，仅仅是因为换穿彼此的衣服可能会让她闭上嘴，不再说自己是台谢尔曼坦克。而且它很合身。

但是埃斯佩兰萨才是真正曼妙动人。她穿了一条笔直的长裙，面料是一种绮丽的织布，让我想起我和小乌龟到图森的头一天看见的双彩虹：是你所知道的颜色的两倍。

“这衣服是危地马拉的吗？”我问。

她点点头，露出了几乎可以称作幸福的神色。

“连皮特曼县那种丑陋得像一道烂泥墙的地方，我有时候都会想念。”我说，“要是一个能做出这样漂亮东西的地方，肯定会让人想念得心疼。”

可怜的露安已经是十分钟里第四次接到帕森斯太太的电话了，而且显然还没商量明白，因为帕森斯太太和艾德娜提着电视机走进前门的时候，露安却正好走出后门去接了。

其中一个女人带路，另外一个看着年纪更大些，拎着电视机的把手，略微蹒跚地走来，好像拎着一只格外重的提包。我赶忙冲过去从她手中接过电视机，那份重量从她手中卸掉时，她好像有些吃惊：“哦，我还以为它长出翅膀飘起来了呢。”她告诉我她叫艾德娜·珀佩。

我很喜欢她的模样。她留着剪得短短的雪白头发，胳膊瘦长而结实，一身红衣，脚上也是一双闪亮的红色漆皮鞋。

“很高兴见到你，”我说，“我很喜欢你的打扮。红色是我最喜欢的颜色。”

“我也喜欢。”她说。

帕森斯太太穿着一件上教堂时穿的那种长裙，戴着一顶小小的白色扁帽，帽子上缀了个灰扑扑的棉绒蝴蝶结。她看起来不太友善，但是当然了，我们全都心急火燎地过去努力把电视调试好。我甚至都不知道我们要看哪个频道，直到玛蒂的脸在黑白画面里浮现出来，看上去有些陌生。

玛蒂在说，既然跟联合国签署了人权方面的什么什么，我们就有法律上的义务去接纳身处危难的人们。

有个领带上别着微型麦克风的男人问玛蒂：为什么不采取合法手段？然后又问起庇护所的事。他们站在一幢砖楼前，楼下种着许多矮小的棕榈树。玛蒂说，大约有几千名危地马拉人和萨尔瓦多人申请了庇护，但只有不到百分之零点五能获得批准，而且大多数是独裁者的亲戚，而不是那些真正逃命的人。

随后电视画面上同时出现了玛蒂和采访者，却听不到他们的对话，另一个男声插进来说，上周，移民和归化局把两名非法移民，一个女人和她的儿子，遣返至他们的家乡萨尔瓦多，而玛蒂“声称”他们在圣萨尔瓦多刚下飞机就被收监，随后被发现死在一条水沟里。我不喜欢这个男人的腔调。我不知道玛蒂是怎么知道这些事情的，不过如果她说是这样，那就是这样。

但无论如何，我们看得乱糟糟的。帕森斯太太一直在说，她没法坐某种椅子，再这样下去她的后背马上就垮了。接着露安从后门进来，大声说：“妈的，她们不在家。哦。”

帕森斯太太发出一丝讥笑。“我好心告诉你一声，我们在这边呢。”

“你们想看的是什么节目？”艾德娜问，“但愿不要因为我们来晚而错过了。”

“就是这个，我们刚才看到了。”我说，虽然听上去有些可笑。一共三十秒，就这么结束了。“她是我们的一个朋友。”我解释说。

“我只看见一堆非法移民和毒贩子之类的麻烦事。”帕森斯太太说，“亲爱的，我需要个枕头垫在后腰上，否则明天我就下不了床了。你的猫刚在隔壁房间拉了脏东西。”

我去找垫子，露安跑过去把猫赶开。我这才发觉，埃斯特温和埃斯佩兰萨始终在长软椅上并排坐着，多少处于这场喧闹的边缘。我说：“这两位是我的朋友……”

“史蒂文[①],”埃斯特温说,“这是我的妻子霍普[②]。”这两个名字听着很新鲜。

“很高兴认识你们。”艾德娜说。

帕森斯太太则说：“这个光不溜秋的东西是你们的吗？看着像个印第安小野人。”她说的是小乌龟。她的确没穿上衣，但也没有光着身子。

“我们没有孩子。”埃斯特温说。埃斯佩兰萨的样子好像被人劈头扇了一巴掌。

“是我的，”我说，“她的确是个印第安野孩子。我们干吗不准备开饭呢？”我抱起小乌龟溜进厨房，留下露安独自去应付。她竟然说这个梅干脸老妖婆人很好，完全超出了我的理解力。我做着上菜前的最后一道工序，菜谱上说，应该“当着赞叹不已的客人的面在餐桌前用热气腾腾的大铁锅完成这道程序”。还热气腾腾的大铁锅呢。他们以为看这种杂志的是些什么人？

片刻后，埃斯佩兰萨走进厨房，静静地帮着摆餐桌上的饭菜。我碰了下她的胳膊。“真对不起。”我说。

大家都进来坐定了要开饭时，我才终于有机会仔细打量那两

---

①“史蒂文（Steven)”是“埃斯特温（Estevan)”的英语化形式。

②英语中的“霍普(Hope)”与西班牙语中的“埃斯佩兰萨(Esperanza)”都意为“希望”。

个女人。她们不太可能还有时间精心打扮了再来吃晚饭，所以从她们的穿着能看出许多东西。（当然，帕森斯太太还是有时间在鼻子上搽了搽粉，再抓起她那顶白色小帽子。）艾德娜连头发上也别了几个红色发夹，每只耳朵上方别了两个。我想不出她是在哪里买到这样的小东西的，大约是在杂货店吧。我开心地想象着艾德娜站在货架旁，在许多紫色条状发夹和奥利奥饼干式发夹里翻翻拣拣，忽然说："哇，维姬·梅，你看，红发夹！我最喜欢这颜色。"维姬·梅则是那种人：走过妇科护理货架时嗤之以鼻，教训收银台的小伙子竟敢出售避孕套。

埃斯特温取出一包东西，原来是筷子。大约有20根，用开裂了的玻璃纸包着，筷子一头印着几个中国字。"这是给洗碗工的礼物，"他说，给我们每个人发了一双，"用一次，就扔掉。"我想不出他怎么知道我们要做中国菜，接着，我记起一两天前在李星市场碰到过他，我们讨论了一种叫"木耳"的东西。菜谱上要求有这种食材，可我自有主意。

"洗碗工谢谢你了。"我说。我看见露安正把一双筷子推到德韦恩够不着的地方，脑袋里立即响起了她的声音："会把他的眼睛戳出来的。"好像她已经大声说出来了一样。德韦恩号叫起来。露安说了声抱歉，走过去把孩子抱到卧室。

"这是什么？是吃饭用的棍子吗？"艾德娜的手指沿着纤细的木条摩挲着。"听起来会是一场大冒险，不过假如你不介意，我还是用我熟悉的餐具吧。还是谢谢你。"

我注意到艾德娜吃饭的动作很慢，用叉的手势舒缓又精确。帕森斯太太说，她也不会对这种蠢事感兴趣。

“我从来没说这是蠢事。”艾德娜说。

我们别的人都试了试，拿起筷子戳向鸡块，在青椒圈里打转，对米饭围追堵截，把各自的盘子搅得一团乱。连埃斯佩兰萨也试了试。埃斯特温说我们的动作都太粗暴了。

“筷子是这样拿的。”他演示起来，用一只手像拿铅笔一样握住两支筷子，然后把末端碰在一起。我喜欢他说“是这样”的语气。

小乌龟看着我，有样学样。“别看我，我可不是行家。”我指了指埃斯特温。

露安回到桌边。“你在哪儿学会用这个的？”她问埃斯特温。

“哦，”埃斯特温说，“我喜欢用筷子就是因为那里。我在一家中餐馆打工洗碗。”

“我不知道这回事。你在那里干多久了？”我问，然后意识到我没理由觉得自己对埃斯特温了如指掌。说真的，他的人生对我来说还是一团谜。

“一个月了，”他说，“我给一家非常友好的人打工，他们只讲中文。只有五岁的女儿会讲英语。那位父亲让女儿吩咐我要干什么活儿，好在她很有耐心。”

帕森斯太太咕哝着说她觉得这是耻辱。“还没等你察觉到呢，那些叽叽喳喳、不知所云的人就全来了，你都认不出这里还是美国。”

“维姬，注意礼貌。”艾德娜说。

“哼，这是事实。他们都该老老实实待在自己的地盘，不该上这儿来挤占我们的工作。”

“维姬。”艾德娜说。

我感觉如坐针毡。如果不是妈妈从小教育我要先做好自己，我大概早就叫这个老妖蛇放下叉子，滚她的屁股蛋了。我真想冲她大喊大叫：你眼前的这个人是个英语教师。他来这里可不是为了洗盘子里的剩菜、听一个五岁孩子指挥的。

可是埃斯特温似乎毫不在意。我想到，他肯定每天都要听到几次类似的话。我好奇他怎么还能如此镇定。换了我早已经杀人了，我想，我肯定早就把只有露安能想象出来的筷子的种种致命用法付诸实践了。

“谁还需要什么吗？我再去盛。”露安问道。

“我们都吃好了。”艾德娜说，显然已经习惯了充当维姬·梅的公关部长，“你们这些孩子，做了顿让人很受用的美餐啊。”

埃斯佩兰萨望着小乌龟。那是我第一次看到她微笑，深受触动。当你真正和她心意相通的时候，她是一个多么可爱的女人啊。那微笑转瞬就消失了。

小乌龟双手各握一支筷子，想方设法夹起了一块菠萝。她一点一点把那块菠萝移到自己张得大大的嘴边，可是筷子比她的胳膊还要长。菠萝悬在她头顶上方，然后掉下来，落到她身后的地板上。我们大笑起来，为她鼓劲加油，可小乌龟吓得哭起来。我抱起她，放在自己的腿上。

“小乌龟，我给你讲个故事吧，”埃斯特温说，“是在南美印第安丛林里流传的故事，讲的是天堂和地狱。”帕森斯太太摆出一副正经的样子。埃斯特温继续讲道：“如果你去拜访地狱，会看到一间像这个厨房一样的屋子，锅里炖着鲜美可口的食物，散发着你可以想象的最诱人的香气。大家围坐成一圈，像我们这样。只是他们都要饿死了。他们叽叽喳喳，不知所云，”埃斯特温格外严厉地看了帕森斯太太一眼，“可是谁都没法尝一口上帝为他们准备的这顿美餐。原因何在呢？”

“因为他们会永永远远噎住吗？”露安问道。在她看来，地狱自然充满了各种尖锐物和小小的球状食品。

“不对。”他说，“猜得有意思，可惜不对。他们饿着肚子，是因为他们只有长柄的勺子。勺柄就像那么长。”他指着我忘记收起的拖把说，“地狱的居民可以把这种可笑的勺子伸进锅里，却无法把食物送到自己口中。哦，他们饿极了！他们互相赌咒乱骂！”他说着又看了眼维姬，很是乐在其中。

“接下来，”他继续说，“我们去拜访天堂。那里怎么样呢？你会看到跟刚才一模一样的房间，同样的桌子，同样的锅，同样像拖把一样长的勺子。可是那里的人全都开开心心，吃得胖胖的。”

“是真胖，还是仅仅指吃得饱饱的啊？”露安问。

“吃得饱饱的，”他说，“无拘无束，而且非常开心。你觉得是怎么回事？”

他用筷子夹起一块菠萝，利落极了，稳稳地喂给桌对面的小乌龟。她大大地张开嘴，像刚孵出来的雏鸟般把菠萝含住了。

*Chapter 08*

# 狗屎公园的奇迹

最荒谬的事情莫过于妈妈要结婚了。而且是跟埃尔－杰伊车身喷漆和保养店的哈兰·埃尔斯顿。电话是星期六早上打来的，我正好在玛蒂那儿帮忙，所以是露安接到了这个信儿。我差不多是最后一个知道的。

给妈妈回电话的时候，她的声音听着有点不对劲。她有些上气不接下气，而且总不离哈兰的事情。“你是从后院跑过来接电话的吗？”我问她，“你在种波斯菊？”

“波斯菊，怎么会，还没到四月底呢，对吧？我在小苗圃的边上种了些甜豌豆，可没种波斯菊。”

“我忘了，”我告诉她，“这儿什么都快半拍。好多东西都是秋天就种下了。”

“咪西，我现在魂不守舍。”她说。在信里，她叫我泰勒，可我们还不习惯在电话里这么称呼。“全都是因为哈兰。他对我实在太好了，可这一切来得太快，我都不知道该从猪的哪头吃起了。真希望你能在身边帮我捋清。”

“我也晕头转向了。”我说。

“你那里秋天就播种？不会让霜打了吗？”

“不会。”

她还惦记着小乌龟。“她挺好的，”我说，“现在她整天说个不停。”

“你小时候就是这样。你很晚才开口说话，可是开口以后，就什么都拦不住。”妈妈说。

我不知道这之间究竟有何关联。大家都表现得好像小乌龟是我的亲生骨肉一样。这是一场共谋。

露安追问婚礼的每一个细节，远超我所知道或者在意的范围。

“人人都该有个好归宿，泰勒，”露安坚持说，“她还有谁呢？”

“她还有我。”

“没有，你在这里。就跟在地球另一边一样，一点儿忙也帮不上。”

“我一直想着要接妈妈到这里来生活。但她都没跟我商量，跳起来就决定跟这个做车身喷漆和保养的蛮子结婚。”

“你这是在忌妒。”

“真有意思，我都不知道该怎么笑了。”

“我哥哥结婚的时候，就像是抛弃我们了。他就那么忽然寄来一封信，附了张小照片，能认出来的只有几条狗。信上说，他要跟一个名叫‘黎明时分狩猎的母狼’的女人结婚。”露安打了个哈欠，顺着长椅往下滑了几分，这样她的胳膊暴露在太阳底下的部分就更多了。她总觉得自己肤色太苍白，需要晒黑些。

“劳甘奶奶气得要死，一个劲儿地说，爱斯基摩人也算人类吗？她觉得只能算半人半兽什么的。再说，连名字都是那样，你还能怎么想？可我挺能接受这件事。我喜欢想象他在阿拉斯加生活，和他们的几个小女儿在一起，穿着宽大的、毛茸茸的旧皮袍子。我总是想象他们住在雪屋里，但实际应该不是这样的吧。”

我们跟孩子在罗斯福公园里坐着，邻居的孩子管这里叫枯草公园、狗屎公园。这公园确实糟糕透顶。只有两棵能遮阴的树，上面许多枝丫都枯死了，还有一棵毫不中用的棕榈树，瘦骨嶙峋，树身高耸，树影都投到了街区远处那家散热片工厂的屋顶上。草叶参差不齐，在一块块反光耀眼的光秃秃的土地之间挣扎生长，那样子总让我联想起长了疥癣的动物。口香糖铝箔纸星星点点地散落在垃圾桶旁。

“换个角度看，至少她精神还很足，”露安说，“我感觉自从爸死后，妈妈的人生就停滞不前了。你知道吗，她甚至都立了一块合葬墓碑。爸爸的名字刻在右边，她自己的名字已经在左边刻好了：‘艾维·路易丝·劳甘，1934 年 12 月 2 日 –’每次我看到这块碑，心里都毛骨悚然。好像那东西就等在那里，等着她了此残生，好把那个空缺的日期填上。”

“确实像是半截身子入土了。”我说。

“如果妈妈能再婚，我肯定会在她的婚礼上激动得活蹦乱跳。结了婚，她大概就不会老惦记着让我搬回去跟她和奶奶一起住了。”德韦恩在睡梦中咳嗽起来，露安把婴儿车来回推了两三次。小乌龟用塑料铲拍打着泥土，那把铲子是玛蒂送她的礼物。

“白菜，白菜，白菜。”她说。

露安说：“我认识一个人，肯定会喜欢她。你知道市中心那个用卡车卖蔬菜的老头儿吗？”可是小乌龟和鲍比·宾格没机会讨论他们的共同爱好了。他最近消失了，大概是跟某人的妈妈私奔了。

“你妈妈绝对不会跟哈兰·埃尔斯顿结婚。”我对露安说，又回到刚才那个话题。

“当然不会！那个大块头已经有主了。”

“露安，你从头到尾都拿这件事开玩笑。”

“好吧，我忍不住啊。我妈要是想结婚，哪怕是跟一个垃圾清洁工，我都不在乎。”

“可是，哈兰·埃尔斯顿！他甚至跟我们……”我想说他甚至跟我们非亲非故，但我当然不是这个意思，“他胳膊肘上长了好几处肉疣，两根眉毛都快碰到一起了。”

“我敢说，泰勒，你说起男人来，就好像他们都是手指头上的倒刺，好像男人到世上来，就是为了不浪费小便池。”

“那倒不是，我就喜欢埃斯特温。”话一出口，我的心忽然怦怦直跳。我完全清楚它在心电图上会显示成什么样子：两个小尖峰加一个大尖峰。

“他有主了。别的呢？”

“还有谁，我又不是见一个追一个。”

“其他的呢？你可从来没说过你的那些前男友。”

“露安，看在上帝的分上。在皮特曼县，没有人值得你费这个劲儿，相信我。除了那么一位理科老师，就因为他的指甲是干干净净的。”我从来没这么彻底地明白过，在皮特曼，人的选择是多么有限。可怜的妈妈，我要是能把她带到图森来就好了。

“你以为我是哪里长大的，法国巴黎吗？”

“我发现你也不恋家。你和一个狂野的西部牛仔骑马私奔了。”

“结果倒好，成了现在这鬼样子。”

“至少你有了德韦恩。”我想起妈妈经常说起的关于我和杰克逊购地案的话。

“唉，泰勒，你要是能见到他就好了。他可真是太帅了。”她闭上眼睛，转过头仰起脸对着太阳，“我第一次看见他的时候，他就像万宝路牛仔那样站在围栏上，胳膊伸开，一只靴子蹬在最底下的横档上。他嘴里嚼着根火柴棍，等着下一头牛出场。你知道接下去发生了什么吗？”她坐直了身子，睁开眼睛。

“什么？”我说。

“就在那一刻，赛场里的那个小伙子创造了在公牛背上站立的一项什么世界纪录。所有人都高声尖叫、往场地里扔东西，我和我朋友蕾切尔是第一次看牛仔竞技，所以当然觉得那是自从猫王参军以来最疯狂的事。可是安赫尔连头都没抬。他偏过头，远远地望向小吃店后面那片牧草地。蕾切尔说：‘瞧栅栏旁边的那个硬汉，真够混蛋的，好像一点儿都不在意。’你知道我想到了什么吗？我想，我敢打赌我能让他在意我。”

一个身穿迈克尔·杰克逊式无袖衫的孩子开着一辆装着巨大塑料轮子的三轮车，轰隆隆地压过砂石路驶过来，制造出的噪音足有他身量能承受的两倍。“这是一辆 O-R-V。”他告诉我们。我可算知道了。

“我认识你，”他指着露安说，“你是万圣节给我们发钱的那个人。”

露安翻了个白眼。“我可没打算今年也这样。这回，凤凰城和旗杆镇的孩子都该大老远跑来捶我们的门了。”

“流浪汉们过来的时候要当心，”他告诉我们，“要直接回家。”

他又轰隆隆地迅速离开了，着了魔似的猛踩着车。

那条砂石路从玛蒂家不远处街边一座阴茎模样的纪念碑开始，横穿公园，最后抵达一处露安叫作“凉亭”的地方，我们喜欢在那里坐坐。那是公园里最漂亮的地方，在一座老旧的木花架下面，摆着半圈长椅。方格花架在长椅上投出一片十字绣桌布般的影子。架上爬满了虬结有力的粗壮藤蔓，这些藤蔓缠绕着爬上支撑杆，在头顶铺展开来。它们从地里冒出头的那一段，让我想起那个单枪匹马就把玛蒂的新电冰箱搬进屋里来的人的胳膊。整个冬天，露安都跟我说这是紫藤。在我看来，这些藤蔓和这公园里的其他东西一样，都已经枯死了，可她总是对我说：“你等着好了。”

她说得没错。三月底，藤蔓开始抽芽，披上了一层轻轻颤抖的细嫩新叶的外衣，现在，紫藤花已经含苞待放了。到处探出一串串收拢的花瓣，像一朵朵紫色的嘴唇，从肥厚的绿色花蕾顶端噘起。蜜蜂频频光顾，在空中逗留几秒钟，观察花有没有开放。我想起那个圣经故事：有个人敲了敲一块石头，水从里面流出来。这个还要更妙些，鲜花从光秃秃的地里长出来。这是狗屎公园的奇迹。

露安不依不饶地说着我妈妈的事情：“我都能看到你妈妈……她叫什么？”

“艾丽丝，”我说，“艾丽丝·琴·斯坦珀·格里尔。她最不需要的就是后边再跟一个埃尔斯顿。”

“我都能看到艾丽丝和哈兰正在经营一座枫糖小屋。她如果性格和你一样，一定会去追求她想要的东西。我猜她肯定能揽来好多车身喷漆和保养的活儿。”

“他只是半个老板，还有欧内斯特·杰克斯呢，”我说，“可不是整家店都归他所有。”

“艾丽丝和哈兰坐在树上，”她唱起来，“亲——嘴——啦！”

我塞住耳朵大声唱：“总有一天我要归去！不管未来！回到蓝色河湾！”小乌龟使劲拍打着泥土，唱着玉米粒菜豆饭的菜谱。

我发现帕森斯太太和艾德娜挽着胳膊从砂石路上走过来。远远看去，你可能会以为是一对老糊涂了的两口子，因为不知谁出的馊主意，在这儿办了一场花园婚礼，正携手走在通道上。我们冲她们挥了挥胳膊，小乌龟抬起头，冲我们挥手。

“不对，我们是冲着她们挥手。”我指给她看。小乌龟转过头，朝正确的方向握起又松开手。

这些天来，不只是有事的时候，平时我们也隔三岔五地把孩子留给艾德娜和维姬·梅，放在她们家的前廊上，请她们照看。艾德娜温柔甜蜜，我们希望她能中和掉维姬的尖酸气，就像我那道招牌中国菜的菜谱里，蜂蜜和醋能互相中和一样。不管怎么说，有她们俩帮忙照看孩子，真是方便极了，小乌龟好像也喜欢她们。她管两个人分别叫珀佩和帕斯尼[①]。我敢打赌，她知道的蔬菜名比很多菜贩知道的都多。她最爱的书是从玛蒂那里拿来的一本博比种子目录，现在每晚睡前都要求我给她读几页。在我看来，情节越来越重复了，可是她对里面的所有角色都迷恋不已。

“珀佩妈。”她们更亲密些以后，小乌龟这样喊她。她管所有的女人都叫什么妈，管露安叫呜安妈，露安说听上去像是一种能用筷子吃的东西；管我就叫妈。我们从来没有教过她这些名字，她就那

①艾德娜·珀佩的姓“Poppy”意为“罂粟花”，帕森斯太太的姓与“帕斯尼（Parsnip）”发音相近，后者意为“欧防风”。

么自然而然地知道了。

这两个女人继续迈着令人难以置信的缓慢步伐朝我们走来。我想起我们从前在课间快结束时玩的一种游戏：看谁最后到。艾德娜身穿红色针织套头衫、红色方格百慕大短裤、麻绳编底的红色帆布鞋。维姬头戴一顶好像水果冰激凌的帽子，穿着黑色长裙，上面印满药丸似的图案。我特别好奇，是不是真有一家店能买到这样的衣服，还是一件正常的衣服如果在衣橱里挂上五十年，就会悄悄变形。

"下午好，露安，泰勒，孩子们。"帕森斯太太说，向我们依次点头示意。她太一本正经了，弄得你很想说点儿下流话。我想起露安在教堂里的冲动。

"你们好啊，"露安说，向一条长椅招了招手，"坐。"可是帕森斯太太说，不坐了，谢谢，她们只是出来例行健身散步。

"艾德娜，你今天又穿了我最喜欢的颜色。"我这是开玩笑。我从来没见过她穿其他颜色的衣服。她说红色是她最喜欢的颜色时，她的意思跟大多数人是不同的。

"哦，是的，我一直这样穿。"她大笑着说，"你知道吗，我从十六岁开始就一直穿红色的衣服了。那时我想，如果我想成为一朵红色罂粟花，那我就会成为一朵红色罂粟花。"

艾德娜总是语出惊人。她说话时并不看着你，而是看着比你更高一点的地方，好像你头顶悬着什么奇妙的东西一样。

"这些我们以前都听过了，对吧？"帕森斯太太说，用指关节像老虎钳似的夹了夹艾德娜的胳膊肘。"我们得往前走了。我要是太久站着不动，膝盖就会坏掉。"她们转身要离开，可这时帕森斯太太站住，微微点了点头，然后回过身来。"露安，今天早晨有人找你。是你丈夫，或者谁。”

“是安赫尔吗？”露安猛地跳起来，撞上了婴儿车。德韦恩被摇醒了，号哭起来。

“我怎么知道，”帕森斯太太用她惯有的那种口吻说，“你到底有几个丈夫？”

“是今天早上我去自助洗衣房的时候吗？”

“我怎么知道你在哪里，亲爱的。我只知道他来过。”

“他说什么了？”

“他说他过会儿再来。”

露安上下颠着孩子，他的哭声停了。“混蛋。”过了几分钟，等那两人走远听不见了，露安骂了一句。“你觉得他是什么意思？”

“他可能是想亲自送张支票过来。也没准是想重续蜜月。”

“好吧。”露安望着公园另一头说。她仍然轻轻摇晃着德韦恩，可能还没注意到孩子已经不哭了。

“她怎么忍得了那个傻帽？”我问道。

“哪个傻帽，你是说维姬那个老妖婆？她人不坏。”露安把孩子放回车里，“她有点像劳甘奶奶。她就是那号人。有一回，奶奶要把我介绍给她的几个妯娌，我穿了一条新做的中长裙，结果她说：‘这是我的孙女露安。她可不是罗圈腿，是这条裙子显的。’”

“哦，露安，太可怜了。”

她皱着眉头轻轻挠着肩膀上的几粒雀斑，仿佛它们可能突然决定要脱落。“我今天早上在报上看了篇东西，说晒太阳会得皮肤癌，”她说，“你知道皮肤癌早期是什么症状吗？”

“不知道。可我觉得如果你只是在外头坐一个下午，不会得那种病的。”

她心不在焉地来回推着婴儿车，已经在尘土地上碾出一对车辙。“不过，回头想想，我觉得奶奶的做派跟帕森斯太太还是有些不同。对家人刻薄，好像更情有可原一些。”

露安搓了搓脖子，又把脸转向太阳。露安的脸又小又圆，很漂亮，像一只白嫩的煎鸡蛋。可我能够清楚地想象出，随便哪一天，她在冲向房门的半路停下来对着镜子说：“丑得就像在大夏天里亲手造下的罪孽。”她肯定能在镜子里看到劳甘奶奶站在背后盯着她。

过了一会儿，我说：“露安，为了小乌龟和我，我想了解一件事，请务必告诉我你的真心话。如果安赫尔想回来，我的意思是，如果他想搬回来住、一切照旧，你会答应吗？”

她惊讶地看着我。“我还能怎么样呢？他是我丈夫，不是吗？”

也许有整整一个世界的事情我都看不明白，可是当一个人对另一个人粗野无礼的时候，我能看出来。帕森斯太太对外国人的论断是错的，而且很不友好。好几个星期过去了，我仍然感觉不好受。最后我去向埃斯特温道歉。“她内心有很卑鄙的一面。”我告诉他，“假如不幸有人给你一条那样的狗，你可以把它送出去，送给哪个经营大农场的人。可如果摊上一个这样的邻居，我也不知道该怎么办。”

埃斯特温耸耸肩膀。“我理解。”他说。

“其实，她说那个被打死的女人和孩子肯定是毒贩子还是什么的时候，我觉得她恐怕都不知道自己在说什么。”

“我觉得她知道。美国人确实会这样想。”他意味深长地看着我，“你们都相信，如果某人落到可怕的下场，必定罪有应得。”

我想告诉他不是这样，却说不出口。“我想你讲得没错，”我说，“大概这么想能让我们有一点儿安全感。”

埃斯特温每天下午四点离开玛蒂家去工作。一般他会稍微提前下来，趁他等车的时候，我们闲聊一会儿。他用的词是“候车”。

“我能跟你说个事儿吗？”我说，“我觉得你谈吐特别优雅。自从遇到你以后，我每天晚上都读字典，试图把‘星星点点’‘此情此景’这样的词用到谈话里去。”

他大笑起来。他的一切，甚至他的牙齿，都如此完美，像是从讲解人体的书里走出来的。“我一直觉得你用词的方式奇妙无比，”他说，“你没有必要从词典里搜寻那些大词儿。你说话充满诗意，米哈。”

“米哈？”

“米－伊哈。”他慢慢地读出这个词。

“是‘我的什么’的意思吗？”

“我的女儿。不过不止字面意思。我们都这么称呼朋友。你可以叫我米霍[①]。”

“谢谢你的赞美，”我说，“但你说的可是比鸟语还离谱。我几时说过有诗意的话啊？”

“鸟语就很有诗意。”他说。他的眼睛真的闪闪发亮。

他等的公交车靠站了，他迅速走到马路上，抓住车门，随着公交车起步，闪进车厢。他在危地马拉城坐公交车时也是这个样子吧，我想。坐车去教课。可他现在既没有带教材，也没有带打了分的试卷。

---

①西班牙语 mi hijo 的略称，意为“我的儿子”。

他的白衬衫熨得平平整整，袖子整洁地卷起来，做好准备去洗一个晚上的盘子。

那天晚上我很沮丧。玛蒂知道的趣事似乎无穷无尽，她给我讲起罗斯福公园的历史来。我满以为那座公园的名字取自一位总统，没想到却是取自埃莉诺①。有一次，她乘坐专列经过这里时停了下来，就在自己车厢顶的平台上发表了一场演讲。我想那应该是个特别的车厢，装饰得富丽堂皇，不会满是牲畜和杂物之类的东西。玛蒂说，人们都搬来折叠椅坐在公园里，听她讲述那些时运不济的人的遭遇。

当然，玛蒂没有听过埃莉诺·罗斯福的演讲，可她已经在这里生活了很长时间。她说，三十年前，只有最幸运、最富有的人才买得到公园周围的房子。可是如今，这些房子全都显得老态龙钟，合页和转轴得了关节炎，窗框歪歪斜斜地吊着。大多数房子不是重新分隔就是改建，对实用价值的青睐远远超过了美观。很多房子都身兼数职。李星的房子既是家，也是杂货店，还是自助洗衣房。玛蒂家自不必说，既是轮胎店又是庇护所。

我慢慢理解庇护所是什么意思了。比如说，人们进出都悄无声息，待在里面的时候也很安静。从玛蒂家房子的侧面绕过去，在我和露安称作“耶稣环游世界”的壁画上方，有扇阁楼窗户，从那里可以向外瞭望公园。我在那里看到过很多面孔，有时是埃斯佩兰萨的，有时是别人的，向外凝视着，视线穿过那片空空荡荡的空间。

有时玛蒂一去就是好几天，留下我来看店。“你怎么能说走就走呢？如果碰到个拖拉机轮胎，我该怎么办？”我会问她，可她总

①即埃莉诺·罗斯福，美国政治人物，第32任总统富兰克林·罗斯福的妻子。

是大笑着说："不会碰到的。"她说轮胎技师就像兽医。有乡村兽医，是医治马匹和初生牛犊的；还有城市兽医，是给卷毛狗剪趾甲的。她说自己是个城市兽医。

说完她又会离开一段时间。玛蒂有很多跑得动的车，可是每逢外出，她总是开那辆四驱雪佛兰开拓者，带上双筒望远镜，回来时挡泥板上溅满了泥巴。她每次都告诉我，她是去"观鸟"了。

她回家后，有时会有一个名叫特里的红发男子骑着自行车过来，跟玛蒂到楼上待一两个小时。他看上去不比我年龄大，可是玛蒂告诉我，他已经是个医生了。他把自己的医用挎包用一种特殊的装置固定在后座上。

"他人不错，"玛蒂说，"总是悉心照顾这里生病和受伤的人。"

"受伤是怎么回事？"

"比如，"她说，"很多人是带着烧伤来这里的。"

我糊涂了。"为什么会带着烧伤？"我追问。

她看了我很久，看得我直发毛。"香烟的烫伤，"她说，"在后背上。"

太阳西沉，街上朝西的窗户都反射着耀眼的橘黄色的光，好像这些屋子里面都燃起了熊熊大火。可我能清清楚楚地看到玛蒂楼上屋里的情景。一个女人站在窗边，花白的头发披在肩上。她正在叠一条男裤，手掌沿着每个褶缝移动着，仿佛叠这条裤子是她未来人生唯一的任务，把这件事情做对是一切的关键。

安赫尔没有食言，他回来了。但他不是为了搬回来，而是为了告诉露安他要永远离开。那天我带着小乌龟去看医生，错过了那个场面。我只能说，这个男人对往家里投炸弹的时机有种天才般的把握，总是选择某人正坐在佩里诺夫斯基大夫的候诊室里的时刻。当然了，我与安赫尔的生活没什么关联，这事纯属巧合。

小乌龟像株玉米那样健康茁壮，可是随着时间推移，我开始觉得，鉴于曾经发生在她身上的那些事，我应该带她去看医生。(露安最关心的问题是，是不是该报警，拨打“88犯罪热线”之类的？可是现在报警当然已经晚了。)我想到过咨询特里，那个骑自行车的红头发医生，却鼓不起勇气。最终，依露安的推荐，我打电话约了著名的P大夫，虽然他不是专门的儿科医生。他的护士答应说，他可以破例看看我的孩子。

我们很顺利地进了诊所，可是给孩子做检查又是另一码事了。他们给了我一张要填的表格，里面列了各种关于小乌龟的问题，我一个都答不上来。“你得过麻疹吗？”我问她，“疥疮呢？上次注射脊髓灰质炎疫苗是什么时候？”我唯一所知的她的既往病史不在表格上，除非他们对此有专门的术语，而我不认识那个词。

小乌龟坐在我的腿上，可是已经完全放开我了，因为她需要用两只手翻杂志，寻找画着蔬菜的页面。她不太走运。候诊室里的其他女人全都怀着孕，每本杂志上都充斥着哺乳胸罩广告。

大多数局面我都能无所顾忌地应付过去，可我绝对不能编造一个人的病史。我站起身来敲了敲玻璃，想引起护士的注意。我发现竟然连她都怀孕了。昔日的恐慌再度袭来。我想起高中的时候，我们经常拿某家人房屋外面的喷水池开玩笑。

“怎么了？”她问道。她的名签上写着“吉尔”。她皮肤白皙，耳朵前面有几道粉红色胭脂印。

“我答不了这些问题。”我说。

“你是她的家长或者监护人吗？”

“我是对她负有抚养责任的人。”

“我们需要了解她的病史，才能填初诊表格。”

“可是我对她的过去没那么了解。”我说。

“那你不是她的家长或者监护人？”

这样说下去，就要变成绕着鱼塘兜圈子了。“你看，”我说，“我不是她真正的母亲，可现在由我来照顾她。她已经不跟原来的家人一起生活了。”

“哦，原来你们是养母和养女。”吉尔恢复了镇定，在另一沓文件中迅速翻找起来。她慢慢地眨着眼睛，好像很有把握，粉色和淡紫色眼影时隐时现。她递给我一张新表格，上面的问题少多了。“你带来你的经济安全署医疗与免责表了吗？”

“没有。”我说。

“好吧，记着下次带上。”

进去见佩里诺夫斯基大夫的时候，我感觉我能在那种由某家杂志举办的竞赛上战胜这个人，比如那种“美国奶酪五十问”大赛。他五十多岁，略带倦容，垂着肩，白大褂浆洗过的肩膀下有一块空隙。我注意到，他穿着一双黑色尖头鞋，脚踝上露出一截尼龙袜，上面印着很多小海马。

我脱掉小乌龟的T恤时，她又变得黏人起来。佩里诺夫斯基大夫敲击她的膝盖、往她眼睛里照光的时候，她的两只小拳头紧紧攥着我的衣角。“有人在家吗？”他问。小乌龟唯一有反应的时候是医生检查看她的耳朵时说：“里面有小土豆吗？”她的嘴唇弯成小小的O形，但接着又舒展开了。

“其实我并不觉得她真的得了病或者怎么了。她的状态看上去还不错。”我说。

“我也不认为会诊断出任何问题。她看上去是个健康的两岁孩子。”他看着自己的写字板。

“我带她来，是担心她更小的时候发生在她身上的事。那时候她没有得到很好的照顾。”佩里诺夫斯基大夫看着我，咔嗒咔嗒地按着圆珠笔。

“我是她的养母。”我说。他抬起眉毛，点了点头。真是神奇，这个新词所向披靡。

“你的意思是她在亲生父母家可能遭遇了母爱缺失或者虐待？”他说。他的问诊技巧似乎是把你刚才说的话复述一遍。

“是的。我想她遭受过虐待。而且，她还，”我不知道怎么说好，“还遭受过侵犯。某种性意义上的侵犯。”

佩里诺夫斯基大夫听到了，可是没什么反应。他在那张初诊表格上潦草地写着什么。我等着他写完，心想得把这事再说一遍，可他说：“我会给她做个全面检查，但我还是觉得不会查出什么毛病来。这个孩子在你这里有五个月了吗？”

“差不多吧，”我说，“没错。”

他一边给小乌龟检查，一边解释着擦伤、挫伤和愈合过程。我想起自己处理乔琳娜·尚克斯的时候也是这样，淡定得像在吃早餐面包，而她死去的丈夫就在十英尺外的一张被单底下躺着。“时间过去这么久了，我们也许还能看出行为证据，”P大夫说，“但是现在已经没有残留的生理创伤。”他结束了龙飞凤舞的书写，提出最好做个骨骼检查，而且我们应该把疫苗注射的进度补上。

我对 X 射线室很好奇。它在走廊另一头，诊所的另一片区域里。一切都很大、很干净，有一台机器能当场生成 X 光片，像一台拍立得照相机。我觉得佩里诺夫斯基大夫并不懂得自己有多幸运。我曾经在一间小黑屋里花整个下午来冲洗这些东西，把那些硬邦邦的塑料片浸在一个又一个盆里，然后用绿色的小晾衣夹挂在绳上。我对妈妈说，那只不过是间高级洗衣房。

照完片子，我们需要稍等片刻，佩里诺夫斯基大夫正在看另外一个病人，然后才能分析小乌龟的 X 光片。我无所事事地问了些技术问题，给小乌龟看 X 射线从哪里出来，虽然她对机器没太大兴趣。她用摔跤式的动作紧紧抓着我的肩膀。

我们再回到佩里诺夫斯基大夫的办公室时，他看上去有些震惊。“怎么了？”我问他。我想到了脑瘤，也许是受了露安的传染，她的医学知识全是从电视剧《综合医院》里学来的。

P 大夫把几张 X 光片贴在窗户上。从他的办公室望出去，是一座花园，里面到处是圆石和仙人掌。黑暗的底片上，我能看到小乌龟纤细的白色骨骼，还有她的头骨。我产生了露安看到墓碑上刻着自己尚在人世的母亲的名字时那种毛骨悚然的感觉。我的皮肤底下泛起一阵寒意。

“这几处是愈合了的裂痕，有些已经长在一起了。”他用一支银色钢笔指着 X 光片说。他仔细地沿手臂、腿骨指着，最后指向 X 光片上的双手，他说手是最好的年龄指标。从身高和体重推测，小乌龟的年龄大约有二十四个月，可是腕骨和手掌的软骨结构发育情况又表明她已经快三岁了。

“三岁？”

“是的。”他好像有点拿不准该不该告诉我这个，“有时，在某种生理或者情感缺失的情况下，孩子会停止发育，但某些内在的成熟过程仍会继续。这种情况我们称为发育迟滞。”

“可是她在发育啊，我知道的，我经常给她买衣服。”

“哦，这个，当然，这种情况是完全可以好转的。”

“太好了。”我说。

他又挂了几张片子在窗户上，说着“这儿有处螺旋状腓骨断裂”“愈合得非常好”以及“心理运动发育禁忌”之类的术语。我听不太进去。我透过那些骨骼看着外面的花园。有株仙人掌长出许多枝丫，仿佛一丛灌木，一层黄色的刺像给它披了一身厚厚的毛皮大衣。有只鸟儿在里面做了窝。它在这可怕的荆棘丛里飞进飞出，不曾有一丝犹豫。你简直无法想象它是如何在那里面安的家。

玛蒂给我放了整整一天假，所以我和露安约好，在小乌龟看过医生以后，我们在动物园碰面。我带小乌龟去坐公交车。我和玛蒂还没开始修理我那辆车的点火器，所以现在，发动它成了我为某些特别场合保留的表演节目。

一路上，我极力从脑子里抹掉“发育迟滞”之类的词，并且做着心理准备：接下来要与露安和孩子们一起踏入一套全新的危险体系了。露安会讲起大象发狂踩踏饲养员的故事，讲起孩子的小手被貌似天真无害的动物咬断然后一口吞吃的故事。我走到动物园门口，看到露安站在那里，泪水从脸上直往下淌，我下意识地看了一眼躺在婴儿车里的德韦恩，想看看他身上少了什么部件。

走向旋转栅栏门的人流从她身边绕过。我把她拉到一边，她边啜泣边诉说起来。

“他说他会随便找个接受独腿小丑的牛仔竞技表演团，我知道这样肯定不对，因为小丑是最难做的活儿，他们得到处跳，分散那些公牛的注意力，好让它们不要踩在牛仔的脑袋上。”

我给弄糊涂了。这个故事里哪儿有大象呢？“露安，亲爱的，你说什么呢？你想先回家去吗？”

她摇摇头。

“那我们进动物园？”

她点点头。我设法让大家都通过了旋转栅栏门，然后在鸭子池塘和几只大乌龟之间的阴凉里的一条长椅上坐下来。一道小瀑布倾注而下，流入池塘。水声泠泠，让人感觉清凉。我尽量支开孩子们的注意力，让露安告诉我到底怎么了。

“瞧，小乌龟，瞧那几只大乌龟。”我说。“孩童身份认同危机”几个字从露安的某本杂志里蹦到我眼前，可是小乌龟似乎对乌龟围栏边被咬过的水果瓣儿更感兴趣。“苹果。”她说，好像已经从看医生的经历中回过神儿来了。

“他说了什么科罗拉多－蒙大拿巡回表演团，我都不知道是什么意思，只知道他要离开图森。他还说可能有段时间不能寄支票了，要等自己站稳脚了再说。他的原话是‘站稳左脚’，你相信吗？这就是安赫尔对他自己的看法，好像他就是一条假腿，上面装了个人。”

附近长椅上的一个女人放下正在读的东西，把脑袋微微往后靠了靠。有人想偷听你说话时就会是这副样子。她穿着白色运动鞋和白色短裤，戴一顶遮阳帽，仿佛她原本打算去某个乡村俱乐部打羽毛球，却换错了车，跑到这里来了。

“是她丈夫的问题。”我告诉这个女人，“她丈夫以前是个竞技牛仔。”

“泰勒！”露安低声说，可这个女人没理我们，而是拿起她放在长椅边缘的香烟抽了一口。她取出报纸，把头版对折了一下，上面登着一张大幅彩色照片，是莉兹·泰勒[①]和一个黑人男子，他上身只穿了件银色坎肩，里面没穿衬衫。还有一个巨大的通栏标题写道：世界上最年轻的准妈妈：婴儿出生时即有身孕。标题显然与照片没关系。

一个塞着橘黄色海绵乳胶耳塞的孩子踩着滑板呼啸而过。紧跟着，又一个孩子呼啸而过。他们把滑板漂亮地一翻，就跳上了路缘石。

“真不该让他们进这儿来。会害别人丢了性命的。”露安说着，擦了擦鼻子。我发现护栏里有一只大乌龟正在追逐另一只，绕着一丛棕榈树转了一圈又一圈。

“那安赫尔是怎么打算的？”我问。

一个穿花裙子的女人挨着那个乡村俱乐部女人坐了下来。她皮肤黝黑，有细细的皱纹，穿着一双硕大的绿色高跟舞鞋。乡村俱乐部女人的那支烟正好搁在两人中间，烟头上升起一丝白雾，隔出一道细细的界线。

“他说有几份离婚文件要签字。”露安说。

“所以究竟还有什么问题？”我不是故意要呛她。我是真的不明白。

---

①即伊丽莎白·泰勒，美国著名演员。

“唉，你说我到底该怎么办呢？”

“说实话，我觉得你怎么办都行。不管你打算用什么办法离婚，甚至根本不离婚，都无所谓。这个人早就离开了，亲爱的。如果他不寄支票了，而且跑到上帝之国去做牛仔，我也想不出能拿他怎么办。我想你可能迟早得找份工作。”

露安又抽泣起来。“谁要我啊？我什么都不会。”

“不见得非要会什么才能找到工作，”我分析说，“在德比汉堡店雇我之前，我这辈子就从来没做过炸薯条。”露安又擤了把鼻子。

“她是怎么生出来就怀着孕的啊？”穿绿鞋子的女人问拿报纸的女人。

“他们是双胞胎，一个男孩一个女孩，”那女人告诉她，“在子宫里发生的性交。医生说概率是百万分之一。”

“这样啊。”穿绿鞋的女人疲倦地说。她弯下腰翻着一个大大的购物纸袋，上面印着一个明亮的涡纹图案，绿色的提手看上去很结实。我们三个人都等着她再多说点什么，或者从纸袋里取出什么奇妙的答案来，可她没有。

露安换了种更镇定的声音对我说：“你知道吗，最糟糕的是他没说让我跟他一起去。”

“可你究竟要怎么跟他一起去？德韦恩怎么办？”

“关键不在于我要不要去，而在于他应该问问我。他倒是说了，如果我想跟着去，他不会拦我，可是，他没有直接说他想让我去。”

“我完全跟不上你的思路了。”

“你知道吗，安赫尔最大的问题就在这里。我从来没真正觉得他在全心全意地争取我。我应该早早就离开他的，可是我特别害怕如果我这么一说，他只是甩下一句：‘再见！出门时可别让门撞了你的屁股。’”

“唉，露安，也许还真不是他不愿意带你去。可能是他觉得，不让你和一个四个月大的婴儿去什么蒙大拿－科罗拉多巡回表演团,要更好些吧。我都想象得出来,德韦恩长大后成了一个文身侏儒，做些翻筋斗之类的穿插表演，节目间隙还去兜售爆米花。”

“老天啊，他不是去马戏团，是牛仔竞技表演团。”露安用手绢捂住嘴呜咽着说，又不由自主地笑出声来。

池塘边摆了一台糖果机，里面放满了花生，我推测是用来喂鸭子的。可那些鸭子吃得饱饱的，虽然有成把成把的花生撒在水边，鸭子们却都睁着小圆珠似的倦怠的眼睛，径直从旁边游过去。

小乌龟从泥地里挖出一颗花生拿给我：“豆子。”

“这是花生。”我告诉她。

“花生豆。”她一趟又一趟地收集花生，把它们摞成一堆。德韦恩坐在婴儿车里，在睡梦中度过了他的首次动物园历险。

我总是不由自主地想起X射线，想起小乌龟带在身上的那些无法摆脱的隐秘伤疤。我很想跟露安倾诉，可现在不是时候。

“你干吗老是站在他那边？”露安问。

“我没有站在他那边。谁那边？”

“你就是站了。至少你没站在我这边。每次我抱怨安赫尔，你都不和我一起骂他是个垃圾。你光听着，什么话都不说。”

我捡起一只绿色瓶盖扔进池塘。鸭子们连头都没回。“露安，”我说，“高中的时候，我就因为你希望的做法，彻底失去了好多朋友。

你现在觉得他是垃圾，但是不久你可能又希望他回来。那时候你就会尴尬得不行，没办法向我承认你还爱着那个我们足足嘲笑了两个月他的各种器官的混蛋。”

“我和安赫尔已经没戏了。我知道。”

“一样的。我不想让你觉得要么选他，要么选我。”

她使劲在包里翻着，想找到一块干净的手绢。“我就是没法接受他就那么离开了。”

“哪次，现在还是去年十月？”我不耐烦起来，“他六个月前就搬走了，你以为他是去呼吸新鲜空气的吗？现在已经是四月了，我的老天。”

“你看见了吗？”露安指着小乌龟。她的脑袋像挂在绳子上的苹果似的来回摆动，眼睛定定地盯着我，好像看到了上帝显灵。

“怎么了，小乌龟？”我问，可是她仍然坐在那堆花生边上恐惧地盯着我。

“我知道她还有一次也是这样。当时我们在说电话账单，你觉得我们受骗了。”露安说。

“你的意思是，我们生气的时候，她能看出来？这个我早就知道。”

“不是，我想说的是，那账单是四月的。你说四月的时候，她就会抬起头来看，尤其是你的声音很急的时候。”

小乌龟的确又抬头看了看。

“你还不明白吗？”露安问道。

我不明白。

“那是她的名字，四月就是她的名字！”露安简直就要从座位上跳起来了，“四月，四月。看这里，四月。这是你的名字吧？四月！”

如果这真是她的名字，小乌龟已经听厌了。她又低头拍打起那座花生山的侧面。

“你得科学地验证这个假设，”我说，“说一大堆别的词，然后漫不经心地抛出那一个来，看她抬不抬头。”

“好吧，你来实验。我可想不出多少词来。”

“大黄，”我说，“黄瓜，小猪。百威。四月。”恰在此刻，小乌龟抬起头来。

“五月，六月，七月，八月，九月！”露安大声喊着，“四月！”

“天哪，露安，这孩子又不是聋子。”

“就是四月，”露安宣布，“那就是她的真名。”

“可能是发音像四月的什么名字。没准叫梅贝尔呢。[①]”

露安做了个怪脸。

“好吧，四月，也不赖。我觉得她已经有点习惯小乌龟这个名字了。我们现在应该继续叫她这个名字。”

一只绿脑袋亮闪闪的肥鸭子觉得小乌龟的花生宝藏已经恢宏得不可忽视了。它走上岸，一步步慢慢地挪过来，朝前伸着脖颈。

“哦哦，哦哦！”小乌龟大喊大叫，使劲摆着手，鸭子吓得转过身，摇摇晃晃地退回水里。

“小乌龟当个绰号还不错，”露安说，“可是你得想长远些。等她上学了怎么办？等她八十岁了怎么办？你能想象一个八十岁的老太太叫小乌龟吗？”

---

①“四月”英文为“April”，与“梅贝尔（Maple）”发音相近。

“一个八十岁的印第安老太太，我能想象。你要记住，她可是印第安人。”

“我还是觉得不行。”露安说。

“那就叫四月·小乌龟。”

“不行！听着像是一种怪怪的空气清洁器。”

“就算是吧。”我说，的确就是。

我们坐在那里听了一会儿动物园里的各种声音。这里的树比图森绝大多数地方都要多。我已经忘记了满是鸟鸣的树会让你感受到一个全然不同的世界：在看不到的地方，仍有蓬勃的生命。在黑鸟的咕咕声和呼啸声之间，远远地传来猫叫声、猴吼声和孩子的喧闹声。

“我敢发誓，那瀑布的声音让我待不住了。”露安说。

“我们来的路上有卫生间，离得不远。”

露安从包里取出一面镜子。“死了又给焐热了。”说完起身去找卫生间了。

那只大乌龟追上了它的伴侣，从后面爬到了它的脊背上，头和脖子使劲向前抻着，说实话，活像一个秃了顶、掉光牙的老头子。满是结节的龟甲刮在一起，发出一种空洞的声音。露安从卫生间回来的时候，那个爬在上面的老家伙发出一阵响亮的咕噜声，一路传到军舰金刚鹦鹉那边。

“究竟怎么回事？我在卫生间都能听到那动静。”露安说，“好吧，我也挺想听的。我一直纳闷，它们满身都是硬壳，怎么干那事儿。比我们上高中时为了吊住长筒袜穿的那种束腰带还难受吧。你还记得那个吗？”

一对牵着手的年轻夫妻蹦起来探查这一幕，咯咯笑着，迅速离开了。一个背着婴儿的女人把孩子的脑袋转过去，继续往前走。我和露安笑得眼泪都出来了。乡村俱乐部女人看了我们一眼，叠起报纸，掐灭烟头，踩着碎石子路走远了。

Chapter 09

## 伊斯梅内

埃斯佩兰萨试图自杀。埃斯特温从后门进来，平静地告诉我，她吃了一整瓶小儿阿司匹林。

我实在不明白他为什么要过来。“你难道不该陪着她吗？”我问。

他说埃斯佩兰萨和玛蒂在一起。玛蒂几乎是第一时间发现了异常，然后火速带她去了南图森一家不必出示证件的诊所。我都没想到过这一点——他们无时无刻不面临着各种额外的麻烦，即便在万分紧急时也不例外。玛蒂给我讲过凤凰城一个柠檬采摘临时工的故事，他的一根手指头被机器吃了，而后流血至死，因为最近的那家医院拒收。

“她不会有事吧？”

他怎么知道？可是他却说，是的，她不会有事。“视情况，他们可能会清洗她的肠胃，也可能这次不用洗。”他解释说。他好像对整件事，包括结尾，都了然于胸。我开始怀疑这种事情以前就发生过。

太阳已经落下，月亮高挂在天空。后门旁边有一棵杉树，那是一棵固执的老树，迟迟不肯发出新芽。月光下，弯曲的树枝像空空的手，把影子投在埃斯特温的脸庞和胸前。这个男人内心的某种东西正在往外翻腾。

他跟随我走进厨房，刚才我一直在那儿准备小乌龟明天的午餐，把萝卜和奶酪切成小方块。

我抵着切板，小心地把刀推进硬邦邦的胡萝卜肉里，克制住双手的颤抖。“碰到这样的事，我真不知道该说什么，”我对他说，“跟一个人的生死相比，我能想到的每一句话都显得荒谬。”

他点了点头。

“我给你拿点儿吃的吧。你吃过饭了吗？”我打开冰箱门，可他伸手把门关上了。“至少来瓶啤酒吧。”我说。我开了两瓶啤酒，把一瓶放在他面前的桌上。自我有记忆以来，危难时刻好像都是以女人在厨房里给男人做饭而告终。“我看得出，现在我得二选一了，”我对埃斯特温说，“要么把吃的推给你，要么信口胡说聊聊天。我一紧张，就会退回到实打实的女性传统上去。”

“没啥，”他说，“我不饿，所以，聊聊天吧。”我以前从来没有听他说过“没啥”。餐馆的工作正在腐蚀埃斯特温完美无瑕的英语。

他这样表态，我的理解是，可以聊些不是特别重要的事情。所以我就说起来了。“露安带着孩子去婆婆家参加周末聚会什么的了，”我喝了一大口啤酒，“他们仍然觉得露安是他们家的一员，不过，当然了，安赫尔在家的时候，她可不想过去，所以他们得把这个问题解决了再说，但是现在当然简单多了，因为安赫尔离开图森了。真是没事找事。你看，他们是天主教徒，不承认离婚。”我感觉自己的脸开始发红，“我猜你也信天主教吧。”

可他没有生气。“多少算是吧，”他说，“按照出生时做的仪式，算是天主教徒。”

“她为什么会这么做？你知道吗？”

“不知道。”

“不管怎样，发生之前你什么也做不了的，真的。”我把胡萝卜块拨到一只塑料袋里，放进冰箱，“我有个高中同学，好像是叫斯考蒂·里奇吧。大家都说斯考蒂是个天才，主要是因为他沉默寡言，戴着副厚厚的眼镜，而且懂得三角函数。他在十六岁生日那天自杀了，别人还都想着：‘现在斯考蒂能学开车了，他说不定会弄辆车去泡妞呢。’你懂的，还说他脸上的雀斑一定会消下去的。然后，砰的一声，人们发现他死在一座谷仓里，脖子上绕着带电铁丝。报纸上说那是一场意外事故，可是谁都不会真信。斯考特恐怕给4-H做过不下五百种和电有关的作业。”

“4-H？”

“农场孩子的俱乐部，可以喂养小羊，或者做个围裙，或者给一只保龄球瓶连上电线，做出一盏台灯来。我从来没参加过，进去得交钱。”

“我明白了。”

“你想去起居室坐会儿吗？”我问他。他跟我走了进去，我把雪地靴赶下沙发。埃斯特温挨着我坐下的时候，我的心跳得那么厉害，我都担心自己会不会突然心脏病发作。呵，那可正是埃斯特温需要的安慰：又有一个女人在他面前倒地不醒。

“没人知道斯考蒂为什么那样做，”我说，“可是依我看，他完全就是孤零零一个人。在我们学校，你会自动属于某个团体，就看你在生活中是什么身份。爸爸开着五金店或什么店的那些镇上的孩子，就成了班上的啦啦队员和橄榄球员。还有些是小流氓、飞车党，在万圣节的时候砍人家的树。然后就剩下我们这帮人，穷人家的孩子，农场里的孩子。别人管我们叫‘油孩子’或者‘疯果人儿’。最主要的规矩是不同的帮派绝对不能混在一起。你明白我的意思吗？”

“明白。”他说，印度有一种规则，叫种姓制度。不同种姓的成员不能通婚，甚至不能一起吃饭。最下贱的种姓叫“不可接触者”。

“不可接触者能互相接触吗？”

“可以。”

“那就是了。疯果人儿处在这个金字塔的最底端，但我们互相是同伴，我们不会在舞会里落单什么的，因为我们会互相邀请。但是可怜的斯考蒂虽然懂电学和三角函数，却不属于任何帮派。就好像大家都是诺亚方舟上的动物，都成双结对，只有他这个物种是孤零零的一个。”

我忽然觉得我在这里聊这些不着边际的事情显得好傻。妈妈会管这个叫“咔嗒咔嗒打牙齿”。我喝完了半瓶啤酒，其间没有再说一个字。

后来我又说：“斯考蒂的自杀我多少还能看明白，可是埃斯佩兰萨不是一个人啊。她怎么会想离开你呢？这不公平。”我发觉自己对埃斯佩兰萨恼火不已。我不知道他是否同样如此，但我不敢问。我们坐在阴暗的客厅里想着各自的心事。你都能听到我们咽下啤酒的声音。

接着，他没头没尾地说：“在危地马拉城，警察用电来审讯。他们有种叫‘电话’的家伙，是专门用在这种场合的，是真的电话。自带发电机，靠转动一个把手发电。”他举起一只手，另一只手在手掌前转了个圈儿。

“你是说手柄？像那种老式电话机？”

“靠转动手柄发电，”他说，“是美国造的。”

“你说他们用那东西来审讯，是什么意思？他们打电话问你问题？”

埃斯特温好像对我很恼火。“他们剪断听筒连线，把两头粘到你身上。接到敏感部位。”他静静地看着我，我心头剧震，像被一辆卡车迎面撞翻。我感觉胃里拧成了一团，就像当年意识到自己已经跟纽特·哈宾的尸体待了将近一小时的时候。可怕的东西就在你眼前，而你还喋喋不休地说着保龄球瓶台灯和 4-H。

“我再拿点儿啤酒来。”我说。我走进厨房，提起六瓶装啤酒的包装袋，像拎手提包似的把剩下的几瓶全都拿了过来。我砰砰开了两瓶，然后猛地往沙发上一仰，不再顾忌自己的形象。半个小时前我满怀的小女生心思此刻显得荒唐至极。就好像你爱上了一个男人，却发现他正在跟你母亲或者你的数学老师约会。这个男人于我遥不可及。

“我不知道该怎么说。”我说，“我还以为我过去的生活够艰难的了，可我不停地发现，生活会艰难到远超我的想象。”

“我明白，还是不要知道的好。”他说。

“你根本不明白，这不公平。你觉得在这儿你是外国人，我是美国人，总统或者什么人运这个运那个，比如运一船又一船的电话去折磨别人的时候，我们就扭过头不去看。可谁也没来征求我的同意好吗？有时我觉得我也是个外国人。我来的那地方跟这里太不一样了，你会觉得自己是跨过国界，走进了另一个国家，我们那里的人用泥土装饰屋子，全民的休闲活动就是生小孩。人长得和这里的人不一样，说的话也不一样。在这里，有一半时间我都搞不懂周围在发生什么。”

一道小小的影子出现在走廊里，我们两个都跳了起来。是小乌龟。

“你这个淘气鬼，”我说，“立刻蹦回你的床上去。”

她向后一蹦。我和埃斯特温都使劲忍着不要笑出来。“立刻。”我用自己能鼓凑起的最严厉的口吻说。她一路向后蹦着穿过房门，每蹦一下就拍一下巴掌，我们听见她穿过厨房，蹦回床上。雪地靴跳到沙发靠背上，在我的脖子后面坐定，好像在等待着什么。它搞得我直紧张。

“我只是想说，等你知道了全部事实以后再下结论不迟。”埃斯特温说，“你不可能知道埃斯佩兰萨要承受什么。”

我糊涂了。他半路捡起话头，我都不知道这个话题是怎么开始的。

“我不知道。”我说，“你也不知道。”

他把目光从我身上移开，摸了摸眼角，我知道他在哭，以男人感觉自己不得不哭时那种隐秘的方式。他说了句什么话，我没有听清楚，还说了一个名字，伊斯梅内。

我轻轻地把雪地靴从脖子后面推开。“什么？”我问。

“你还记得我们去沙漠里的那天吗？你问埃斯佩兰萨为什么一直盯着小乌龟。我告诉你她很像我们以前在危地马拉认识的一个孩子。”我点点头。“那个孩子就是伊斯梅内。”

我想明白了,却有点害怕。我问他,伊斯梅内是不是他们的女儿。埃斯特温说，是的。在他们家街区发生的一场搜捕中，伊斯梅内被带走了，埃斯佩兰萨的哥哥和两个朋友被杀害。他们都是埃斯特温组织的教师联合会的成员。他给我讲了找到尸体时的情景。他告诉我这些的时候没有哭，我也没有。这很难解释，但是有一种恐惧能盖过眼泪。这时候流泪，就好像房子着火的时候还牵挂着家具上的水迹。

伊斯梅内没有被杀害，她被带走了。

我没再傻乎乎地问他为什么不报警，可我还是不明白，如果他们知道警察带走了孩子，而且知道孩子在什么地方，为什么没有尝试把孩子要回来。“不要嫌我烦,”我说,“我知道我很无知,对不起。给我仔细地讲讲吧。”

可是他没有生气。他讲那些往事的时候越来越镇定、耐心，好像在给一个班上课。“我和埃斯佩兰萨知道二十个其他成员的名字,”他说，“教师联合会没有公开集会过。我们是小组活动，口头联络。大多数人只知道四个其他成员的名字。我的意思是，在危地马拉，你要很谨慎。你如果想改变点什么，会发现自己必死无疑。这可不是你们的那种——叫什么来着？家长－教师联合会。”

“我明白。”

“三名成员已经被杀害了，包括埃斯佩兰萨的哥哥，但还有十七个活着。我和她知道这十七个人每个人的名字。你明白吧，让我们活着比死了更有价值。我们去找伊斯梅内,正是他们巴不得的。”

“所以，他们没有杀她，而是挟持了她？就像……我不知道怎么说。就像一支操蛋钓钩上的鱼饵。”

“一支操蛋钓钩。”他再次把目光从我身上移开，“有时候，过一阵子，一般来说……这些孩子就被人领养走了。被军队或者政府部门没有生育能力的夫妇领养走。”

我的感觉麻木起来，像吸了毒品似的。“所以，你选了这十七个人的性命，而不是要回自己的女儿？”我说，“至少是一个要回女儿的机会？”

“你会怎么办，泰勒？”

“我不知道。我讨厌这么说，可我真不知道该怎么办。我甚至都无法想象有这样一个世界，人们要被迫做那样的选择题。”

“你就生活在这样一个世界里。”他平静地说。我知道，可是我不想。我哭了起来，眼泪倾泻而下，再也止不住了。埃斯特温搂住我，我靠在他的肩膀上抽泣着。那道闸真的被冲垮了。

我很难为情。“会把鼻涕蹭到你干净的衬衫上的。”我说。

“鼻涕。我不知道那是什么东西。”

“好吧。”我说。

我实在没法解释自己的感受：我至今的人生一直默默地沿着幸运之路前进，而我自己甚至对此无知无觉。

“对我来说，连厄运都会带来好结果，”我终于开口，“我车上的摇臂坏了，却让我收获了小乌龟。我开车轧到碎玻璃，却认识了玛蒂。”我双臂交叉紧紧压在肚子上，试图让自己不要大口大口地喘气，“你知道吗，我上半辈子总是想方设法躲开轮胎和当妈妈这两样东西，现在我却把它们当作福气了。”

小乌龟又出现在门口。我不知道她在那里待了多久，但她正用自从俄克拉荷马平原那晚以后我再没看到过的眼神望着我。

“过来，小南瓜，”我说，“我挺好，就是眼泪不小心流出来了，你别担心。你是想喝点水吗？”她摇摇头。“是想要抱一会儿吗？”她点点头。我把她抱到腿上。雪地靴又跳上了沙发，我能感觉到它的重量沿着靠背慢慢移动，走上另一边的扶手，然后走到埃斯特温的腿上，蜷着身子卧下。不到一分钟，小乌龟就在我怀里睡着了。

我小时候有一套纸做的玩偶，名叫“玩偶之家”，每个玩偶都有自己的名字，写在脚下的纸板底座上，分别叫妈妈、爸爸、姐姐和小小。我带着一股如饥似渴的爱怜劲头跟它们玩，玩得那些纸胳膊纸脑袋全散了架。我深爱着它们，尽管它们那个紧密的小圈子其实遥不可及，就像多年以后那些橄榄球员和啦啦队员的圈子一样。

可是那天晚上，我看着我们四个坐在沙发上，心里止不住地疼。我想：在另一个世界，我们也许会成为玩偶之家。

小乌龟拧了拧身子。“不要。”她说，都还没醒过来。

“嗯，”我说，“该上床睡觉了。”我把她抱进屋，塞到被子底下，把她的手从我的T恤衫上撬开，抓到她的黄色玩具熊上，熊的胸口缝了个粉色的绒布桃心。

“香香地睡一觉，别叫土豆虫咬了。”

“淘豆咬。”她说。

我回去的时候，雪地靴从埃斯特温的腿上挪开了，蜷进我刚才坐的地方留下的小坑里。我坐在埃斯特温和雪地靴之间，把脚收在身子底下。我再也没有不自在的感觉了，可是我们膝盖相碰的地方，我能感觉到一股吸力，像一股温暖的水流。

“现在我觉得，如果了解得够深，每个人似乎都遭遇过可怕的事情。这段时间，我一直因为要被迫担起养育小乌龟的责任而闷闷不乐。现在我觉得很内疚。”

“这种责任，你要是并不情愿，是很可怕的。”

“其实也没什么大不了的。即便不是全世界都这样，至少我高中同学里百分之六十的女生都遇到了这事。”

“这也是一种看法。”他说。他快要睡着了。

“也许世界就是要这么运转才行。如果人们真有机会深思熟虑，我的意思是，比如说，生孩子以后，给你三十天体验期，如果不想要，就能像还书似的还回去，我想人类恐怕用不了一个月就灭绝了。”

“会有人不愿意把孩子还回去的。”埃斯特温说，“我就会把伊斯梅内留下来。”他闭上了眼睛。

“难说。你半夜起来喂过奶、换过尿布吗？”

“没有。”他微微一笑。

“天哪，我居然问你这个。谈起伊斯梅内会让你很伤心吧？”

“开始会，现在没那么严重了。最能抚慰我的是，我知道她还活着，在某个地方，有某个人照料。我知道她在慢慢长大。”

“是啊。”我说，但是我知道还有另一面。她在哪里长大？他们会把她抚养成什么样的人？我想象着如果小乌龟是维姬·梅·帕森斯带大的，会是什么模样：用鼻孔看人，戴着一顶小帽子。然后，我把这身装扮和警察的制服搞混了。过了一会儿，我才意识到自己刚才睡着了。我们两个以一种亲近的方式，时而跌入睡梦，时而醒来。我想，你要是跟什么人在同一张沙发上睡着了，是不会紧张的。嘴巴张成什么夸张的样子都无所谓。

雪地靴跳下沙发。我听到它又在用爪子挠地毯，掩埋自己的罪证。

“为什么管你们叫疯果人儿？”我想起埃斯特温刚才某个时刻问起过这个。我想了又想，试图从梦境中挣脱出来。我和小乌龟正在穿越一片广阔而平坦的田野，我们得沿电话线走，才能进入文明社会。

“疯果人儿，”我终于说，“哦，跟胡桃果仁有关。秋天，乡下孩子会去捡胡桃，挣钱买上学穿的衣服。”

“需要爬到树上去吗？”埃斯特温很奇妙。我想象不到他会对这样的细节感兴趣。

“不用，你只管等着胡桃落地，然后捡起来。最辛苦的步骤是，为了弄掉壳儿，你得把它们铺到路上，让来往的车碾过去，再从乱糟糟的碎片中拣出果仁。你的手会给染得黑乎乎的，这就是你的记号。这是最让人难为情的。双手黑乎乎，连指甲都黑乎乎地去上学。那是疯果人儿的铁证。”

“可是不这样的话，你就没有衣服穿。”

“对。所以，你干也操蛋，不干也操蛋。我觉得，最理想的是，”我有些迷迷糊糊地推理道，“穿一件衣兜又深又结实的衣服。”我想说这样你就可以把手藏起来，可是我头脑中却浮现出这么一幅画面：大把大把的胡桃塞在裙子和裤子兜里。一磅胡桃果仁能卖一毛钱。一百五十磅换一条牛仔裤。

然后我醒了，感到腿上传来爪子的压力。雪地靴正沿着我的腿往下爬。接着，我又听到爪子落到地板上的声音。我和埃斯特温像两只勺子似的蜷在沙发里，他的膝盖抵住我的膝盖，左手搭在我的肋骨上，就在我的胸口下面。我把手覆在他的手上，能感觉到我的心正在他的手指下面怦怦地跳着。

我想起了埃斯佩兰萨，想起她齐肩的辫子。埃斯佩兰萨盯着天花板。她正躺在某个地方的一张小床上，把身体里面的毒素和汗水一起往外排着。他们大概会给她服用吐根糖浆。那东西会让你呕吐不已，感觉自己的胃都挤成了一团。埃斯佩兰萨全部的痛苦在我心里燃烧起来，好大的一团火，这个世界还在不断地往里添加燃料。在那火堆的某一处，藏着一个很像小乌龟的孩子。我轻轻抓住埃斯特温的手，从我的肋骨上拿开，吻着他的手心。他的手心温热。我从沙发上溜下来，朝自己的床走去。

月光透过卧室的窗户洒进来，好像妈妈做的土豆汤的清水版。月光汤，我想，在被子里蜷成一团。附近什么地方，有只猫像婴儿般号叫着；更近的地方，一只公鸡在打鸣，虽然要很久才会破晓。

## Chapter 10

# 豆树

晚上看，连花斑猪也乌漆麻黑。这是妈妈一直教给我的又一个警句，意思是，早晨起来很多事情都会变得不太一样，而且多半会变得更好。

还真是如此。首先就是玛蒂打来电话，说埃斯佩兰萨很快就会恢复。最终没有给她洗胃，因为她服的药还没到那么危险的剂量。我给埃斯特温做了顿丰盛的早餐，煎鸡蛋，配番茄、甜椒和青番茄酱，趁我还没在早餐的碗碟对面再次坠入情网，我迅速打发他回家了。小乌龟醒来了，睡眼蒙眬的样子让人心都快化了，小孩子一定是天生就懂得这种让人类免于灭绝的手段。露安唱着《班巴》[①],从鲁伊斯家的聚会上回来了。

想想罗斯福公园那副模样，我们早晨却总能听到鸟鸣，实在让人惊异。在鸟儿的世界里，肯定也有暂时居留者。那些羽毛蓬乱、被驱逐的成员，在低处垂死的树枝上自然而然地抱团。有一种啄木

①一首墨西哥经典民谣。

鸟好像在说："哈，哈，哈，去死吧！"我发誓我听得清清楚楚。还有一只鸽子似的小鸟在说："嘿，嘿，加油！"而露安坚持说，它是在叫："谁给谁做饭？"她说是在一本杂志上读到的。我费尽心思也想不出什么样的杂志会登这种东西，但我不打算争论。我记忆中，这是露安第一次为什么事坚持己见——她以往绝对没有这种倾向。她曾对我说，有一次在饭店，服务员给她错上了别人点的菜，她也不声不响地吃了，并没有去找店里人的麻烦。那是一份牛肉糊配吐司面包。

我和露安开始逐渐改变这栋房子的面貌，在安赫尔留下的空荡荡的地方填上识字书、高脚椅、尿布包和各种玩具，全都比高尔夫球大。我从"焕新"店里给小乌龟买了张真正的床，儿童尺寸的。我们把屋后用纱窗隔开的游廊改造成了孩子们的游戏室，德韦恩现在还没有真正开始玩游戏，但他喜欢坐在那里，坐在婴儿车里，看小乌龟在花盆里栽种玩具车。她把消防车叫潘茄[①]，可以想见，橘黄色的小车就叫胡萝卜。有时她会叫它"图图"，那是我给我的那辆甲壳虫取的名字，来自那个从摇臂灾难中谋到了好处的男人。

我想过把小乌龟的床也搬出来放在那里，但是露安说不安全，还说有人会潜过来，割破纱窗，还没等你叫出杰克·罗宾逊[②]，小乌龟就已经被劫走了。我从来没想过这种事。

可是没关系。这座老房子很宽敞，我的房间有的是地方摆小乌龟的床。这种房子人称"乱糟糟平房"（这个说法让我想起猫王演的那些电影），装了护壁镶板和蒸汽散热器，门框刷了大约五十遍漆，

---

①小乌龟咬字不清，把"tomato（番茄）"说成了"domato"。

②本句在英文中是一句习语，意为"立刻、马上"。

你可以用指甲刮出一份六十年代以来的房客变迁史，那时人们喜欢把家具涂成苹果绿和宝石蓝。天花板高得够不到，你只能适应跟蜘蛛网和平相处。

现在还没到热得不可思议的季节，孩子们像超级弹跳球似的在屋里蹦来蹦去（主要是小乌龟，德韦恩提供声音支援），我们便带他们出门，到那座凉亭下坐一会儿。紫藤最盛的花期在一两周前就过去了，可是蜜蜂和香气仍然像浓云似的悬在头顶上空，给空气染上了一种甜丝丝的淡紫色。如果你忽略公园的其他部分，这里就像一处特意为一辈子从没害怕过蜜蜂的人们准备的小小天堂。

露安跟鲁伊斯家的兄弟姐妹们过了个周末，带回一肚子八卦消息。听起来他们大多数人都讲英语，男人全都面容英俊，喜欢跳舞，女人全都有和德韦恩差不多大的孩子。她认定他们每个人都强过安赫尔，他们也全都满心同意这个结论，连安赫尔的母亲也不例外。这群亲戚中有许多人正准备搬到圣迭戈去。

“我都不敢相信，”露安说，“先是曼尼和拉莫娜，你记得吧，我跟你说过，那两个去看流星雨的朋友？现在安赫尔的两个兄弟和他们的妻子孩子也要去了。你简直会以为那里发现了金子。安赫尔以前也经常说要搬到加利福尼亚，但我告诉你吧，妈妈听了准会脑溢血。她觉得在加利福尼亚，百货店的特产区里就卖大麻。”

“说不定是真的。说不定大家就是因为这个才都想去呢。”

“我可不去。”露安说，“给我一百万也不干。我来告诉你为什么：大约就在明年，那里会发生有史以来最大的地震，我在哪里看到过这个消息。他们说，整个圣迭戈都会淹没在海里，像一锅面条汤。”

“我猜鲨鱼该高兴了。”我说。

“泰勒，我生气了！你说的这些人可都是我的亲戚。”

“都是安赫尔的亲戚，”我说，“你们事实上已经离婚了。”

“没听到他们说起这事来。”露安说。

小乌龟抬头望着紫藤花。“豆子。”她指点着说。

“蜜蜂[①],”我说，“那些嗡嗡嗡地飞来飞去的家伙是蜜蜂。”

“它们会蜇人。”露安特意指出。

可是小乌龟摇了摇头。“豆树。”她说，说得很流畅，好像整天都想着它。我们朝她指的地方望去。有些紫藤花已经开始结籽了，长长的绿色豆荚从枝条上挂下来，看起来就和平时吃的菜豆一模一样。

“你看，真厉害。”我说。又是一个奇迹。花树正变成豆树。

回家的路上,露安去街角买了一份报纸。她开始认真找工作了,而且已经申请了几所护士学校,虽然我都能听见露安这样求职:“说真的，女士，我特别理解您为什么不愿意雇用我这样一个愚蠢的老东西。”

我和小乌龟走了另一条路，因为我们要顺便去李星市场买些鸡蛋和牛奶。这些天，露安拒绝踏入那里，她说李星看她的眼神总带着股邪恶劲儿。露安的说辞是,因为她生的是德韦恩而不是个女孩,没有应验那个据说万无一失的中国预测法，李星对她气得要命。我的看法则是，露安和雪地靴得的是同一种病:对很多事情怀有不可理喻的内疚。

不管怎么样，今天是看不到李星了。她经常要到店后面去照看

① “蜜蜂（bee)”与“豆子（bean)”在英语中发音相近。

那位远近闻名的百岁老母亲，玛蒂家的紫豆子最初就是来自这位老太太，无论露安还是我，都还没见过她一面，当然不是因为我们缺乏好奇心。据玛蒂说，大家都已经很多年没见过她了，可你始终觉得她就在店铺后面的某间屋子里。

李星在收款台旁边放了那块经常出现的牌子：很快回，请不盗东西。李星。在奶制品通道上，我瞥见艾德娜·珀佩正在相邻的纸制品通道里。以我所见，艾德娜正在嗅着各种牌子的厕纸。

“艾德娜！珀佩小姐！”我大声喊道。喊她的名字的时候，我一般都会规避风险，连名带姓一起叫。

艾德娜抬起头，好像很茫然，四处张望着。

“是我，泰勒，在这儿呢。”我绕过去走到她停放购物车的那条通道，“帕森斯太太今天上哪儿去了？”我猛地停下脚步。艾德娜拄着一根白色拐杖。

“维姬得了假膜性喉炎，病倒在床上，真让人难过。她让我来买些新鲜柠檬和一瓶威士忌。当然，还有其他几样不值一提的东西。”她微笑着把一包橘黄色的厕纸丢进推车里。“亲爱的，你能不能帮我看看，我拿的这些是柠檬还是酸橙？”她的手在购物车里摸索了几下，提起一个装着几颗黄色水果的歪歪斜斜的塑料袋。

艾德娜是盲人。我僵住了，盯着她看了好一会儿，试图重新整理许多记忆，就像重新排列满屋子的家具。艾德娜从十六岁起买的所有衣服都是同一种颜色。维姬总是抓着她的胳膊肘。我还记得聚餐那天我想象的那一幕：艾德娜在杂货店里开心地找到了红色发夹。我完全想错了。是维姬·梅找到了发夹，从一堆奥利奥饼干形发夹里把它挑出来，买给她的朋友。

“你在我跟前吗，亲爱的？”

“不好意思，”我说，“是柠檬，个头有些小，不过看着很不错。”

我回家后问露安她知不知道。她坚持说整件事全是我编造的。“你是在逗我玩吗？”她一个劲儿地问，“如果是玩笑，可太恶心了。”

“我没开玩笑。她拄了根白色手杖。她让我帮着看她挑的东西是柠檬还是酸橙。你再想想她说话的时候总是望着你头顶上方的样子。还有，维姬到哪儿都领着她。她们两个走进房间的时候，维姬总是说出每个人的名字。”

露安吓呆了。“我的天哪，”她说，“我仁慈的老天啊！我闯下大祸了。我那么多次跑到她们家说，‘你看这个！’‘你看那个！’‘谢谢你们帮我看着德韦恩。’”

“我觉得她不会介意。她的手，还有维姬，就是她的眼睛。艾德娜有自己看东西的方式。”我对露安说，她好像感觉好受了些。

星期一下午我问玛蒂，我能不能上楼去看看埃斯佩兰萨。我从来没有去过她家楼上，而且出于某种原因，我觉得那里是禁区。可是她说没问题，尽管上去吧。我穿过拥挤的书房，里面当然堆满了玛蒂已故丈夫的各种杂志（我到现在才知道他已经死了很多年，这堆凌乱的遗物看来不大可能很快整理出来），然后踏上楼梯，走进玛蒂的起居室。

这个房间看着跟楼下的办公室一样拥挤杂乱，不过这里的东西更加日常：垃圾信件、账单、铅笔、封面登着汤姆·塞里克[①]和现任

①美国电影演员和制片人。

总统（不是耶稣）彩色照片的杂志，一张叠成小块、填字游戏做了一半的报纸，随意放着的钳子或者螺丝刀。这些东西就像那种会被冲上你的咖啡桌、在那里搁浅的漂浮物和沉积物（一对我刚从字典里学来的新词），在你身边待上一两个星期，然后又为下一波潮水冲来的东西让路。

所有的东西，桌子、椅子、墙壁，表面都被覆盖着。壁炉上方有个巨大的十字架，由几百个闪烁着釉光的小瓷片拼成，每个小瓷片都像是某种东西的形状：小男孩、狗、房子、棕榈树、浅蓝色的鱼。它们拼在一起，组合成了一个十字架。我从来没见过这样的东西。

壁炉对面的墙上贴满了大大小小、形状不一的照片。有人们眯着眼睛看太阳的抓拍特写，有几张摄影室拍的儿童肖像，有玛蒂被一群深色皮肤的人拥在中间的照片，那些人都比她要矮些。还有不少儿童画。我想起我们第一次见面，玛蒂告诉我她“差不多”有孙子，当时我还为这种特别的说法感到惊奇。

我发现，每个孩子的画里都有枪，还有从空中垂下来的巨大的子弹，子弹背后是断断续续的线条，像瀑布的水流，从枪管里倾泻而下。很多人戴着龟壳似的军用钢盔。一张画上有一架流血的直升机。

起居室没有窗户，只有四道门通往四个方向。一个上了点年纪的女人拿着个纸箱走进来，惊讶地看着我，用西班牙语问了句什么。我从来没见过有谁像她这样从头到脚都散发出悲伤。她的皮肤简直就像挂在身上一样，特别是胳膊肘和下巴那里。

“埃斯佩兰萨。”我说。她朝我身后的一扇门点了点头。

那个房间仿佛属于另外一幢房子——空荡荡的。墙壁漆成一种陈旧的淡粉色，上面光秃秃的，只有其中一张床的床头上方挂了一副十字架，用两片棕榈树叶从后面固定住。两张床上整整齐齐地铺着粗糙的蓝色毯子，现在天气这么热，谁都不会愿意盖着它睡。埃斯佩兰萨没有坐在床上，而是坐在窗边的一把直背椅上，我敲了敲门上的小窗，她抬起头来看着我。

“嗨，我来看看你怎么样了。”

她从椅子上站起身，示意我坐下。她坐到了床上。我不敢相信她整整好几天就这样什么都不做，只是把手放在膝盖上坐着。

我们对视了片刻，我又看向房间里别的东西，少得让人难过。我都不知道自己怎么会觉得有勇气去看。

“你现在怎么样？感觉好些了吗？你的胃舒服些了吗？”我把手放在自己的肚子上。埃斯佩兰萨点点头，又低头盯着自己的双手。

我走进这房子以后，不知何时已经搞不清方位了。我从窗户望出去，以为会看到罗斯福公园，可这不是那扇窗户。我们在房子背面。从这里，李星家的后花园一览无余。我想着如果站在这里盯上好长时间的梢，有没有可能看到李星的老母亲。

“我一直想告诉你，”我说，“我觉得埃斯佩兰萨这个名字很美。埃斯特温告诉我说，它的意思是等待，还有希望。他说在西班牙语里，一个词经常同时有两种含义。可是在我还不知道任何一个含义的时候，我就觉得你的名字很美。不知为什么，它让我想起一道瀑布，或者类似的东西。”

她点点头。

“泰勒这个名字没什么耐人寻味的含义。就是那种给别人的裤子收褶边的人。[1]”

她的嘴角略微扯了一下，好像要露出一丝笑意。她的双眼却茫然无神，是两只黑黑的洞。

“我说的话你基本上都听得懂，对吧？”

她又点点头。

“我想小乌龟也是这样，可人们总是忘记这些。以为她接收到的信息就只有她表达出来的那么多，可是我明白，很多东西她都懂。从她看你的眼神你就能知道。”

埃斯佩兰萨始终看着她空空的双手。我多想往那双手里放点东西，那种只要看着就感觉美妙的东西。

“希望你不要介意我提到小乌龟。”

她飞快地抬起眼睛看着我，双眼就像一对受惊飞离安全藏身地的黑鸟。

“埃斯特温跟我说了伊斯梅内的事。”我说，“我很难过。开始听说你吃药，我还不理解，你为什么要这样对自己、这样对埃斯特温。可是埃斯特温跟我说了以后，我就明白了。天啊，这种事究竟要怎么才能承受下来？”

她移开目光。即便是两个健谈的人，这种时候对话恐怕都非常艰难。无论说什么，对一个最近吞了一瓶小儿阿司匹林的人来说，肯定都是错的。可怎么说才是对的？图书馆里有什么书能查到这种东西吗？

---

①“裁缝（Tailor）”与“泰勒（Taylor）”在英语里发音相同。

“我猜我上这儿来是想对你说，我不知道你将来会怎么做，可我真心希望你继续坚持下去。我想说请你不要放弃埃斯佩兰萨。这是我昨晚想到的。埃斯佩兰萨就是你拥有的全部，放弃了就不会再有。你必须努力，想想各种坚持下去的理由。”

她的眼里噙满泪水，不过这总比无动于衷要好。“失去一个人是件非常可怕的事情，”我说，“我的意思是，我没有亲身经历过，但我能想象那一定会很可怕。可有些人根本没有什么人可失去了，我想这更可怕。”

过了好久，我说：“他对你如痴如狂。”

我过去握住她放在膝盖上的一只手，握了一会儿。她的皮肤冰凉，空落落的，像间空房子。

我打算下楼回去干活的时候，又看到了那个拿纸箱的女人，她还在起居室。她正挑拣着几件摊在沙发上的东西：一条黑裙子，一本红色塑胶封面的小书，一张带木框的照片，一双用鞋带系在一起的婴儿帆布鞋。她仔细地把这些东西放进那只箱子里。

星期三，我补完最后一只轮胎准备回家的时候，刚好看到露安从罗斯福公园站下车。我大喊着让她等我。她走过来和我聊天，而我正用水管冲洗手上的黑尘。关于轮胎，现在我有一条信息能告诉你：这是份脏活。

露安刚结束了城北边一家便利店的面试。她把小乌龟和德韦恩留给了艾德娜和帕森斯太太照顾。

“那人跟我说的第一句话就是：‘我们这里经常遇到持枪抢劫的，宝贝儿。’他不停地叫我宝贝儿，说话时冲着我的胸而不是我的脸，那个大腹便便的家伙，头发油乎乎的，看那模样你就知道，他肯定一本不落地读了柜台后面藏着的色情杂志。‘经常有强盗，宝贝儿，你在压力下顶住的本事怎么样啊？’他说。他把‘顶住’当成一句了不起的玩笑话。哎呀，从那个词说出来以后，一切都让我毛骨悚然。”

我看得出，为了这场面试，她特意打扮一番，穿了漂亮的裙子、熨过的上衣、长筒袜和舞鞋，还是在这样一个大热天。这种羞辱让我怒火中烧。“好工作还在后头呢，”我说，“你可以顶他个底朝天。”我用毛巾擦了擦手，跟玛蒂喊了声再见，和露安一起走上人行道。

“我真讨厌那个地方。”她说，回头朝“范妮天堂”点了点头。

“嗯，”我说，“但是也有好消息。玛蒂说，他们的生意不怎么样。她认为，隔壁是一家名叫‘耶稣就是上帝’的店，就像是给它施了一道魔咒。”

露安激动起来。“那扇门最让我生气。他们把门把手做成那个样子，好像女人就是你往前一推然后穿过去的东西。我尽量不去看它，可还是忍不住生气。”

“那就别光是不理，”我说，“骂回去。‘你个脑子进屎的家伙，这可刺激不到我。’就说这类的话。否则它就会像黄鼠狼似的鬼鬼祟祟地溜进你的脑子，不管你喜不喜欢。你知道酒吧里那种放在醋坛里的煮鸡蛋吧？跟那差不多。放一段时间不管，那些鸡蛋就难吃得要命，可这并不是鸡蛋的错。我想说的是，你别干坐在那儿，你应该狠狠地去发泄一番。”

“你真这么想吗？”

“真的。”

“你有个特点，泰勒，你不让任何人欺负到你头上。这手你是从哪儿学来的？”露安想知道。

“疯果人儿学校。”

## *Chapter 11*

# 托梦天使

五月的第三个星期，露安终于找到了一份在红辣夫人莎莎酱工厂做包装工的活儿。她在汗水淋漓的包装流水线车间，跟一百多号人胳膊肘挨着胳膊肘站着切辣椒和番茄，把大蒜瓣捣碎了压进不断移动的大桶里。其间有许多莎莎酱流到地板上，等一天快结束时，地上的辣酱已经晃晃荡荡地齐脚腕了。少数想保护鞋子的人套了那种老式的透明雨靴，大多数人索性放弃了这份麻烦。包装特辣酱的时候，脚踝灼得直发烫，像踏进了红蚁堆。

加工辣椒的人已经习惯了手指刺痛，也学会了绝对不伸手触碰自己（或者别人）的眼睛或隐私部位，甚至休息日也不行。无论他们怎么使劲洗手，红辣夫人总是牢牢地黏在手上，顽固又惹人厌，像高中舞会上监护你的年长女伴。

这就是一个血汗工厂。有一半时间根本不开空调。辣雾之中，人人泪水狂流，隐形眼镜都没法戴。露安的视力是20/20[①]，所以这

①指能在距视力表20英尺处看见正常人在20英尺处看见的内容，即视力正常。

个不成问题，而且别的问题对她也都不成问题。露安是真心喜欢这份工作。

如果红辣夫人发热心员工奖，露安恐怕要准备个奖品柜。她经常往家里带样品、尝试配方，有些最终印在了罐子的标签上，有些没有，都是天意。她给我们宣讲，一丁点香菜叶就能成就或者毁灭一份完美的莎莎酱。六个月前，我还从来没听说过莎莎酱；现在，无论牛油果还是蔬菜炖肉块，露安都会往里面放点莎莎酱。

莎莎酱分三挡：绿盖的罐子是“微辣”，粉色盖子是“中辣”，红色盖子则是所谓的“鞭炮式”超辣。最后这种不太受孩子们欢迎。小乌龟只要尝到一点点就会哭叫，大口喘着气，伸出舌头转个不停，还瞪着露安，好像她是个企图毒死我们大家的间谍。德韦恩更明智些，根本不让那东西进自己的嘴巴。

“已经足够了，”我对露安说，“我们索性把罐子放在桌上，大家自己挑吧？”轮到我做饭的晚上，我就做我能想到的最清淡的饭菜：煮白鱼、土豆泥、通心粉、奶酪，给味蕾一次恢复的机会。

可是露安已经在公司的宣传攻势里沦陷了。鱼钩、鱼线、坠子，一应俱全。“这个对你有好处，”她说，“有些医生建议每天吃一匙，防止溃疡。另外，这东西还能清理你的鼻窦。”

我对露安说，非常感谢，我的鼻窦已经准备好被连根拔掉了。

这样说话听着好像要打架，其实最近这些天来，我越来越喜欢露安了。开始工作这几个星期以来，她剪头发的次数锐减，也终于不再把自己的身材与各种牲畜相比了。有了份自己的工作，似乎把她原本皱成一团隐而不见的优点都展开铺平了。

大多数时候，她上的是中班，下午三点离开家，把孩子交给艾德娜·珀佩和帕森斯太太，两小时后我下班把孩子领回来。那天之后，露安有很长时间躲躲闪闪地不敢和艾德娜说话，生怕一不小心提到眼睛。最后我去澄清了误会，对艾德娜坦白，我们好长时间都没有意识到她眼睛看不见，因为她的举止太自然了。艾德娜以为我们早就知道。她把这当成一种赞美，很高兴我们对她的第一印象不是她眼睛有问题。

露安上中班以后，她主打“火警炖菜”的家庭实验晚餐就只限于休息日做了。大多数时候都是我给孩子们做饭，在露安十一点回家之前，就照顾他们上床睡觉。然后，我和露安开始吃夜餐，或者如果晚上还热得让人不想去看盘里的饭菜，我们就坐在厨房的餐桌旁，只穿内衣，扇着风，读报纸，喝点冰咖啡，反正睡觉无望了。不过大多数时候，我们都是在聊天。起先，她讲的全都是香菜叶、番茄，还有红辣夫人公司的同事们，不过，一段时间后又恢复了常态。她会一页一页地看报纸，把里面刊登的所有灾难报道读给我听。

“听听这个：‘堪萨斯州，自由城。肢体严重残疾、大脑额叶相连的连体双胞胎父母和医生因拒绝治疗而面临谋杀罪起诉。’老天，你真不好怪罪他们，是吧？我是说，你会怎么办？是弱智、残疾、痛苦地活着更好，还是干干脆脆地死了更好？”

“我真没法讲，”我说，“两种情况都没碰到过。”不过，说起来，死去以后好像和出生以前很像，我以前从没意识到这一点。但我不打算多想这事儿。我现在最感兴趣的是天气预报。自从一月底那场双彩虹冰雹过后，这里就没下过一滴雨，整个世界好像都被烤焦了。你路过一棵树或者一丛灌木，似乎都能感觉到它们正忍受着痛苦。每天我都要把水管拖到屋后，给玛蒂的西葫芦和菜豆浇水。知了的叫声响亮刺耳，逼得你想自杀。玛蒂说那是它们发情时的呼唤，它们会在一年中最炎热、最干燥的那几个星期交配。可是很难相信有任何一种生物，即便是另一只知了，会被那种叫声吸引。那种高亢刺耳的嗡嗡声，甚至能听得人眼睛刺痛，皮肤骤然绷紧。和留声机唱片刮擦、粉笔划过黑板的声音属于同一类。

露安在这里住了很长时间了，所以有这样的联想：说知了的叫声让她欲火中烧。对我来说却远非如此。我用送气软管吹开这些趴在玛蒂家四周的扁轴木矮枝上的可恶昆虫，让它们像瓶装小火箭似的自空中坠落，尖叫不已。每次从耶稣就是上帝的壁画前走过，我都恳求他普降甘霖。

可是每天报上都说：预计无降水。

“还记得在动物园那次吗？”露安问道，仍然沉浸在自由城的恐怖故事里，“那对没出生就怀孕的连体婴还是什么的。”

“我只记得那两只大乌龟。”我说。

露安大笑起来。“我真想知道，乌龟怀孕是什么样子。它们的壳子能变成孕妇装吗？我简直想要回去看看那只雌龟怎么样了。”

“你知道埃斯特温是怎么说的吗？”我问露安，“他说，在西班牙语中，‘怀孕’的说法是，你把孩子带到光亮中。很棒吧？”

“你把孩子带到光亮中？”

“嗯。”我正在看一篇海底地震的文章。地震会引发巨浪，可是你从船上感觉不到，因为它是在深处翻滚。

我盘起头发，免得它们黏在汗水淋淋的脖颈上。我忌妒地看着露安的金发，她的短发修剪得整整齐齐，像个高尔夫球场。

“我当时特别肯定德韦恩会是连体双胞胎什么的，”她说，“因为当时我的体形那么肥大。他出生的时候，我翻来覆去地问了大夫十五遍，他正常不正常。我不敢相信他真的好好的。”

“现在你又不敢相信他能平安度过一天，没有在冰镇箱里憋死或者淹死。”我用柔和的语气说。我放下报纸看着露安：“如果你不介意的话，我想问问，你为什么总觉得自己是个招人烦的累赘啊？”

“泰勒，我能给你讲个事儿吗？答应我不要告诉别人。答应我你不会笑。”

“我发誓。”

“德韦恩出生一个星期以后，我做了个梦。有个天使来了，我猜是从天上下来的，那部分我没有梦见。他穿得挺现代的，是一套西服，你知道吗，还打着褐色领带。可他就是天使，我敢肯定，因为他长着翅膀。他说：‘我来自这个星球的未来。’然后他告诉我，我儿子活不到看见二〇〇〇年了。”

“露安，拜托。”

“这还不是最吓人的地方。第二天早上，我的星座运程说：‘请听从一个陌生人的忠告。’这么一来，难道你不觉得这件事有它的寓意吗？星座运程是真的，不是梦。我把它剪下保存起来了。德韦恩的星座运程说什么要避免不必要的旅行，我认为它有所指，你知道吗，指的就是人生这场旅行。可这就不是你能避免的了。那我究竟该怎么办？这事儿吓得我要死。”

“你一个劲儿在寻找灾难，就这么回事。你专门去找这种事，连报纸上的消息也不放过，你自己也没法否认这一点。如果你找得够卖力，你总能找到想要的东西。”

“我是不是注定没指望了啊，泰勒？我一直都这样。小时候，我和哥哥经常用雪茄盒玩游戏。那个盒子是我们最好的玩具。盒盖里面印着个穿红色长裙、身材曼妙的女郎，裙子的开衩一直到这里。劳甘奶奶居然没有没收它，真是奇迹。她手里拿着一支香烟，我猜她是个赌场女郎什么的，可我们都说她是吉卜赛女郎。我们假装可以跟她说话：'让我看看十四岁的自己。'或者随便说个年龄，你知道，然后我们朝盒子里面看，假装能看到自己的模样。我哥哥能一直看到九十岁。他说：'我看到自己留着长长的胡子，和十七条狗一起住在一座白色大房子里。'他喜欢狗，可是妈妈和奶奶只许他养一条。可我，我是个胆小鬼，顶多只能看到未来几个星期。我会看到九月开学的那天，我说：'我穿着一条粉裙子。'可我从来不敢去看自己二十岁、二十五岁时的样子。我害怕。"

"怕什么？"

"怕我会死。怕我往盒子里一看，看到自己已经死了。"

"可那是假装的啊。你想看见自己什么样，就能看见什么样呀。"

"这我知道，可我觉得我就会看到那个。还有比这更可笑的吗？"

"也许跟你父亲有关。也许因为你父亲去世了，死亡成了一件挥之不去的事。"

"我彻底没指望了，就是这么回事。"

"不可能，露安，你有很多优点啊。"

平时，露安会把你夸她的话像某种恶心的药片似的吐出来，可是那天晚上，她的蓝眼睛里满是恳切。"什么优点？"她想知道。

"天哪，多得数都数不过来。"我一时语塞。倒不是说这个问题很难回答，而是我没想到她会真的追问，有些措手不及。我想了想。

"太过忧虑的反面就是漠不关心，不知道你明不明白我的意思，"

我解释道，“德韦恩一辈子都会知道，无论发生什么，你都绝不会忽略他。你绝不会坐在一边任他干渴得脱水，或者没有完整的个性，或者发生诸如此类的事。有些事的后果还要更严重。你一直读报，上面写的那些事情你肯定都知道。”我是当真的，她的确知道，“有人把孩子忘在车里，结果孩子烤成了肉饼，尽是这种事情。总之，露安，作为一个母亲，你是好得过头了。”

她摇了摇头。“我是个彻底没指望的人，”她说，“现在我正对可怜的德韦恩做着同样的事。可我就是忍不住，泰勒，我忍不住。如果我能看到未来，如果有人让我看一张德韦恩在二〇〇一年的照片，我发誓我绝对不会看。”

“好吧，没人会给你看的，”我说，“你不用为这个担心。没有托梦天使这种东西。只有圣经里才出现过，而且那完全是另一回事。”

六月，从蒙大拿寄来一件包裹，邮票和紫色邮戳让包裹显得色彩缤纷、喜气洋洋。里面装着双儿童牛仔靴，对德韦恩来说太大了，得再过几年才能穿，还有一条漂亮的小牛皮腰带，是给露安的。腰带上不知是雕刻还是印着橡果和橡树叶，还有她的名字。还有一只红黑相间的印第安珠串发夹，对露安目前的头发长度来说，这东西完全派不上用场。

安赫尔改了主意，不想离婚了。他很想念露安。他希望露安过去，和他一起住在蒙大拿一种叫毡房的东西里。如果这个选择她不能接受，他就回图森跟她一起生活。

“毡房到底是什么东西？”露安问，“听着像堆土。”

“你问住我了，”我说，“查字典吧。”

她还真查了。“一种将兽皮覆在格子框架上搭建而成的圆顶帐篷。”她读了出来，每个字都读得很慢，不带一点儿肯塔基口音。她把所有的 a 都发成字母 A 的读音。“西伯利亚的蒙古族游牧民使用。”

像报纸上说的那样，我持保留意见。

“你怎么想，泰勒？你觉得这种毡房里面会有地板或者石灰墙这样的东西吗？你觉得虫子会钻进去吗？”

我脑子里蹦出一句话：乔治爱吃放久了的灰色大头菜，用石灰刷他的毡房。①

“最让我受不了的是，他想让我过去，”露安说，“他千真万确地说，他很想念我。”她反复咂摸着这句话，转动着手指上的金戒指。大概是在去莎莎酱工厂里上班的前后，她把戒指摘了，现在却又戴了回去，几乎是怀着歉疚，好像安赫尔随着腰带和靴子寄来了一个密探。

“可我现在在红辣夫人公司肩负着不少重任。”她显然是在和自己辩论，因为我还什么都没说。

这无疑是真的。短短三星期内，她已经被提拔成现场主管，创下了公司纪录，但她拒绝认为这就能说明自己是个好员工。“只不过是因为那里没别人能做这事儿，”她坚称，“那里的人几乎都是十五岁的孩子。还有更不行的：那个‘没救’项目还是什么鬼机构，有时还会派些弱智过来。”

“那叫自救项目，你明明知道，别想转移话题。那个词叫残障

①该句英文的每个单词首字母恰好拼成“geography（地理）”一词。

人士，不叫弱智。”

“没错，我就是这个意思。”

“那你说过的那个养哈巴狗、开一辆浅蓝色特兰斯艾姆的女人呢？给你‘我爱我猫’汽车保险杠贴纸的那个女人呢？在自家后院造了个热气飞艇的家伙呢？那些人都是十五岁的孩子吗？”

“不是。”露安把字典翻开又合上，盯着窗外。

“还有萨尔·莫内里，他多大了？”

露安翻了个白眼。萨尔·莫内里是个不幸的小伙子，他的名字让露安心里发毛，她禁止他触碰任何没有封口、装箱的食品。[①]对沙门氏菌的恐惧主宰着露安的生活，她甚至宣称，吃土豆沙拉唯一安全的办法就是把你的脑袋伸进冰箱，直接在里面吃掉。

“他真的希望我过去。”露安一个劲儿地重复着这句话，即便她说自己还不打算立刻做决定，但我从骨子里感觉得到，她迟早会去的。以我对露安的了解，她一定会去。

世界好像正在从连接处分崩离析。这些天，玛蒂经常出门“观鸟”，甚至超过了她待在店里的时间；特里，那个红头发的医生，北上搬到了纳瓦霍人的保留地（去工作，不是因为他有人头权）；威廉神父的模样，用皮特曼县人的说法，像是神经犯了毛病。

上次有机会跟玛蒂聊天时，她说最近风声有些紧，有很多问题要解决。埃斯佩兰萨和埃斯特温必须被转移到离国境线更远的安全住处。最好的选择是俄勒冈或者俄克拉荷马。

一望无际、毫无希望的俄克拉荷马。“他们待在这里会怎么

---

①萨尔·莫内里的英文拼写“Sal Monelli”与“Salmonella”（沙门氏菌）只差一个字母。

样？”我问。

“移民局正在闹出动静。那些人会直接进来逮捕他们，你还来不及冷静下来仔细想想，他们就被驱逐出境了。”

“来这儿？”我问，“他们会闯进你的房子？”

玛蒂说是的。她又说，到了那个时候，埃斯特温和埃斯佩兰萨的性命连五分钱的硬币都不值。这点我现在也了解了。

“这不对，”我说，“明知他们会被杀害，却还要那样做。肯定还有别的解决办法。”

“一个危地马拉人要是想在这里待下去，唯一合法的途径就是去法院证明，一旦离开，他们就会面临生命危险。”

“可他们确实会面临生命危险啊，玛蒂，你知道这个的。你知道他们遭遇了什么。你知道埃斯佩兰萨的哥哥他们遭遇了什么。”我没有说她女儿的事。我说不准玛蒂知不知道，不过她应该是知道的。

“他们自己这样说不管用，得有过硬的证据。要看照片和文件。”她拎起一只白壁轮胎，我以为她要扔到院子对面，她却把它提起来放到我身旁轮胎堆的顶上。“人逃命的时候，总是记不住该随身携带装有证据的文件柜。”她说。玛蒂很少语带刻薄，可一旦刻薄起来就犀利得很。

我不愿相信这个世界会如此不公正。可是当然，不公正就在我的鼻子跟前。如果真相是条蛇，我早该被它咬了。早该被它当饭吃了。

Chapter 12

# 冲向恐怖的黑夜

下午三点，所有知了同时停止了嗡鸣。空气中顿时空落落的，让人耳朵发疼。四点左右，我们听到了雷声。玛蒂把窗户上的牌子翻到“停止营业”那一面，对我说：“跟我来，我想让你闻一闻这味道。”

玛蒂希望埃斯佩兰萨也能一起去，令人意外的是，她同意了。我上楼去给艾德娜和帕森斯太太打电话，说我今天比平时晚些回家，尽管我其实可以冲着公园对面大声喊。艾德娜说，没问题，完全没问题，孩子们都挺好。我们准备出发了。临走，埃斯特温发现他也能来。他晚上休息。因为有场意想不到的家庭庆祝会，饭馆今晚不营业了。我们全都挤进玛蒂那辆卡车的驾驶室，埃斯佩兰萨坐在埃斯特温的腿上，我骑在变速杆上。我们三个人都不知道要去哪里，也不知道为什么去，可是气氛已经热烈起来了。我感觉自己正赶去和命运来一场约会，而且听说命运长得像克里斯托弗·里夫[①]。

玛蒂说，对于在图森城出现前很久就已经生活在这片沙漠里的

①美国演员，电影《超人》中超人的扮演者。

印第安人来说，今天是新年。

“七月十二号？”我问，但玛蒂说，不是每年都在同一天。他们会庆祝夏天第一场雨的降临。新的一年就从那天开始。她说，万物都从那天开始复苏：人们开始种庄稼，孩子们赤身裸体地跑过水潭，母亲们清洗着衣服、毯子和他们拥有的一切。大家喝着用仙人掌果酿的酒，直到开心地醉倒才罢休。干旱终于结束，动物和植物也再次苏醒。

“瞧着吧，”玛蒂说，“你也会有同样的感觉。”

玛蒂转进一条砂石路。我们颠簸着穿过几条河床，河底烤得发白，布满干燥的鹅卵石。车在城外一英里远的高地停下。我们步行穿过那片灌木，朝山顶上黑色树干的牧豆树林附近走去。

图森河谷铺展在我们面前，卧在群山的摇篮中。横在我们和城市之间的那片微微倾斜的沙漠平原像一只张开的手掌，等待着预言家占卜：上面布满了起伏的沙丘，干枯的河床是它的生命线和感情线。

暴风雨正从南方慢慢移动而来，像上帝之手拉着一面巨大的蓝灰色浴帘。透过雨幕，看不太真切，只能辨认出对面群山的轮廓。不时有白丝带般的闪电在山顶和乌云之间神经质地蹿跳。一股凉爽的微风从我们身后吹来，牧豆树的脊背起了一阵寒战。

鸟儿兴奋不已，贴着地面飞掠而过，停在疯狂摇摆的纤细的芦苇茎上。

这片沙漠里的生命力令我惊异。我这个山里人来到亚利桑那，还以为会看到一片无边无际的沙丘的海洋。我对沙漠的了解全都来自以前的西部电影和麦格劳卡通片。但这片沙漠和我的想象完全不同。这里和别处一样，有灌木，有树丛，有芦苇，只是颜色不一样，而且所有的活物都长着刺。

玛蒂告诉了我们很多东西的名字，可是那些名字全都从我的耳朵里溜过去了。我只记住了几个。那种带尖刺的高大植物是树形仙人掌，有一棵树那么高，却非常瘦削，有着人的形态，你总感觉它们好像在回头看着你。每年这个时候，这种仙人掌的头顶就会戴上鲜红的果实缀成的皇冠，果实从中间裂开，像张开的嘴。那些看上去像枯死的荆棘枝的是刺木，它们成簇地立在地面上，每根枝条的顶端都挑着一朵明艳的橘黄色花蕾，像来自地狱的蜡烛。

玛蒂说，那些看似枯死的植物其实是在休眠。雨一来，它们就会抽出新叶，开始生长。非常快，她说，你都能当场看见。

暴风雨更近了，乌云裂成几百个碎片，大雨从高高的乌云上垂落而下，这里一道，那里一道，有如弯曲的灰色烟柱。仿佛在城市上空散落着五六十团炭火堆，只是那些高高的烟柱是从上往下流动的。仔细看，会发现有些地方的雨并没有一气落到地上。它们从天而降，走了四分之三的路程，就消失在干燥的空气中。

一束束阳光从乌云间流注而下，就像玛蒂丈夫留下的杂志封面上的圣灵。一道闪电落在附近，雷鸣震得我和埃斯佩兰萨惊跳而起。其实没有那么近，按玛蒂的说法，大约在两英里以外。她在闪电和打雷之间读秒。五秒等于一英里，她说。

一道雨柱向我们移来。能看到大颗的雨珠落在地面，更近了，我们听见雨声，响亮得有如鹅卵石敲打在窗户上。来势凶猛。前一刻我们浑身还是干的，顷刻间，冰冷的雨滴就噼里啪啦地砸下来，我们的上衣全被浇透，湿淋淋地贴在肩膀上，但这时，雨已经到了我们的另一边。突如其来的冰冷激得我们无法呼吸，四个人全部蹦来跳去，大口地喘着气。玛蒂大声数着闪电和雷声相隔的秒数：六、七、轰隆！……四、五、六、轰隆！埃斯特温和埃斯佩兰萨跳起了舞，接着又和我跳起来，先是用手抓着他的那块手绢，然后把它旋转着抛到空中。这是一种充满调情意味、美妙无比、以雷鸣为伴奏的舞蹈。我想起我和他曾经一起几乎赤身裸体地跳进那条冰冷的溪流，好像已经是很久之前的事了，那时我还没有半点心思，现在却已经疯狂地爱上了他，以及许多其他人。我笑得停不下来。我从来没有如此开心过。

就在这一刻，我们闻到了雨的气息。如此强烈，仿佛不仅仅是一种气味。我们伸出双手，真切地感觉到它从地面升腾起来。我不知道怎样描述那种气味。显然不是酸，但也不是甜，也不像花的芳香。埃斯特温用的词是“刺鼻”。我想说的是“干净”。在我心里，最相像的是刚刚擦洗一新的松木地板的味道。

玛蒂说，那是刺藜灌木的味道，这种灌木被雨淋后会释放一种化合物。我问她，有没有人想过用瓶子把它装起来，这种气味实在太美妙了。她说没有，不过，如果你留心，在城里也可以闻到它。你可以用它来判断城里是不是有地方在下雨。

我不知道是这味道真的这么好闻，还是只有我们觉得如此，因为它的意义非同寻常。我们往卡车的方向走回去的时候，太阳已经落下了。云朵变成粉色，又变得血红，最后骤然暗淡。幸运的是，备受夜盲症困扰的玛蒂事先想到了带一把手电筒。黑夜里充满了各种声音，鸟叫声、猫头鹰高亢而颤抖的呜呜声，还有一种声音像绵羊的叫声，只是要响亮一百倍。这些声音从远处响起，却在我们脚边冒出应和的声音，把我们吓得不轻。玛蒂说那是锄足蟾的声音。这么大的动静，全是某个还没有两毛五硬币大的家伙发出来的。我要不是见识过知了，听了这话是绝对不会相信的。

“那蟾蜍是怎么来到沙漠中央的？”我很好奇，“难道亚利桑那州会下蟾蜍雨？”

“它们一直都在这儿，我的聪明姑娘。旱季，它们趴在地洞里，像其他生物一样蛰伏，像死了一样。雨一来，它们就会苏醒，从洞里钻出来，高声叫唤。”

我大为惊奇。就在你以为一切都一览无余的地方，似乎有无穷无尽的东西正隐藏着，等待艰难的时刻过去。

“哎呀。”我吓了一跳：一只蟾蜍在我的帆布鞋边尖叫一声。

“只有两件事值得这般喧哗：死和性。”埃斯特温说。今晚他心里藏着个魔鬼。我忽然想起几天前的某一晚做的一场跟他有关的梦，而直到这一刻，我才想起自己做过这样一场梦。梦里的细节无比丰富。我感觉一道红晕顺着脖子爬上来，暗自庆幸现在已是黄昏。我们跟着玛蒂的声音保持队形，留心不要偏离小路，在黑暗中避开带刺的枝条。

“对蟾蜍来说是一回事，”玛蒂说，“非此即彼。在这样的天气里，它们要迅速把握时机。可能接下来好几个星期，这里都不会再下一场大雨。到了早晨，每个小水洼里都会留下好多卵。两天之后，甚至还不到两天，就能看到蝌蚪。水洼干涸以前，蝌蚪们已经长出了腿，蹦跳着上路了。”

我们排成一条纵队跟在玛蒂后面，在黑暗中抓着彼此湿漉漉的袖子和胳膊。忽然间，埃斯佩兰萨的手指紧紧握住我的手腕。手电光照出一条蛇来，几乎与眼睛平齐，粗壮的蛇身盘绕在一段光滑的树干上。

“最好往后退退，是条响尾蛇。”玛蒂镇定地说。她用手电顺着蛇身照到了它的尾巴，向我们示意它尾巴上透明脆弱得像玻璃珠般的小泡。响尾蛇直起身体，但没有摇晃。

“我不知道它们还会爬到树上去。”我说。

“当然了，它们会爬树，去找鸟蛋吃。”

我的喉咙里发出微小的咕噜声。我没感觉多害怕，但是看到一条蛇以后，有什么东西会让你的胃开始缩紧，无论你多么坚决地想放松下来。

“倒也公平。”玛蒂说，我们绕着那棵树兜了一大圈，“谁都长了一张嘴要喂饱自己。”

我一下子就知道出事了。露安站在前廊上等着，脸色可怕至极，不仅仅是因为她正站在黄色的灯光下面。她已经哭了很久，也许还尖叫过，嘴咧得很开。现在甚至还没到她下班回家的时间。

我冲上人行道，三步并作两步跑上台阶。“怎么回事，你没事吧？”

“不是我，泰勒。真抱歉要让你听到这个。真抱歉，泰勒。是小乌龟。”

“哦，天哪。”我冲过她身边跑进屋里。

艾德娜·珀佩坐在沙发上，小乌龟坐在她的腿上，就我能看到的而言，没有缺胳膊少腿。但是她变了。我们共度的这几个月已经离她而去。我从她的眼睛里就能看出来：两杯黑咖啡。我记得很清楚，很清楚，在那间荒凉的酒吧外面，她薄薄的眼白有如银色的月牙，贴在漆黑的眼珠旁边，那双眼睛不时闪烁着橘黄色的光，随着闪烁的霓虹灯招牌明明暗暗。

我没有向她走过去，因为我做不到。就这么简单。我不想有这种事发生。

帕森斯太太拿着一把笤帚站在厨房门口。"一只鸟飞进屋里了。"她解释说，然后又消失在厨房。我一时茫然不解，以为这就是那件可怕的事情。

可是露安就在我身后。"她们在公园里，艾德娜和小乌龟。下过雨以后，天特别凉爽，她们想多享受会儿清新的空气，维姬本来要过去帮她们看看会不会再下雨，可她没有去，艾德娜没意识到天渐渐黑了。"

"到底出什么事了？"我的胃里开始翻腾。

"我们也不清楚。我打电话叫了警察，他们带来一个体检医师，还是社工什么的，天哪，我不知道，总之是一个来跟小乌龟说话的人。"

"可究竟是怎么回事？当时发生的事你知道多少？"

艾德娜的眼睛比平日还要无神。仔细打量，我发现她的衣服有些凌乱。不太明显。红色上衣的一边肩膀有点耷拉了下来，长袜上破了个洞。

"我听到一个奇怪的声音。"艾德娜仿佛身处另一个世界，像一个经过催眠的人，恍恍惚惚地叙述着，"那声音好像一袋面粉掉到地上。小乌龟一直在说话，或者我觉得更像在唱歌，后来她不吭声了，连一声嘀咕都没有，可是我听到挣扎的声音。我大声喊叫起来，挥舞拐杖。哦，我挥得高高的，这样就不会打着孩子。我知道她有多高。”她举起手比画了一下，如果小乌龟站在地板上、站在艾德娜面前的话，她的手刚好在小乌龟的头顶。

“你打着什么了吗？”

“打着了，天哪，打着了。我不知道是什么，但那东西很有——怎么说，很有弹性。你明白我的意思吗？哦，我还大叫起来，喊了好多吓人的话。接下来我感觉到，有个非常沉重的分量坠在我的裙角上，是小乌龟。”

“我花了二十分钟才让她松开手。”露安说。现在她正抓着艾德娜的衣袖。

“天哪，都怪我。我要是早那么一点儿明白过来就好了。”

“这事儿谁都可能碰上，艾德娜，”露安说，“你也不知道会发生什么。换了我可能也反应不过来。你救了她，多亏有你。换了别人都可能吓得不知道去打他。”

换了别人，我想，可能会看见他带着枪或者刀。

有人敲门，我们全都跳了起来。当然，是警察，一个矮个子男人，亮了亮警徽，还有个女人，说是社工，两人都穿着便装。艾德娜又讲了一遍她知道的经过。那位社工头发是草莓金色，看上去一本正经，带着两个纱线头发的玩具娃娃：一个男孩，一个扎小辫的姑娘。她问我是不是孩子的母亲。我点点头：是个蠢货，不够格当妈妈。她把我拉到门厅里。

“你不觉得应该请一个医生看看她吗？”我问。

“嗯，当然。我们如果发现证据表明她受过侵犯，就需要和孩子谈谈这件事。”

“她不说话了，”我说，“可能是现在不想说，可能以后再也不会说了。”

社工握住我的胳膊。“孩子是能从这种事情里恢复的，”她说，“到时候，他们就会想谈谈当时到底发生了什么。”

“不是，你没听懂。她可能以后再也不会说话了。句号。”

“我想你会发现，你女儿是个具有惊人韧性的小人儿。不过最重要的是，我们要让她说出她需要说的东西。有时我们用这些玩具娃娃。它们的身体构造是严格仿真的。”她指给我看了看，还真是，“孩子一般都不具备谈论这些事情的词汇，所以我们会鼓励她跟这些娃娃玩，通过动作告诉我们发生过什么事。”

“抱歉。”我说，去了卫生间。

可是帕森斯太太正拿着笤帚站在里面。“屋里飞进来一只鸟，”她又重复了一遍，“一只歌雀。从烟囱里飞下来的。”

我从她手里拿过笤帚，把那只鸟从它落脚的药箱上赶走。鸟儿扑腾着穿过门廊飞进厨房，然后撞到了洗涤槽上方的玻璃，留下一道令人心惊的裂缝，又摔回台面上。

“它死了！”维姬尖叫，但它没死。鸟儿又站了起来，跳到调料碗和露安的菜谱夹之间一处隐蔽的地方，站在那里眨巴着眼睛。起居室里，他们询问着医疗记录。我听到露安念着佩里诺夫斯基大夫的名字。

维姬慢慢向鸟儿挪过去，轻轻哼唱着，伸出手。可是她还没够着，鸟儿全力一跃，又飞走了。我用笤帚轻轻地拍了拍鸟儿，引导它离开充斥着警察和构造严格仿真的玩具娃娃的起居室。鸟儿忽然俯冲而下，低空穿入过道，朝后廊飞去。好在不见雪地靴的踪影。

“打开纱门，”我吩咐维姬，“门锁着，你得抽开那个小插销。现在把门推开。”

我慢慢走向那只吓呆了的鸟，它斜靠在纱门上。能看到它的小心脏隔着羽毛跳动。我听说鸟儿会因恐惧而心脏病发作。

“不要怕，”我说，“别怕，我们不会伤害你，我们只想把你放走。”

鸟儿箭一般飞离停靠的纱门，在过道里绕了个圈，然后穿过敞开的纱门，冲向恐怖的黑夜。

体检医师说没有证据表明小乌龟受过侵犯。她受了惊吓，右肩上有几处手指形的瘀伤，仅此而已。

“而已！”我一遍又一遍地说着，“她是被吓回到子宫而已。”那场意外过后，好几天，小乌龟一句话都没说，又回到从前的样子。现在我学会了一个专门描述这种情况的词儿：紧张症。

“她能恢复过来的。”露安说。

“为什么？”我问，“你能吗？我花了八九个月努力向她保证，再也不会有人伤害她了。现在她凭什么相信我？”

“你不能向孩子保证这个。你只能向她保证你会全力照顾她，尽人事，听天命，抱最好的希望，只愿上帝保佑一切顺风顺水。船到桥头自然直。泰勒，真的会。我们大家都是磕磕绊绊走过来的。”

说这话的竟然是露安，认为生活的绝大部分情节都有可能导致溺水、失明或者窒息，相信托梦天使预言她儿子将在二〇〇〇年死去，对我说过“世上有这么多细菌，我们没有死光真是个奇迹”的露安。

我不想向她指出这个。她已经对我怒不可遏了，说我从那天晚上开始就抛弃了小乌龟，“你干吗不过去抱抱她？为什么随便把她撇在那儿，让她跟警察那帮人待着，你自己呢，看在上帝的分上，却四处去追那只傻鸟？为什么你要去追那只鸟，好像它是头号公敌似的？”

“她已经好了啊，而且正黏着艾德娜。”我说。

“这是天大的胡扯，你心里清楚。你一过去，她自然会松开艾德娜的。这可怜的孩子一直到处找，想看看你究竟去哪儿了。”

“我不知道你想说什么。为什么别人都觉得她遇上什么麻烦我都能解决？”

好几个晚上我都睡不着觉。我早早就去上班，很晚才回家，即便玛蒂一直催促我赶紧回去。露安从红辣夫人公司请了一个星期的假，全然不顾可能会失去刚被提拔的新职位，专门待在家里陪着小乌龟。她、艾德娜和维姬三个人总是一起带着两个孩子坐在前廊上，想让彼此明白，那件事不是任何人的过错。

她像电视剧里的侦探那样监视着这一带。“我们要抓住这个变态狂。”她一遍遍地说着，敲开每个面朝公园的人家的房门，对疑心重重的家庭主妇和上了年纪耳朵不灵光的老太太死缠烂打，说她们肯定看见过什么可疑的人物。她至少给警察打了两次电话，想喊他们过来提取艾德娜手杖上的指纹，万一她当时打在了那人手上，就会留下证据。

“我知道，八成是哪个整天在玛蒂隔壁那个恶心地方晃悠的变态狂，”露安说，指的当然是“范妮天堂”，“他们经常放那种恶心的小电影，有些里面是跟孩子。你知道吗？跟小女孩！工厂里有个人告诉我的。肯定是看过那种电影的人，你不觉得吗？不然的话，人怎么会冒出那种念头？”

我说我不知道。

“如果你问我，”这句话露安说了不止一次，“那种电影就像教一个婴儿怎么把豆子塞进耳朵里。我问你，人们还能从什么地方获得这种念头去伤害小孩子？”

我说不出来。我在床上坐了好几个小时，查字典。恋童癖。行凶者。性变态。恶意伤害。我从图书馆里借出好多书，可是从里面也找不到答案，只能找到更多的新词。晚上，我躺下来，听着外面的动静，听着小乌龟的呼吸，想着：她当时可能会被杀害。她很有可能就那么死了。

一天晚饭后，两个孩子在起居室听《白雪公主》录音带，露安来了我房间。我没吃晚饭，这几天我都吃得不多。我小时候发育最快的那段时间，妈妈的收入没法让我完全吃饱，她经常说我有一条空心腿。现在我感觉自己浑身上下都是空心的。世界上没有任何东西能填满这么大的一片空洞。

露安轻轻敲了敲门，然后小心地端着托盘走进来，托盘上放着一碗鸡汤面。

“你会哭成人干儿，被风刮走的，宝贝，”她说，“你得吃点东西。”

我看了一眼，哭起来。居然指望用一碗鸡汤面来弥补如此强烈的痛苦。

“这是我能尽的最大能耐了，”露安递过汤面，“我只是觉得，你这样独自绝食抗议，也不是个办法。”

我放下书，接受了她的拥抱。记忆里，我从没感觉如此绝望过。

“我都不知道从哪儿做起，露安，”我说，“有这么多他妈的丑恶。你放眼一看，到处都有大块头的家伙把气撒在更弱小的人身上，看看他们对住在玛蒂家的人干的那些事儿。他们总是嚷嚷，下地狱去吧，让他们死了算了。他们受穷、惹上麻烦，或者不是白人，不管什么吧，首先是他们自己的错。谁叫他们居然有胆到这个国家来。”

“我以为你是为小乌龟难过。”露安说。

“是为小乌龟，没错。”我看着窗外，“可是难过的事一件接着一件，没完没了。”我不知道该如何解释这股空落落的绝望，“欺负毫无反击之力的人好像成了这个世界的法则，我怎么能只是为小乌龟、为某个成年男人伤害小孩子而难过？”

“你可以反击啊，泰勒。谁要敢欺负你，那是他活腻了。”

我没理会。“看看那些露宿在公园、无处可去的男人，”我说，“还有女人。我看到过一家人都待在那里。我们想着要把干洗袋放在孩子们够不着的地方，那些母亲却拿干洗袋给孩子当衣服穿，天啊。当雨衣穿。从麦当劳的垃圾箱里找东西喂孩子。你以为这种生活本身就是够厉害的惩罚了，可是还有警察大清早把他们弄醒，用棍子把他们赶来赶去。你亲眼见过的。人人都在叫好，就该这么做，干得漂亮，下手再狠点儿。把这一带好好清理清理，渣滓都滚出去。”

露安听着，没有说话。

“我的意思是，谁也不再同情别人了，甚至都没人假装这样了。连总统也是。好像同情他们就是不爱国。”我打开手绢擤了擤鼻子。

“所以人们会给教育成什么样呢？”我追问，“难怪小孩子总要遭受伤害。她还那么小，前头还有那么长的岁月。露安，这活儿我可没法胜任。”

露安跪坐着，把我的一束发梢编成辫子又解开。

“好吧，别感觉你得像电影里的独行侠似的伸张正义，”她说，“谁都做不到那种地步。”

## Chapter 13

# 昙花

小乌龟还真像那位社工预测的那样，具有惊人的韧性。几个星期以后，她重新开口说话了。她从来没用那对严格仿真的玩具娃娃摆出什么动作，只是一次次把它们埋在辛西娅书桌上的吸墨纸下。不过，她的确说起了那个“坏蛋”，还说珀佩妈“敲了他一记”。我想不出她是跟谁学到这种说法的，不过艾德娜和维姬·梅家里倒是有电视机。辛西娅很担心小乌龟反复掩埋那对娃娃的倾向，认为她对死亡有某种执念。不过我向她保证，小乌龟只是想种出一棵娃娃树来。

辛西娅就是那位草莓金色头发的社工。我们每周一和周四去见她。在小乌龟和我之中，想必我才是那个更难对付的客户。

那是一段痛苦难熬的时节。尽管夏天的第一场雨无比美妙，但是接下来，大雨每天都下个不停，很快就耗尽了大家欢迎的热情。空气湿漉漉的，浸透了水汽，好像一块闷热发馊的洗碗布糊在脸上。无论多么使劲呼吸，都好像吸不进一丝空气。晚上，我躺在潮湿的被单上默念着：吸气，呼气，屏蔽了其他想法，也屏蔽了睡意，但我不时有些困惑：如果我付出的一切辛苦都只为了活着，那我活着又是为了什么。我想起几个月前对埃斯佩兰萨讲的那番鼓舞心气的话，现在想来，何其荒谬可笑。对一个内心抑郁的人，像安慰情绪悲伤的人那样说“别难过了，坚持住，你总会克服的”完全无济于事。悲伤像一场伤风感冒，耐心等待，就会自愈。抑郁则像癌症。

辛西娅花了大量的时间和我们两个谈论小乌龟早先经历的创伤，谈论我认识小乌龟之前发生在她身上的事。从我讲的内容里，事情一点点被还原出来。

但是显然，这种事对社工来说算不上新闻。辛西娅说，这种事如此可怕却屡见不鲜，不仅发生在印第安保留地，也发生在看似最普通的白色木屋里，以及很多看起来更富丽堂皇的地方。她告诉我，也许每四个小女孩里就有一个遭到家庭成员的性虐待。也许比例还要更高。

奇怪的是，听到这些没有让我感到悲愤至极。也许那时我已经麻木了，或者我一次只能承受一个小姑娘的不幸遭遇。但同时，我分析道，这意味着小乌龟的情况绝对不是个案。至少等她长大以后，会有别人能和她聊聊这件事。

可是还有其他坏消息。第三个星期去辛西娅那里时，她告诉我，最近，随着警方调查，这事也引起了经济安全署儿童保护处的注意，他们说我没有小乌龟的合法抚养权。

“对，垃圾场对你的垃圾也没有合法的所有权。”我说。辛西娅好像有些震惊。“我告诉你是怎么回事，”我坚持道，“她的小姨直接对我说，你收养她吧。如果不是我，也会是下一个车上有空座位的过路人。我向你保证，小乌龟的亲人不想要她了。”

“我理解。问题是你没有合法的收养权。只有和某个亲属口头订下的协议还远远不够。你没法向警察证明真有这么回事。你也证明不了她不是你抢来的，证明不了那位亲戚没有受到胁迫。”

“不能，我什么都证明不了。我不明白你说这话是什么意思。如果说我对小乌龟没有合法的抚养权，我也看不出别的任何人有这个权利。”

辛西娅的眼睛是金褐色，像是猫科动物的眼睛。有一部分金发的人就长着这样的眼睛。但是与大多数人不同，她会直勾勾地盯着你的眼睛，视线一动不动。我猜那是社会工作者的一项职业素质。

“亚利桑那州有一条规定，”她说，“如果孩子没有法定监护人，就会成为州政府的被监护者。”

“你是说，去待在像孤儿院那一类的地方？”

“是的，那一类地方。你还有机会最终领养她，这要看你在本州居住了多长时间，但是你得向州里的相关机构申请才能具备资格。这取决于好多因素，包括你的收入和可靠程度。”

收入和可靠程度。我盯着辛西娅的脖子。在这样炎热的天气里，别人都尽可能在不被逮捕的前提下穿得越少越好，辛西娅却穿着一件粉色格子上衣，领口紧紧扣着。我想起她有一次说过，她天生是冷血体质。

“到他们采取措施还有多久？”我问。

“文件转到相关部门大约需要两三周。然后，儿童保护和安置部门的人就会联络你了。”

她领口的那枚扣针是一块肉色的象牙浮雕石，看着像古董。我和小乌龟准备离开的时候，我问她那东西是不是家里传下来的。

辛西娅摸着那枚浮雕石，大笑起来。“我是在救世军[1]的一美元义卖箱里发现它的。”

“原来如此。”我说。

露安气得浑身发抖。我从来没见过她气成这样。她额头上青筋暴突，脸涨得通红，一直红到头皮。

“他们以为自己是他妈的什么人？他们凭什么认为自己有权利把她从一个好端端的家里夺走，扔进某个阴森森的孤儿院？那儿没准会让孩子睡在麻布包上，给他们吃喂猪的泔水！”

“我倒觉得不见得有那么可怕。”我说。

“我不相信。”她说。

但是我准备妥协了。“我还能怎么样？我还抗拒得了法律吗？”我问她，“要我怎么办，弄杆枪，警察包围屋子的时候，把小乌龟当人质吗？”

“泰勒，别这样。真的别这样。你这样子好像事情已经没指望了，好像我在怂恿你干蠢事。我只是想说，总会有办法不让他们带走她，可你连想都没想就放弃了。”

“我为什么要想，露安？我凭什么认为小乌龟跟我在一起，就肯定比在州里选定的人家过得更好？至少他们懂得照顾孩子。他们不会让她出事儿。”

“好吧，能说出这话，你可真是个胆小鬼。”

“也许吧。”

①一个以军队为架构形式，以基督教为信仰的国际性公益及慈善组织。

她盯着我。“我简直不敢相信，泰勒，你准备就这么滚到一边玩装死？我以为我了解你。我以为我们是最好的朋友，可现在我都快要不知道你究竟是谁了。”

我告诉她，我也不知道自己是谁了，可是这答案丝毫没有让她满意。

“你知道吗，”她说，“我上高中的时候，学校里有个女生叫伯妮塔·詹肯霍恩，那时我觉得她是我遇到的最聪明、最有种的姑娘。语文课上，大家做《织工马南》[①]的主题填字游戏时，我两眼一抹黑，别人都瞎蒙着填，然后一遍又一遍地擦掉重写，只有伯妮塔用的是水笔。她就那么有把握。一拧笔帽，就开始做了。第一次，老师想教训她来着，结果她说：‘迈尔斯小姐，如果我交上一份不成样子的作业，你绝对有权惩罚我，不过在那之前就免了吧。’你想象得来吗？我们都觉得这姑娘是脆骨做的。

“可是我见到你的时候，就是你第一次上这儿来的那天，我心里想：‘伯妮塔·詹肯霍恩，一边儿去吧。这位一个能顶你六个，还是你的礼品装。’”

“那你搞错了。”我说。

“我没有搞错！你真的就是那样。你那些胆量都跑到哪儿去了？”

“找你看的那场流星雨去了。”我说。我不是故意惹露安伤心，但还是戳到她的痛处了。她有一会儿没再说话。

但也只有那么一小会儿，接着她又讲了起来。说真的，几个星

①英国十九世纪作家乔治·艾略特的长篇小说。

期以来这场争论就没停过，只是偶尔缓一缓，喘口气再继续。严格说来，这并不算争论。我没法反对露安的观点：辛西娅和儿童保护部门的人想做的事是错的。但我不知道怎么做才是对的。我只是一遍遍地说，想要养育孩子，这个世界实在是个太恐怖的地方。露安则一遍遍地反问，看在上帝的分上，难道我们还有其他世界可去吗？

玛蒂有她自己的烦心事。她想不出有什么办法能把埃斯佩兰萨和埃斯特温带出图森，更不用说一路送到其他州的某座庇护教堂了。好几个人都出了主意，但哪个都没办法实现。特里医生构想了一套计划，由他开车送他们去旧金山，然后让他们在那里和一群去西雅图的人会合。可是由于他在印第安保留地的新工作，政府很可能会留意他的行踪。玛蒂总说，她相信自己的嗅觉。“如果我觉得一件事闻着不对劲儿，”她说，“那就不值得冒这个险。”

即便有这件事要操心，她还是花了很多时间和我谈小乌龟的事。我得到了许多新情报。显然，对于钻空子，玛蒂知道一切她该知道的信息。她很肯定，有许多办法可以让你绕过州政府收养孩子。

可我对玛蒂坦白说，就算能找到办法，我也不敢确定这对小乌龟来说就是最好的选择。

“你还记得一月那天，我第一次开车到这里的时候吗？”有天早晨我问她。我们正在后院，坐在和那天一样的两把椅子里，用和那天一样的两个杯子喝着咖啡，不过这次是我用那只画满了做爱的兔子的杯子。“跟我说实话。你觉得我有一丁点儿像个像样的母亲吗？”

“我觉得你像个茫然的母亲，太常见了。一般来说，孩子长到能吃花生酱和饼干这么大的时候，这样的茫然已经消退了。可是，以我的经验，我看得出，你那时还处在大多数母亲刚从医院里把孩子抱回家的那个阶段。”

想到玛蒂准是一眼看透了我的举动，我有些尴尬。一路开车来到这里，穿着牛仔裤和红色套头衫，摆出一副强悍、干练的模样，回答问题不置可否，不时抖出些机灵话，好像爆掉两条轮胎是家常便饭，又碰巧从屁股里长出了一个孩子，好像我就是有那么酷。那时我还没有体会到内中艰难。现在不同了，我感觉自己老了十几岁，而且累得都顾不上装模作样了。

“你看出来了，对吧？我根本不知道该怎么照顾她。当你告诉我孩子会脱水的时候，简直把我的魂儿都吓出来了。我发现我太想当然了，满以为能对一个孩子的生命负责。”

“发现不了这个就不算是像样的妈妈。”

“我是说真的，玛蒂。”

她笑了，喝了口咖啡。“我也是。”

“所以一个人到底怎么做出这么重大的决定，决定他们要不要做父母？”

“对大多数人来说，都不是决定，而是别无选择。我听你亲口说过，大多数人养孩子是因为她们怀孕了。”

我看着咖啡在白色杯底留下的一道圈儿。以前在皮特曼县，我听说过一个很富有的女人，是凭着解读茶叶和鸡骨头发的家。她把这些东西装在袋子里，然后像玩抓石子游戏似的把它们撒在厨房地板上，根据那些茶叶和骨头摆成的模样，给别人提供人生指南。难怪她赚了好多钱。当你把事情搞成一团糟的时候，最不愿意面对的就是一切都只能怪你自己。

“泰勒，亲爱的，如果你不介意我这样说，我觉得你问错问题了。”

“什么意思？”

“你问你自己的是：‘我能不能把这个孩子以最恰当的方式养大，并且让她一辈子不受任何伤害？’答案当然是你不能。可是别人也不能。州政府指定的家庭也不能，毫无疑问。老天，他们最多也就是在孩子学着溜门撬锁、吸毒酗酒的时候看上两眼，然后努力让他们别进监狱。谁都无法保护孩子不受这个世界的伤害。所以，如果你想做出决定的话，首先你这个问题就问错了。”

“那我应该怎么问？”

“我愿意试试看吗？如果我要和这个孩子共度人生，为她付出我最大的努力，也许到头来和她成为好朋友，我会对这件事有兴趣，甚至乐在其中吗？”

“我觉得亚利桑那州政府可不会这样看。”

“我向你保证他们不会。”

我忽然想到，不知玛蒂有没有抚养过自己的孩子。可是我不敢问。最近，只要我对别人稍有深入了解，就会挖出一个死了人的故事。我决心不提这事了。

我打电话约辛西娅单独见面。最近几次谈话，她说起合法抚养权以及政府收养的时候，小乌龟都在场。虽然小乌龟专心玩着经济安全署提供的新玩具，可是以我的经验，无论她看上去有没有专门留意，她都能明白正在发生的状况。如果我或者州政府想给这孩子注入安全感，那么把她当成一件商品似的讨论未来和归属，无疑会起反效果。我越想越气。不过我倒不是想和辛西娅说这个。

我们约在星期五下午见面。看见她坐在办公室里，我又想打退堂鼓了。她画了淡绿色的眼影，头发用一根金色的发夹向后别了起来。我觉得辛西娅不见得比我大多少，可是如果你让某人穿上高跟鞋、坐在一张大桌子后面，年龄就不是问题了——她比你重要。句号。

“想要证明遗弃是非常非常难的，”她对我解释，“就你们的情况而言，多半是不可能了。不过你说得没错，有些其他的合法手段。收养成立，最关键的是需要由孩子的亲生父母出具一份书面同意文件。文件上必须提到你的名字。”

“如果没有亲生父母呢？比如，他们都不在世了。”

“那就需要由孩子最近的亲属出具文件，这名亲属一般就是新的监护人。同时还需要出具死亡证明。但是，像我刚才说的，最关键的是文件上必须提到你的名字，明确指出你是新的监护人。”

“具体是什么样的文件？”

“看法律规定了。有些州，母亲需要当着一名法官或者经济安全署代表确认自己同意。有些州，只要一份书面声明，当着证人的面做个公证，再签上名就可以了。”

“在印第安保留地呢？你知道吗，那里有时都不开出生或者死亡证明。”

辛西娅不是那种愿意被别人告知信息的人。“这个我有所了解，”她说，“在某些情形下，偶尔会有例外。”

辛西娅的办公室真的很小，她的办公桌其实也没多大。房间里连个窗户都没有。

“不知道外面的天气如何，你不觉得别扭吗？”我问她。

“抱歉，什么意思？”

“你这里连个窗户都没有。我只是好奇你会不会跟外面正在发生的事情有些脱节，整天闷在这里，开着空调和荧光照明。”这是我平生第一次说出“荧光照明”这样的词。

“你应该还记得，在你的——在小四月遭到袭击的那天晚上，”辛西娅一直用这个更符合惯例的名字称呼小乌龟，“我去过你家。我做了我该做的实际调查。”她说。

“没错。”

“你想知道的问题我都解答了吗，泰勒？”

“差不多吧，还有一点。我想知道，怎么去寻找你提到的那些信息。到哪里了解各州的不同法规。比如说俄克拉荷马州的法规。”

“我可以查阅然后反馈给你。如果你愿意，我可以给你俄克拉荷马城某个人的名字，他会帮助你起草正式的文件。”

我很意外。“你愿意帮我？”

“当然。我支持你，泰勒。”她探身向前，把双手交叠着放在吸墨纸上。我注意到她的指甲很不整齐。辛西娅可能喜欢咬指甲。

“你是说你更想让小乌龟跟我在一起，而不是去政府指定的家庭？”

“这个想法我从来没有犹豫过。”

我站起来，绕着椅子走了一圈，又坐下来。

“抱歉刚才说话太冲，冒犯了你。可你为什么不早这样说呢？”

她眨巴了几下那双金币般的眼睛。“我想这个应该由你自己决定。”

谈话时间结束的时候，我走出去一半又停下，转身回来，掩上身后的门。“谢谢你。”我说。

“我能问你个私人问题吗？跟那枚浮雕扣针有关。”

她显得很好奇。“你尽管问。”她说。

“你非得在救世军那里买东西吗？我的意思是，是因为你的收入，还是纯粹因为你喜欢搜罗别人家的祖传物件？”

“我是个专业的医疗师，”辛西娅笑着说，“我不回答这样的问题。”

走出房间来到大厅，我站住跟一个秘书闲聊起来，她问今天我那小姑娘上哪儿去了。秘书名叫珠儿。我以前跟她说过几次话。她有个儿子得了阅读障碍症，她说，得了这种病，看什么都是倒过来的。“比如美国国旗，”她说，“他会觉得星星在右上角而不是左上角。但也有不受影响的东西。比如说‘wow’这个词。他最喜欢这个词，走到哪儿就把它写到哪儿。‘mom’这个词也是。”

我还没得空脱身离开这栋楼，又有一个秘书急匆匆地赶来，递给我一张字条，说是辛西娅给我的。字条上写道：“我理解你的体贴和敏感，不希望当四月在场时讨论她的监护权问题。若我此前曾有疏忽，深感歉意。”

上面还附了个名字：乔纳斯·威尔福德·阿米斯特德，以及俄克拉荷马城的一个地址。底下写了三个字：“祝好运！”

给两个孩子喂过吃的，把他们放到床上后，晚上我一直在屋子里走来走去。我盼着露安快点到家，但是等她真的回来了，我又拿不准到底要不要立刻就和她讲。对小乌龟的事，我还没有下定决心。

“看在老天的分上，”露安说，“你害得我直紧张。要么好好坐着，要么就去洗碗。”我选了洗碗。

“不管你心里有什么事，我都希望它能有个好结局。”她说，然后就去起居室看书了。她最近在看一本小说，名叫“夏延[1]风中的女儿”，她声称是在红辣夫人公司她的物品柜里发现的，跟安赫尔在蒙大拿–科罗拉多巡回表演团毫无关系。

我跟着她走进起居室。“你没有因为我不想跟你说这事生气吧？”

“没有。”

“我明天就告诉你。我就是还得再多想想。”

她没有抬头。“想吧，”她说，“别忘了洗碗。”

那天晚上我彻夜未眠。我已经习惯了。我看着小乌龟侧过身趴下，又翻身平躺。她的眼珠在眼皮底下来回转动，有时还会蠕动嘴唇。不管她在梦中是在跟谁说话，都会讲上一大套，比对我讲的多多了。我愿意付出一切代价，只为出现在那样的梦中。

早上，她还睡着，我就起来去玛蒂那里，完成前一天下午没做完的校准轮胎和转动的活儿。客户今天就要来把车取走。我进去的时候没有看表，但时间肯定还早，因为玛蒂还没下楼，我就已经做完活儿准备回家了。我多磨蹭了一阵子，煮了杯咖啡，清理了下架子上的灰尘，翻了下日历（还停留在五月，而现在已经是八月了）。我盯着那张图片，一个阿兹特克男人抱着一个死去的女人，心想不知道这代表拉丁美洲的什么悲剧。我自然而然想起埃斯佩兰萨和埃斯特温。虽然我知道，大多数时候都是反过来的。女人抱着男人，

①美国印第安人的一族，居住在俄克拉荷马州和蒙大拿州西部。

挺过悲剧。抱着男人、祖母和孩子们。

玛蒂终于下楼了。我们喝了杯咖啡，聊了一会儿。

我在公园里发现了露安和孩子们。小乌龟用一把旧发刷清扫着一小块土地，玩得兴高采烈，那把发刷的主人应该是艾德娜，因为是红色的。露安暂时把《夏延风中的女儿》放在一边，和德韦恩玩起了意志较量竞赛。当然露安必赢无疑。

“我说过不要这样！马上把它给我。你从哪里弄到这玩意儿的？”她抓住德韦恩那只自动导航送往嘴边的拳头，抠出一颗粘着泥土的紫色软糖。“你觉得他到底是从哪儿弄到这东西的？我的天，泰勒，想想看，他要吃了那还了得！”

有那么几秒钟，德韦恩的嘴巴仍然张成O型，渴望吃进那颗被拦截的软糖，接着，他号哭起来。

“我认识一个农场老太太，她说，人这一辈子免不了要吃进去一撮土。”我说。

露安抱起孩子不断地颠着。“好吧，我想说，如果别在第一个生日前就吃进去一撮土，没准不至于死得那么快。”

我在长椅上坐下。“听我说，有件事我已经下好决心了。我想送埃斯佩兰萨和埃斯特温到俄克拉荷马城的安全屋。到那里以后，我去看看能不能找到小乌龟的什么亲戚。”

露安看着我。德韦恩在她的膝盖上往下一颠，惊得安静下来。

“找他们干什么？”

“找他们签字把小乌龟过继给我。”

“如果他们不同意呢？如果他们发现小乌龟原来出落得这么好，决定把她要回去呢？”

“我想他们不会。”

“如果他们非要不可呢？”

“天哪，露安，你不是一直长篇大论，要我放手一搏，采取行动，乐观思考什么的，我现在不是正往乐观的方向思考吗？”

“对不起。”

“除了去跑一趟，我还有别的什么选择？如果我袖手坐在这里，他们就会带走小乌龟。”

“我知道，你说得对。”

“如果她的亲戚想要回她，我就再想别的办法。靠近篱笆的时候再砍不迟。”

“如果你找不到她的亲戚呢？对不起。”

“我会找到的。”

露安破天荒地忽视了我该担心的头号问题。随后几天，玛蒂问了我不下五十次，我究竟知不知道自己在做什么。她告诉我，如果我被抓住了，就要坐五年监狱，另外，每协助一个非法人员要被罚款两千美元，就这次而言，有两个。说实话，我从来没往这里想过。

然而玛蒂说得很坚决。“这可不是假设。以前真的有人被抓。”

“我不知道你为什么要来担心我，”我说，“埃斯佩兰萨和埃斯特温要面临的可比坐牢和罚款恶劣多了。”

不过，我还是向玛蒂建议，既然又要横穿大半个国家，给我的那辆甲壳虫“图图”修好点火器，可能是个不错的主意。她盯住我，好像我在建议枪杀一名当选的官员。

“你可不能再带那部老家伙了，”她说，“开那辆林肯。它地方大，而且可靠耐用。”

我立马来气了。“我的车有什么不好？”

“有什么不好？孩子，我可以站在这里跟你说到太阳下山。更别提除了这一样，警察还有多少种理由能把你拦下来。如果你觉得自己有那么关心埃斯佩兰萨和埃斯特温，那你除了想些机灵的说辞，最好再动动脑子想点别的。”玛蒂说完就走了。我以前看到过她强忍怒火的样子，但她从来没有那样对过我。她显然不愿意让我去。

我离开前的那晚，维姬·梅·帕森斯过来敲门。夜已经深了，但露安和我还没睡，反反复复地打点着我该带的行李。她觉得我应该带上我最好的衣服，以备遇到什么场合，我需要向人证明我的财力。她坚持道，至少我应该带上一双长筒袜。这个我得向她借了，我自己从不穿这种东西。我向她指出，现在正是盛夏，而且我不觉得有必要向任何人证明到这种地步。我们没有留意到外面传来怯生生的叩门声，直到那声音越来越响才终于发觉。露安害怕得不敢去应门。

我朝窗外望了望。“是维姬·梅，你放心吧。”我去开了门。

有那么片刻，她站在那里，显得不知所措。接着她鼓起勇气说：“艾德娜说我应该过来把你们叫上。我们那里有些东西，孩子可能会喜欢看，如果现在把他们叫醒没什么大碍的话。”

“什么，是场惊喜吗？”露安问。转眼工夫，她就一手抱着德韦恩、一手拉着小乌龟过来了。小乌龟气哼哼地很不情愿地跟在她身后，德韦恩则选择继续熟睡，脑袋像只毛绒玩具的头似的摇摇晃晃。维姬逗留期间，我没能从她那里挖出任何情报。

我们跟着她走出大门，上了人行道，朝她们家的门廊走去。我认出艾德娜在秋千椅上坐着，在走廊的角落，我们看到好像有一束银白色的气球悬在空中。

是花。

昙花。维姬·梅解释道。一年只开一晚，随后就凋谢了。

那是一株身形庞大、四处蔓延的植物，片状的茎有的垂在走廊的栏杆间，有的一直向上，几乎与屋檐同高。我以前肯定看到过它，立在一个破碎的花盆里，缩在角落，没精打采，遍身尖刺，说真的，一点儿也不漂亮。我曾经很纳闷，为什么维姬·梅没有把这东西扔掉。

“我从来没有看到过如此壮观的东西。”露安说。

硕大无朋的花一朵朵遮住了整株植物，从膝盖高度一直绵延到头顶。小乌龟慢慢向这棵植物移过去，走到其中一朵花前，那朵花比她的脸蛋还要大。银白的花悬在黑暗中，像一面魔镜，近在眼前。我忽然想到应该警告她小心被花瓣扎到，可是既然露安都不打算说什么，我肯定不会说。我在小乌龟旁边蹲下来。

几乎没有月光，但是我们逐渐分辨出许多细节。花不扎人，却是由几近透明的材料构成，仿佛一经触碰，就会枯萎、受伤。花瓣像星形射线般绽开，每朵花的中心，都由许多银线交织成一种复杂的构造，像一双聚拢的手盛着月光。像一只仙境之船，准备驶入黑暗。

“是什么？”小乌龟很好奇。她碰了碰那朵花，但花并没有萎缩，只是在长长的绿色花枝末端微微晃了晃。

“是一朵花，亲爱的。”维姬说。

露安说：“她知道这个。她可以告诉你博比种子目录上每种花的名字，包括那些只在佛罗里达和新斯科舍生长的。”

“昙花。”我说，连它的名字听上去都银光灿灿，神秘莫测。

“盘。花。”小乌龟重复了一遍。

露安把鼻子凑近眼前的一朵花，说花朵里散发出某种香气。她抱起德韦恩靠近那朵花，可是他好像还没有彻底醒来。“我只能勉强闻到一点儿，”她说，“但那香气太好闻了。有点酸酸的，像我小时候死都想要的柠檬糖果棒。只是那香气太微弱了。”

“我从这里就能闻到。”艾德娜坐在门廊的秋千椅上说。

“是艾德娜发现的，”维姬说，“如果靠我留神，要了我的命我都注意不到。因为它们只在夜里开花，你们知道的，我忘记留意花蕾了。有一年艾德娜得了重感冒，我们就彻底错过了花期。”

露安的眼睛睁得大大的，就像她正在凝视的花朵，眼里星光闪动。她像小乌龟一样被迷住了。

“这是个预兆。”她说。

“预兆什么？”我问。

“我不知道，”她悄声说，“不过，是个好兆头。”

“如果你喜欢的话，我可以去拿把修枝剪，给你剪上一朵。”维姬·梅提议，“如果你把它放在冰箱里，它能开到明天。”

但是露安摇了摇头。“不了，谢谢。我想记住它这一刻开在黑暗中的样子。”

“把花摘下来，它就会失去香气，”艾德娜对我们说，“我不知道为什么，反正很快就闻不到了。”

如果说昙花当真是什么事情的好兆头，那就是适宜出行的好天气。清晨多云而凉爽。我们再次把孩子从床上叫起来，露安和德韦恩跟我们一起去了玛蒂那边。小乌龟想要像德韦恩那样被抱过去，可是我们还有好几个包要对付。

“我们只要走一小段路，”我告诉她，“然后你就可以在车里睡好长时间。”

埃斯佩兰萨和埃斯特温中间有个手提箱，比我的要小，连小乌龟的东西都装不下。我的行李装的是接下来一个星期，最多十天；他们的行李装下的是整个后半生。

有人出来给他们送行。其中有我在楼上见过的那位上了年纪的女人，还有一个非常年轻、带着小孩的女子，那孩子也许是她女儿，也许是她妹妹，又或许都不是。无数的拥抱、亲吻和西班牙语的交谈。玛蒂忙得不可开交，又是帮忙互相介绍，又是把行李往车上放，又是对我千叮咛万嘱咐。

“你可能要多给它打些气，才能让它一大早就跑起来。”玛蒂对我说。我正昏头昏脑，花了一番工夫才想明白我要给谁或者什么东西多打些气。“它已经习惯了亚利桑那，我不知道去俄克拉荷马它能不能适应。”

“它会没问题的，”我说，“记得吗，和坏脾气的车子相处，我可早就习惯了。”

“我知道，你没问题的。”她说，可心里好像还是不太踏实。

我们都上了车、遵照玛蒂的指示系好安全带后，她把头探进窗户，往我手里悄悄塞了一沓什么东西。是钱。埃斯佩兰萨和埃斯特温正从另一边把头伸出窗外，向那个上了年纪的女人慢慢地拼写着一些文字，不像是地址。那个女人在一只开窗信封的背面记了下来。

“这是哪儿来的？”我小声问玛蒂，“我们带的钱够对付过去了。”

“拿着，你这个愣头青。不是给你的，是给他们的。”她捏住我的手把钱塞进来，“一贫如洗可不是最安全的出行方式。”

“你还没回答我的问题。”

“是大家凑的，泰勒，你拿着吧。有人甘当英雄，愿意以身涉险，还有些人则在幕后做着力所能及的事情。”

“玛蒂，求你别再说英雄啊监狱啊什么的了。”

“我没有说监狱啊。”

“反正就是别说，可以吗？埃斯特温和埃斯佩兰萨是我的朋友。就算不是，我也看不出我不该做这事的理由。我要是看见有人快被一辆卡车撞上了，就会去把他推开的。谁不会呢？如果我成了个英雄，对我们大家来说，今天就太悲哀了。”

她看着我，神情和妈妈看我的时候一模一样。

“别，”我又说，“你会把我惹哭的。”我开始发动引擎，它发出一阵惊人的咕噜声，启动了，像一头从酣睡中苏醒的母狮。“这才是美好的生活，能自己发动起来的车子。”我说。

“我雇你的时候，是为了让你来修补轮胎的。只是为了修补轮胎，明白吗？”

“我明白。”

“你明白就好。”

“我明白。”

她把身子探进车窗拥抱了我，我真的哭起来了。她吻了吻自己的手，然后把手伸进来，贴了贴埃斯佩兰萨和埃斯特温的脸颊，在小乌龟的脸上也贴了一下。

“上帝保佑你们，”她说，“多保重。”

“多小心。”露安说。

玛蒂、露安和其他人站在清晨的微光中，抱着孩子挥手。如果没有背景里的白壁轮胎，这就像一张最普通的家庭合影。埃斯佩兰萨和小乌龟不停地挥着手，直到大家都看不见了。我像挡风玻璃上的雨刷一样不断地眨巴着眼睛，努力让前方的视野清晰些。

按照玛蒂的建议，我们选了条城市道路出城，接下来，再汇入城南不远处的那条高速公路。

城外，我们遇到一只被撞翻在路上的乌鸫鸟。它被轧得扁扁的，摊在公路的正中间。轿车和卡车经过时，卷起阵阵旋风，刮得一只僵硬的翅膀上下拍打，像是轻轻地挥着信号旗，乞求车停下。我本能地把脚移到刹车上，但显然没有丝毫理由为一只死鸟刹住车。

# *Chapter 14*

## 护佑圣徒

在新墨西哥州离国境线一百英里的地方，我们被移民局的人拦住了。玛蒂警告过有这种可能，我们尽自己所能做了全面的准备。埃斯佩兰萨和埃斯特温在不讨人厌的前提下尽力打扮成美国人模样：埃斯特温穿了条牛仔裤和一件鳄鱼衬衫，是城东某个教堂捐赠的，那里人们赠送的衣物比焕新店里的强好多；埃斯佩兰萨穿了一条紫色裙裤、一件黄 T 恤，戴着一副粉色镜框的太阳镜。她和小乌龟一起坐在后座上，长发散开，没有扎成辫子。我们在高速路上疾驰的时候，发丝拍打着她的肩膀，探出窗外飘舞，一派埃斯佩兰萨生活里从未有过的自由景象。我问了两次她觉不觉得吹在身上的风太大了，她都摇摇头，表示没有。

高速路上向东去的车都被边境巡逻队拦住了。一队队车辆犹如困兽，动弹不得，给了我们足够的时间酝酿紧张。这是例行盘查，不是特意来抓我们的，但我仍然有这种感觉。我相信大家都有。我简直要疯了。像妈妈说的那样，我又开始咔嗒咔嗒打牙齿了。

“再往前走，有个叫得克萨斯大峡谷的地方。”我对他们说，心里却明白我们可能谁都见不到它了。埃斯佩兰萨和埃斯特温或许都见不到他们的下一个生日了。“你们就等着看吧，遍地都是胀鼓鼓的岩石，”我闲扯不停，“我和小乌龟特别喜欢那个地方。”

他们静静地点着头。

轮到我们接受检查的时候，我像个有钱人似的把头往后仰去，猛地给林肯挂上挡，向那座瓦楞铁皮亭子开过去。一个年轻的警官把头探进车里。我闻到一股须后水的味道。

“都是美国公民吗？”他问道。

“是的，”我给他看我的驾驶证，“这是我哥哥史蒂文，还有我嫂子。”

警官礼貌地点点头。“孩子是你的还是他们的？”

我看着埃斯特温。这个动作真蠢。

“是我们的。”埃斯特温说，没有流露出丝毫口音。

警官挥挥手让我们通过。“一路顺风。”他说。

我们过了检查站，开出一段距离以后，埃斯特温向我道起歉来。“我觉得那是最可信的说法。因为你犹豫了。”

“对，我犹豫了。”

“你看着我。我想如果我说她是你的孩子，可能会显得可疑。他会纳闷为什么你没有直接说出来。”

“我知道，我知道，我知道。你是对的。这没问题。唯一重要的是我们过关了。”但我确实有些心神不宁，就像小乌龟管埃斯佩兰萨叫“妈”让我感到心神不宁一样。但这又是件完全没道理去怨恨的事情，我知道，因为小乌龟管所有的女人都叫什么什么妈。她又念不出“埃斯佩兰萨”。

到了得克萨斯大峡谷的休息站，我们下了车。谁知那里没有厕所，只有几张野餐桌，于是我把小乌龟带到了一块棉花糖形状的大石头后面。自从发现她已经三岁了以后，我们对她的如厕训练就加紧起来。

我们回来的时候，埃斯佩兰萨和埃斯特温正站在护栏旁边，远眺着那道巨石林立的无尽峡谷。附近有一个巨大的木牌，背景画着恐龙、高大的蕨类植物，还有一座爆炸的山峰，木牌上的文字解释说，这里的石头是很久以前一场火山爆发流出的岩浆。在众多用小刀划出的姓名缩写和心形图案之中，有人在木牌上刻下了“忏悔”两个字。

眼前景象的确多少会让人产生这种思绪。看不到一丛灌木、一棵树，岩石之外还是岩石，天空更远处仍然是天空。埃斯特温说，如果上帝在创世第二天以后就开始罢工，世界就会是这个样子。

这个想法很特别。不过，想想埃斯特温的教师联合会背景，这对他来说大概是一种普通的思考方式。

他们来到车外好像不太自在，所以此后我们一路行驶，没有再停车，高速公路就像一条没有尽头的大河。开过我的甲壳虫以后，驾驶玛蒂这辆宽敞的白色轿车感觉就像给一条船掌舵，虽然我并没有真正掌过舵。埃斯佩兰萨和埃斯特温当然没有驾照（这只是他们不具备的东西里最不值一提的），所以安全起见，一路都由我驾驶。第一晚，我们准备彻夜赶路，需要的时候我才会小睡片刻。露安给我们准备了一保温瓶的冰咖啡。我告诉他们，我知道俄克拉荷马有家不错的汽车旅馆。第二晚，我们很可能可以免费住在那里。

我和埃斯特温聊了你能想象到的几乎所有话题。他问我鳄鱼是不是美国的一种象征符号，因为许多人的衬衫上都有它，而且都刚好在心脏稍稍偏上的位置。

"据我所知，没有这回事。"我告诉他。不过我忽然想到，鳄鱼说来挺配的。

他告诉我，在危地马拉，印第安民族的象征符号是克沙尔鸟，一种非常漂亮的鸟，绿色羽毛，带着长长的尾巴。我告诉他我在动物园里见到过绿色的军舰金刚鹦鹉，不知道克沙尔鸟是不是和它有点像。他说不像。如果你把这种鸟儿关在笼子里，它就会死掉。

日落后不久，我们离开州际公路，驶入一条双排道公路，这条路穿山而过，能节省我们在新墨西哥州大约两百英里的行程。我宁愿保留新墨西哥州的这段路，砍掉俄克拉荷马州的两百英里，可是当然了，俄克拉荷马州正是我们要去的地方。我老得提醒自己要记得这个。不知为什么，我内心认定了此行是去肯塔基的。车在路上停下来的时候，我脑子里总是出现妈妈的面孔。

我眯起眼睛。对面驶来一辆车，开着明晃晃的远光灯。我把车灯闪了几下。对面的光暗了下来。

"你很想家吗？"我问埃斯特温，"我知道这个问题很傻。可是远离你熟悉的一切，会不会让你感觉很疲倦？我有时就好想钻进一个洞里，休息休息。像玛蒂说的那种蟾蜍那样，休眠。对你来说肯定更难吧。你甚至都不能讲自己的母语。"

他长长地呼出一口气。"我甚至都不知道要想念哪个家。哪一层面的家。在危地马拉城，我想念群山。你知道吗？我的母语不是西班牙语。"

我告诉他我不知道。

"我们是玛雅人。我们有二十二种不同的玛雅方言。我和埃斯佩兰萨用西班牙语交谈，是因为我们来自高原上不同的地区。”

“玛雅人究竟是什么样的人？”

“早在欧洲人发现所谓的新大陆之前，玛雅人就住在那里了。我们是非常古老的民族。那时，我们有天文台，能做脑外科手术。”

我想起小学历史课本里的彩色插图：哥伦布穿着紧身衣裤，戴着用羽毛装饰的帽子，昂首阔步登上海岸，一大群只在腰上裹了一圈布、头发蓬乱的红种人像兔子般在他前面四散开来。真是天大的笑话。

“我们的真名是印第安语名字，”埃斯特温说，“对你们来说，很难读出来。我们搬到城里后，才给自己选了西班牙语名字。”

我惊奇不已。“埃斯佩兰萨通双语。你呢，通三语？是这么说吧？”

我知道埃斯佩兰萨也会讲一些英语，但不清楚她能讲到什么程度，因为她很少开口。有一次，我说她总是挂在脖子上的那枚小小的金像章很漂亮，她带着某种口音却清清楚楚地说：“这是圣克里斯托弗，避难者的护佑圣徒。”就算圣克里斯托弗本人开口说话，也不会让我更惊讶了。

克里斯托弗是个面相和善的圣徒。他长得很像斯蒂芬·福斯特。我想也可以说福斯特是肯塔基州的护佑圣徒。至少州歌是他写的。

“离家以后，我也给自己取了个新名字，”我对埃斯特温说，“在这方面我们倒很有共同点。”

“你也是？你以前叫什么？”

我做了个怪脸。“玛丽埃塔。”

他笑了：“不难听啊。”

“那是佐治亚州的一个小镇，有一次，我猜是在去佛罗里达州的路上，父亲和妈妈的车坏了。他们最终没去成佛罗里达，而是在一家汽车旅馆住下，就有了我。”

“好浪漫的故事。”

“其实不浪漫。我的出生纯属错误。或者，按照妈妈的说法，算不上错误，是个偶然。我猜，事后让你后悔的才算是错误。”

“所以他们没有后悔？”

“妈妈没有。对我来说，这就够了。”

“所以爸爸就继续去了佛罗里达？”

“随他去哪儿了。”

“埃斯佩兰萨的成长历程中也没有父亲陪伴。当然，情况不同。”

在后座上，埃斯佩兰萨抚摸着小乌龟的头发，轻轻地用一种缥缈的高音对小乌龟唱着歌。我听过的西班牙语足以让我分辨出，此时她语调的起伏比西班牙语更令我感到陌生。我想起我们第一次野餐那天埃斯特温用约德尔唱法唱的那几首歌，一定是玛雅曲调，不是西班牙语。那些歌比克里斯托弗·哥伦布的年代，甚至比圣克里斯托弗的年代还要久远。我想到，伊斯梅内在身边的时候，他们是否会用二人的母语给她唱歌；想到在一个家庭、一个国家里，语言就是那样渐渐累积起来的。想到危地马拉，我想象出的是一个会在故事书里出现的地方：丛林中满是长尾鸟，女人都穿着彩虹般的衣服。

可是当然，不止这些。总有遍地的警察。整个村庄的印第安人被迫反复迁徙。埃斯特温说，只要他们刚种好庄稼，警察就会来把他们的房屋和田地付之一炬，迫使他们再度迁移。这个策略就是要消耗他们，让他们累得或者饿得无力反击。

小乌龟已经枕在埃斯佩兰萨的膝头睡着了。

“那些人到底怎么回事，为什么总想赶走印第安人？”我说，并没有指望真的听到一个答案。我又想起历史课本上的插图。天文学家和脑外科医生。他们应该抓住时机，先给哥伦布动个脑外科手术。

过了会儿，埃斯特温说：“我真正恨的是自己不属于任何地方。在任何地方都不受欢迎。”

我想起我的切罗基族曾祖，他的族人相信上帝生活在树上，他们却像牲畜般被赶到俄克拉荷马那片空空荡荡的大平原。但是话说回来，切罗基部落国至少还是一个他们可以去的地方。

“你知道让我最生气的是什么吗？”我问他，“就是别人管你们叫‘非法移民’。我都快气炸了，我不知道你怎么忍得了这个。也许人可以分好坏、分对错。可你怎么能说一个人是非法的呢？”

“我不知道。你觉得呢？”

“就是不能说。”我说，“就这么回事。”

第二天，我们进入了平原。穿过得克萨斯走廊，俄克拉荷马西部在我们眼前延伸开来，像一张硕大的蛋饼。没法判断你身处的地方和你要去的地方有何区别，于是，你会觉得自己一直杵在那里，像是在大草原上踩着一台跑步机。

埃斯特温显然曾在船上待过些时日，他说这片原野让他想起大海，他知道一个西班牙语单词，指的是盯着地平线看太久会得的一种精神疾病；埃斯佩兰萨起初似乎很吃惊，接着有些害怕起来。她问埃斯特温，我们是不是在华盛顿附近，埃斯特温把这句话翻译给我。我向她保证我们没有，又问她为什么会产生这样的想法。她说她认为总统会把宫殿建在这样的地方，这样如果有人尾随他，卫兵从很远处就能发现。

为了不至于因枯燥无聊而发疯，我们开始想文字游戏。我说起那个叫珠儿的秘书，她儿子把什么东西都倒着看。我们试着想他喜欢的词。埃斯佩兰萨想到了“ala”，翅膀。埃斯特温知道不少完整的句子，有些是西班牙语的，有些是英语的，比如：“A man, a plan, a canal: Panama! [①]”（他说，如此看待这项浩大的工程，是典型的白佬视角。）还有“Able was I ere I saw Elba [②]”，据说这是拿破仑被流放的时候说的话，这天以前，我还不知道“Elba”到底是什么地方或者什么东西。我隐约觉得那可能是一种面包。

小乌龟似乎是我们中间唯一没有因这片风景而烦恼的人。她给埃斯佩兰萨讲了个长长的故事，已经连续讲了几百英里，听着像是蔬菜版的伊索寓言。没有故事可讲了以后，她就开始玩自己的玩具娃娃。那是玛蒂转送的旧物，穿着一身红格子睡衣，配着正常大小的衬衣纽扣，显然是有人手工缝上的。小乌龟很喜欢这个娃娃，还在无人协助的情况下给它取了个名字：谢丽·珀佩。

我们绕过俄克拉荷马城，沿着我第一次穿越俄克拉荷马时的路反向而行，在35号州际公路上继续向北开去。下午晚些时候，我

---

①意为：“一个人，一项计划，一条运河：巴拿马！”是英国人雷·莫瑟尔根据修建巴拿马运河一事所创作的回文。

②意为：“见到厄尔巴岛前，我曾无所不能。”厄尔巴岛（Elba）是地中海上的一座小岛，拿破仑在1814年被流放于此。

们到了断箭汽车旅馆。一眼看去，我以为这地方易手了。在某种意义上确实是这样：胡格太太去世了，艾琳好像变了个人。如果说她以前像张沙发，现在她就像那张沙发的套子。二十四个星期以来，她每天只吃一顿“体重卫士”速冻餐，除了不加糖的黄春菊茶，别的一概不喝，体重减了一百〇六磅。

“我告诉博伊德，如果他想吃点儿别的，可以学着自己做。既然他能剥下半头牛的肉，肯定也能学会做饭。”她解释说。她决定要孩子，于是从那时开始按照医生的建议节食了。

艾琳似乎因为再次看到我和小乌龟而兴奋不已，坚持要请我们全班人马吃一顿。她给我们做了一道洋葱土豆炖牛肉，尽管她本人没法吃上一口。她告诉我们，胡格太太是一月去世的，就在我离开后不久。

“当然，我们知道那是迟早的事，”她对埃斯佩兰萨和埃斯特温说，“她得了那种病，总是晃个不停。”

“那是一种病吗？”我问道，“我不知道那会要了人的命。我还以为只是上了年纪的缘故。”

“不是，”艾琳剧烈地摇着头，“是帕基森[①]。”

“谁？”我问。

“是那种病的名字。”她说，“我发现她现在爱说话了。”她指的是小乌龟，她正忙着报出埃斯佩兰萨盘子里每种蔬菜的名字。她给每一块蔬菜都单独念一遍名字，所以是这样来的：“淘豆[②]、萝卜、萝卜、萝卜、萝卜、淘豆、洋葱。”晚餐快结束的时候，她又说：“车。”

---

①艾琳把“Parkinson’s（帕金森）”说成了“Parkerson’s”。

②小乌龟咬字不清，把“potato”（土豆）说成了“tato”。

因为菜吃光以后，她发现每只盘子上都印着老式轿车的图案。

大家陆续去睡觉以后，我和艾琳一起熬了一会儿夜，她在等丈夫午夜后从蓬卡城回来。在明亮的大堂里，我们坐在前台桌子后面的高凳上，透过厚厚的玻璃板望着高速公路和它身后那片延伸至远方的平原。她说，她非常想念胡格太太。

“哦，我知道，她不算温柔，”艾琳说，瘦下去的胸脯随着一声长长的叹息深深起伏，“总说‘这是我儿媳妇艾琳，不会把被子叠得有棱有角，还引以为傲。’但我觉得她其实是好意。”

第二天早上，我们必须做出一个决定。要么直接去俄克拉荷马城东边不远处的庇护教堂，要么在这里再待上一天。他们可以跟我去小乌龟被塞给我的那家酒吧，帮我寻找不管哪个和小乌龟沾亲带故的人。我向他们承认，我需要一些精神支持，但如果他们不想冒险绕不必要的路，我完全能理解。但他们一点没犹豫，说愿意和我一起去。

追踪我原来走过的路线渐渐变得有些复杂。我只知道，当我的汽车转向柱决定自由活动以后，我离开了州际公路，在辅路上开了几个小时，然后重新开回主路。关于那天晚上见到的路标，我已经记不得什么具体细节了，而且，当然了，这里的路标本来就少得可怜。

通向拓荒妇女博物馆的路标让我陡然清醒。我记得这个。然后我们找到了一条双排道公路，我绝对有把握，就是那条路没错。

离开州际公路，身边不再是疾驰的外州旅游车，而是载满一家人的旅行车和皮卡，我们来到了切罗基部落国。你能感觉到这点。我们开始明白俄克拉荷马州是个不错的选择：埃斯特温和埃斯佩兰萨可以混迹其中。我们看到的人当中有一半是印第安人。

“切罗基人和玛雅人长得像吗？”我问埃斯特温。

“不像。”他说。

“白人知道这个吗？”

“不知道。”

过了一会儿我又问他：“切罗基人知道吗？”

“也许知道，也许不知道。”他露出那完美无瑕的笑容。

我问小乌龟，有没有什么东西看着眼熟。我从后视镜里看到，她正坐在埃斯佩兰萨的腿上，抚弄着埃斯佩兰萨的头发，拿起埃斯佩兰萨的太阳镜戴着玩。后来我又看到她们玩拍手游戏。一幅美满的画面：《圣母与戴粉色太阳镜的圣婴》。就连玛雅人都不会反对这种说法。有一次，虽然不敢肯定，但我似乎听到她管小乌龟叫了声“伊斯梅内”。我感觉五脏深处一股凉气涌了出来。

我尽量做出高兴的样子。“我经常对小乌龟说，她就像搭着‘五月花’号[①]过来的孩子。”我对埃斯特温说，“他们在普利茅斯岩登陆。她在一辆普利茅斯上着陆。”

埃斯特温没有笑。平心而论，这之前我大概没有告诉过他，小乌龟是在一辆车里出生的，而且他此刻正全神贯注于另一件事。他一遍又一遍地温习着他为自己和他的切罗基族新娘虚构的生平故事。他的想象力相当惊人。故事里还有一整套花边情节：他的父母原本不同意这桩婚事，但是看到霍普是个这么美丽可爱的女子，心又软了。

“史蒂文和霍普，”他说，“可是，我们还需要个姓氏。”

---

①美国历史上具有象征意义的一艘船，于1620年搭载102名乘客从英国驶往美洲大陆，在船上诞生了著名的《“五月花”号公约》。

“图图怎么样？”我说，“这是正宗的切罗基名字。在我家里已经用了好几个月了。”

“图图。”他庄重地重复道。

我想念我的小车。也想念露安，我开玩笑时她总会哈哈大笑。

我以为自己已经认不出那间酒吧——如果它还在的话。可是只瞥一眼我就知道，一定是这个地方。一个挂着百威招牌的砖房，停车场对面有个汽车修理店。修理店好像已经关张了。

“就是它，”我放慢车速，“我该怎么办？”

“把车停下。”埃斯特温建议道，可是我继续开着。我的心像活塞般怦怦跳个不停。往前又开了有四分之一英里，我才把车停住。

“真对不起，可我就是停不下来。”我说。

我们全都不声不响地坐了一分钟。

“最糟糕的后果会是什么？”埃斯特温问。

“我不知道。大概是我连一个知道小乌龟的人也找不到。或者我找到了，他们又想把孩子要回去。”我想了一会儿，“最糟糕的后果是我们会以某种方式失去她。”我终于说出口。

“如果你不进去会怎么样？”

“我们也会失去她。”

埃斯特温拥抱了我一下。“给你一些勇气。”他说。埃斯佩兰萨也拥抱了我一下。小乌龟也是。我掉过车头，向酒吧开回去。

“我先单独进去看看。”我说。

眼前是个与先前完全不同的地方。我还记得那些标语：遇火灾请大声呼叫。它们都不见了。蓝色格纹窗帘挂在窗户上，每张桌子上都摆着插有塑料玫瑰花和矢车菊的玻璃杯。我差点返身径直走出去，可我认出了那台电视。画质很好，但是没声音。那个明信片架子也还在，虽然陈列内容好像变换了重点：风景优美的湖泊照片变多了，奥罗尔·罗伯茨大学的景观则少了很多。

一个穿着牛仔裤、系着围裙的少女从厨房走出来。她戴着一副巨大的蓝框眼镜，镜片后面是一张印第安人的圆脸。

“给你来点咖啡吧？”她欢快地问。

“好的。”我挨着柜台坐下。

“还有什么我可以帮你的吗？”

“还不好说。我想找个人。”

“哦，找谁？你约了人在这里吃午饭吗？”

“不，不是这样。说起来有些复杂。我去年十二月来过这里，遇到了几个人，我想再找到他们。也许他们就住在这附近。我有一件很重要的事。”

她把双肘支在柜台上。“他们叫什么名字？”

“我不知道。是一个女人和两个戴牛仔帽的男人。我想其中一个男人可能是那女人的丈夫或者男朋友。我知道，这样说没头没脑。埃德知道他们的名字。”

“埃德？”

“这地方不是他开的吗？”

“这地方是我父母开的。今年三月还是四月，我们把这里买了下来。”

“那你父母认识埃德吗？他住在这附近吗？”

她耸耸肩。“这地方只是写着‘出售’。我猜它以前的主人已经死了。当时这屋里污糟糟的。”

“你的意思是他就死在这里面了？”

她大笑起来。“不是。我是说有好多油污什么的。我得把炉子后面那厚厚的一层油给擦下来。全都是黑的。我简直想逃回老家去。我们不是这里人，是从远处的部落领地来的。但我现在挺喜欢这里的孩子了。”

“你们这里有常客吗？比如干完了活来这里喝点酒的男人？”

她耸了耸肩。

“好吧，你怎么知道呢。”

我盯着自己的咖啡杯，好像可以从中看到未来，像老家那个用鸡骨头占卜的女人那样。“我不知道该怎么办了。”最后，我说。

她冲窗外点了点头。“也许你该带你的朋友们进来吃顿午饭。”

我照办了。我们在一张一尘不染、摆着塑料花的桌边坐下，吃着烤奶酪三明治。小乌龟在自己的座位上弹跳着，给谢丽·珀佩喂小小的烤奶酪片。埃斯特温和埃斯佩兰萨默不作声。在这个地区不能随便讲西班牙语，会惹人注意的。

吃过午饭，我去收款台结账。没有其他家人从厨房里现身，于是我问那姑娘，附近有没有人能帮我。“你认识隔壁开修理店的那个人吗？鲍勃·图图？”

她摇了摇头。“他那时候从不到这里来，因为我们这儿卖啤酒。他有些宗教信仰，我忘了是什么。”

“你可别告诉我他也死了。让我喘口气儿。”

“没有，他只是把店给关了。我记得老爸说他去了奥基城[1]附近

①即俄克拉荷马城。

的什么地方。”

“距离我上次来这儿还不到一年呢。”

她耸了耸肩。“反正也没人上这里来。我根本看不出谁会去那家修理店。”

我把找回的零钱放进口袋里。“好吧，还是谢谢你。”我对她说，“谢谢你愿意帮我。希望你们家经营得一切顺利。你们把这里装修得真好。”

她用肩膀做了个小小的动作。“多谢。”她说。

“你说你从部落领地来，是什么意思？这里不就是切罗基部落国吗？”

“这里！不是，完全不是。这里算是它的边缘吧，路边确实竖了块牌子，写着由切罗基部落所有。但切罗基部落国主要的领地在东边，在山区。”

“俄克拉荷马还有山区？”

她看着我，好像我是个傻子。“当然有。奥扎克山区。过来，瞧瞧。”她走到明信片架子前，挑出几张风景卡片，“看看，多漂亮！这是切罗基湖。以前我们每年夏天都去那里。我的几个兄弟喜欢钓鱼，可是我讨厌虫子。这是湖的另一边。这是乌洛加湖。”

“真美。”我说，“这就是切罗基部落国吗？”

“是它的一部分。”她说，“它很广阔。切罗基部落国不是某个具体的地方，而是人。我们有自己的政府。”

“我以前都不知道。”我说。我买了几张明信片。我打算给妈妈寄一张，虽然她现在结了婚，用不上那张写着“人头权”的王牌了。不过，我仍然欠曾外祖父一个道歉，虽然他已经死了。

离开的时候，我问她那台电视是怎么回事。“只有这件东西还是老样子。它怎么了？从来没人把声音调出来过吗？”

“那傻东西坏了。声音和画面不是同一个频道的。你看。”她换到下一个频道，画面是蓝屏和静电，声音却非常正常。是健怡可乐的广告。“我奶奶喜欢调到 9 频道，反正她快瞎了，可是我们其他人都喜欢调到 8 频道。”

“你调出过奥罗尔·罗伯茨大学的节目吗？”

她耸耸肩。“估计有过吧。我喜欢看《夏威夷神探》。”

不知怎么，我老在想，一旦我们回到车里，再次上路，一切就会清晰起来，我就会知道该怎么办。可是并没有。这次我甚至都不知道该往哪里去。要是露安在就好了，我想。露安充满了演《邻家侦探》的激情。我知道她会说我太轻易就放弃了。可是我还能怎么办？在酒吧外蹲守一两个星期，看那个女人会不会再出现？如果她出现了，我还能认出她吗？她愿意跟我去俄克拉荷马城在文件上签名吗？

想找到小乌龟的任何一位亲戚，希望都是极其渺茫的。我穿越半个国家，来了一场守株待兔式的捕猎。那是一种整蛊游戏，捉弄的一般是城里来的亲戚。你让他带上一个纸袋，打发他去森林里守着，看看他多久才会搞清自己是个大傻瓜。

可是我在想自己为什么要费这般力气，走这么远的路。总的来说，我不是个傻瓜。我大概是想要某种东西，而且愿望极其强烈，足以让我忘记了守株待兔有多难。

“我不想放弃。”我掉过头的时候说。我的手掌反复拍打着方向盘。“我就是不想。我要去切罗基湖。别问我为什么。”

他们还真没问。

“那么，你们是想跟我一起去，还是想让我先带你们去教堂？我无所谓。”

他们想跟我一起去。现在回头看，我看得出，我们已经密不可分了。

“我们去湖边吃个野餐，在一间小木屋里住下来，没准可以在哪里找条小船，到水上去玩儿。我们可以来次度假。”我对他们说，“你们两个上次度假是什么时候？”

埃斯特温想了想。“从来没度过假。”

“我也没有。”我说。

# Chapter 15

## 切罗基湖

随后的两个小时，埃斯佩兰萨和埃斯特温以一种难以形容的方式脱胎换骨。他们呈现出崭新的一面，像暑期圣经课上奖励的圣像卡片：通常看起来是耶稣钉在十字架上，画面模糊，洒满了红色和蓝色的亮点，可是只要把它稍微倾斜一下，你就能看到一只鸽子从耶稣的胸膛向外飞去。那就是圣灵。

我们一定正在靠近切罗基部落国的中心，无论它是什么模样、在什么地方，因为我们向东驶去时，一路上看到的白人越来越少。人人都是印第安人，他们的婆婆和岳母也是印第安人。孩子都是印第安孩子，狗也长得像印第安狗。一辆警车跟在我们后面开了一会儿，大家全都不说话了，暗暗留着神，像我们慢慢习惯的那样。可是当那辆车从身边开过时，我们不禁放声大笑。警察也是个印第安人。

对埃斯佩兰萨和埃斯特温来说，这一定是一种久违的感觉：身边的所有人都和自己长得很像，连警察也不例外。那种放松从他们的身体上流露出来。他们甚至好像长高了。小乌龟在这里也显得很自然。这是她本来的家。我成了那个格格不入的怪人。

不过，当然了，据说我身上也有足够的、算得上数的切罗基血统。但我想我不会真的去领取自己那份人头权，而且即便我想，可能也办不到——他们肯定会有一部限定法规或者类似的东西。不过，得知切罗基部落国并非一张彻底的烂牌，我心里释然了。我读过一个故事，我可能记混了，可我印象里是这样：有个女人有一串钻石项链。她一辈子都把那串项链锁在保险箱里，心想如果自己有朝一日身陷绝境，就可以卖了它。可是临死前她才发现，原来那项链只是水钻的。在第一次穿越俄克拉荷马那趟可怕的旅途中，我多少有些这种感觉。

乌洛加湖，切罗基湖——好在，我和妈妈这些年来握着的王牌，还是有几颗真钻石的。

"切罗基部落国有自己的议会和总统，"我向埃斯佩兰萨和埃斯特温报告道，"你们知道这个吗？"我没有把握自己是真的知道，还是根据酒吧那个姑娘告诉我的事添油加醋的。每前进一英里，风景就更有意思。起初还几乎是平坦的，可是好像逐渐卷了起来，像一张巨大的绿色床单，渐渐起了褶皱。接着，眼前毫无疑问出现了山丘。我们穿过一座座印第安名字的小镇，让我想起肯塔基。到处都可以看到树。

有一次，小乌龟忽然指着窗外大喊一声："妈妈！"

我的心跳停止了一拍。以我所知，她从来没有冲着任何人叫过妈妈。我们向窗外望去，可是整条路上都没有人影。只有一个加油站和一片公墓。

小乌龟和埃斯佩兰萨渐渐难分难舍了。小乌龟坐在她的腿上，和她玩着，只要埃斯佩兰萨独自去卫生间，她就哭哭啼啼。我想我本该感谢埃斯佩兰萨这样照料她。我无法想象我怎么能够一边开车，一边让小乌龟开心。当然了，我们俩以前有过一次长途旅行，可那时小乌龟还处在患紧张症的时期。我觉得，在她人生的那个阶段，就算你把她放在箱子里运到亚利桑那，她都不会太在意。如今一切都不同了。

在切罗基湖，你能够想象上帝就生活在这里。这里的树足够多。

我仍然觉得管奥扎克叫山区有些勉强，可是它们的确有山区的作用。想到更美好的东西就隐藏在山背后，我心里又充满了安全感。

眨眼间，我们就找到一座小木屋。非常棒：有一座壁炉，台上有只长尾鸟儿（标本）；两间卧室；一间浴室，里面有个带爪的老式浴缸（一只爪扎进了地板，但剩下的三只显得很稳当）。有一排这样的小木屋，屋顶上满是绿色的青苔，在这片名叫索帕树林的地方沿着一处溪岸蜿蜒排开。

他们不舍得在这座木屋里过夜，可我再三坚持。我们有玛蒂给的那笔钱，而且，费用也没那么贵。如果我在断箭旅馆没有那层关系的话，这笔钱我们前一晚就花完了。我颇费了些周折，总算让埃斯特温和埃斯佩兰萨相信，我们没有做错任何事情。我们有权痛痛快快玩一玩，就玩这一天。

我对他们说，不妨把它视作一种馈赠。“作为我国的大使，我赠予你们已结清费用的四人份切罗基湖畔一日度假。你们若不接受，将会酿成一桩国际事件。”

他们接受了。我们坐在木屋小小的后廊上，留心看着小乌龟和地板腐烂后留下的空洞，凝视着那道白色的溪水像箭一般流过。在亚利桑那，没有哪道流水会如此匆匆。青苔和蕨菜的样子很好看，我真想痛饮那所有的绿色。连腐烂的木地板都显得那么美妙。在亚利桑那，什么都不会腐烂，连苹果都不会烂。它们只会像木乃伊一样变得干瘪。我这才意识到，虽然我找到了与沙漠和平相处的方式，可我的灵魂依然干渴。

红黄相间的星形野花沿着小溪一路生长，在细长的茎秆顶端来回摇曳。小乌龟告诉我们这些花儿叫“并蒂”，我们接受了她的权威结论。埃斯特温攀下滑溜的河岸，去采这些花。我心想，世上哪里还能找到另外一个男人，会冒着摔断脖子的危险去摘一朵花？他半路跌进了小溪，水一直浸到了一边的膝盖——我想，主要是为了让我们开心。连埃斯佩兰萨都大笑不已。

埃斯佩兰萨的内心活跃起来了。某种东西正逐渐融化。我看过一部电视节目，讲述春天降临阿拉斯加的情景。他们郑重其事地讲河水如何重新开始流动，巨大的冰块翻滚着、颤动着，互相冲撞，慢慢碎裂。埃斯佩兰萨的心中就像这样。在她的眼睛后面或者更深处，在她心脏周围的动脉里，有什么东西开始活动了。当她把小乌龟抱在膝盖上的时候，那种愉快是发自内心的。她的眼睛清澈，跟我和埃斯特温讲话时都直视着我们的眼睛。

埃斯特温结束了冒险，安全归来，给我们每人递来一朵花。他吻了下埃斯佩兰萨，用西班牙语说着什么，我听到了一句“mi amor”[①]。他把那朵花固定在她的纽扣孔里，花儿像魔术盒里的弹簧蛇般从她的胸口蹦出来。我能够把他们想象成一对年轻夫妇，对彼此

①意为“我的爱人”。

有些羞怯，做着些类似的好玩的事情。我把花的细茎挽进头发。小乌龟拿着她的花，像乐队指挥般上下挥舞着，大声喊叫："并蒂、并蒂，并蒂！"显然，我们谁都没办法想出合适的方式来遵循她的指挥。

我现在应该开始叫他们史蒂文和霍普，这样他们就能逐渐适应这两个名字。可是我叫不出来。我像换下一件脏衬衫似的换掉了自己的名字，可是却没法换下他们的名字。

"我喜欢你们的名字，"我说，"你们来到这里时带着的所有东西当中，也许只有它们一直留到了现在。我想你们应该只在需要掩人耳目的时候才成为史蒂文和霍普。在朋友面前，应该保持自己的本名。"

两人都没说什么，但也不再鼓励我叫他们的化名。

后来我们找到一个地方，可以按半小时租船，我和埃斯特温租了条船划到湖上。埃斯佩兰萨不想去，她不会游泳；我对小乌龟也不放心。她们两个待在岸边喂鸭子。

我和埃斯特温轮流划着，朝岸边招手，直到小乌龟变成一个蹦跳着的小点。这时我们已经到了湖心，任由小船随意漂荡。太阳光从湖面上反射开去，在我们脸上留下明亮的光点和颠倒的影子。我把牛仔裤卷到膝盖上面，赤脚搭在船帮上晃荡着。船底堆着些杂物，散发出阵阵腥味，有一条红白相间的浮子、一堆啤酒罐拉环。

埃斯特温脱掉衬衫，背靠船头躺下，双手交叠在脑后，露出光滑的玛雅人胸膛，对着阳光，也对着我。如果他知道我对他的感觉，怎么可能做出这样的举动？我知道埃斯特温早已走过漫长艰辛的人生之路，不能用天真烂漫来形容，可有时候，他依然会干出这种最单纯、天真、令人心碎的事情。我从未有过这样迫切的渴望，渴望知道我的脸贴上那片胸膛时会是什么感觉。我转头望着岸边，不让他看到我眼里的泪水。

我把那朵蔫了的花从发辫上摘下来，用手指捻着花茎。“我会非常想念你，”我说，“想念你们所有人。”

埃斯特温没有说他也会想念我们所有人。我们知道这是一场我们承受不起的谈话。在各种意义上。船只租了半小时。

过了会儿他说：“扔一枚硬币，许个愿吧。”

“太浪费了，”我说，用脚趾头踢着水，“我妈妈经常说，白白把钱扔掉的人活该受穷。我宁肯做一个活不该受穷的人。”

“不活该受穷的人。”他微笑着纠正我。

“不活该受穷的人。”没有他，连我的英语都会崩溃。

“那我们可以用这些许愿。”他捡起一个拉环。“这些正适合许美式愿望。”

我用拉环在切罗基湖上许了两个美式愿望。只有一个有渺茫的可能成为现实。

黄昏降临时，我们在靠近湖边的小松林里发现了一片野餐桌。玛蒂和艾琳都给我们装了水果和三明治，让我们在路上吃，它们大部分还躺在后备厢的雪屋牌冰镇箱里。我们在桌面上铺了张帆布雨衣，摆开腌菜罐、香蕉、苹果、鹅肝三明治以及其他各样东西。周围的野餐游客忙着准备分量合适的平衡餐，力求把各种营养成分全聚拢到一小份食物里，将四类食物合理搭配牢记在心，可是我们有了那么多东西，却还觉得不满足。我们是按宴会的兴致准备这一餐的。

太阳正在身后西沉，却又在东边的云上亮了起来，映出一圈光幕。粉色云朵的倒影在整个湖面上漂游。如果不让自己的思绪飘得太远，此刻，我感觉幸福极了。

小乌龟的精力还很旺盛，对吃的兴趣远没有蹦蹦跳跳、绕着树奔跑来得高。她不时发现一颗松果，捡回来交给我或者埃斯佩兰萨。我极力忍着不要去数谁的松果更多。小乌龟穿着罩衣和绿色条纹T恤衫，像个托钵僧。她在车里那样乖，我们现在才意识到，她肯定憋闷坏了。滑稽的是，只要孩子安安静静的，大人就总是会忘记考虑他们想要的是什么。

同样有趣的是，在一个三岁的孩子身边，心情似乎很难消沉，如果你一直留心注意的话。用不了多久，无论让你郁闷的是什么，都显得像是成年人精心而无用的发明。

埃斯特温问我们更喜欢日出还是日落。现在我们都在用英语交谈，因为埃斯佩兰萨不得不练习起来。我没法反对这个——这可是活命问题。

“日落，因为日出太早。”埃斯佩兰萨嗤嗤地笑起来。她说英语的时候非常忸怩，好像换了副截然不同的人格。

我说我更喜欢日出。“日落总是让我感觉有点郁闷。”

“为什么？”

我剥了根香蕉，思考着这个问题。“我想可能跟我成长的环境有关。每天都有那么多活儿要干。日出的时候你总是特别振奋，好像有办法把每件事都搞定，可是等到日落，你就会发现还是办不到。”

我们跟着埃斯佩兰萨的视线注意到了小乌龟。她正忙活着把谢丽·珀佩埋在一棵松树脚下松软的泥土里。我忍不住大笑。

我走到那棵树下，蹲在她身旁。“有件事我得向你解释一下，小甜豆。有些东西在你种下以后，会长成灌木或者大树，可有些东西是长不出什么来的。豆子会长，玩具娃娃就不行。”

“嗯，”小乌龟拍着土堆，“妈妈。”

这是那天她第二次提起一个叫“妈妈”的人。想到这里，我如遭电击。那种震颤从手脚向胃里传去。

我跪下来，把小乌龟揽到腿前。“你是不是看见你妈妈像这样被埋了？”我问她。

“嗯。”

这是我和小乌龟的共同生活中反复出现的瞬间：我完全不知道该做什么。我想起玛蒂说，以为自己能保护孩子免遭这个世界的伤害，是一种多么不着边际的念头。即便我曾有过这种想法，对小乌龟而言，很明显，也已经不可能实现了。

我把她搂在怀里，在那棵松树脚下静静地待了很长时间。

“对不起，”我说，“看到有人死去，会非常、非常难过。你永远不可能再见到那个人了。你明白她已经不在了，对吗？”

小乌龟说：“哭？”她用手指戳了戳我的脸颊。

“嗯，我哭了。”我向前倾了倾，从背后的兜里掏出一块手绢。

“我知道她肯定很爱你，”我说，“可是她不得不离开，把你和别人留在一起。最后，她把你留给了我。”

不远处的湖面上，船里的人悄无声息地把渔线抛进暗影。我想起小时候一个人去钓鱼，还有更小的时候和妈妈一起去的情景，虽然我恐怕帮不上什么忙。有一幕我记得特别清楚：我把一捧石头都扔进水里，然后眼睁睁地看着鱼群迅速游开。我撕心裂肺地尖叫。

我想要那些鱼，而且想不出我为什么就得不到它们。我像小乌龟这么大时，没有任何我珍视的人或者东西从我身边被夺走。

现在依然如此。也许我最初拥有的就不多，可他们几乎都还好好地在我身边。

过了一会儿，我对小乌龟说："你已经知道，承诺都是不算数的。可我还是要尽最大的努力，和你在一起。"

"嗯。"小乌龟说，从我的腿上扭下来，回到她的土堆旁。她撒下一捧松针，拍到土堆上。"种豆子。"她说。

"你想把你的娃娃留在这里吗？"我问。

"嗯。"

那天晚上，我问埃斯佩兰萨和埃斯特温，愿不愿意陪我再做一件事情。其实是为我做一件事情。我解释说，想让他们帮我一个忙，一个非常大的忙。我对他们讲了来龙去脉。

"你们不见得非要答应，"我说，"我知道这件事会把你们牵扯进一些危险当中。如果你们不愿意，那就当没这件事，我完全理解。不用现在就回答，因为我要确定你们真的好好考虑过这件事才行。你们可以明天早上再告诉我。"

埃斯佩兰萨和埃斯特温不想考虑。他们当即说，他们愿意。

## Chapter 16

# 心意坚决 行为自愿

乔纳斯·威尔福德·阿米斯特德先生身材高大，满头银发，应付人际交流似乎不像应付公证文件那般娴熟自如。虽然已经提前预约，可是当我们一行人开进他的办公室时，他好像不知所措，显出焦虑的神色来。他把纸笔和相框从办公桌的这边挪到那边，坚持要等我们全都就座后才肯坐下。不幸的是，他这一等就是很久，因为屋里的椅子不够，他只得派秘书克莱利女士到隔壁维恩先生的房地产办公室去借一把。

阿米斯特德先生戴着一副复杂的助听器，有戴在耳朵里的部件，有黑白相交的连线，还有一个小小的银色盒子，为了达到最佳效果，要准确地放在办公桌上的某个位置，那位置他现在好像找不到了。如果他找到的话，我想，我会建议他用篮球场上画线的那种涂料在桌子上做个记号。

那只银色盒子的一侧有几个小小的控制按钮，阿米斯特德先生不停地摆弄着，显然也不太成功。克莱利女士似乎同步调整了自己的音量，即便和我们说话时，也几乎在吼叫。这喊声有一种威慑效果，特别是对埃斯佩兰萨。

但是，等待的时候，我们仍然抽空聊起了天。据我所知，我们所有人嘴里没有一句是真话，这场聊天因此更堪称奇迹。埃斯特温是个高明到令人错愕的撒谎大师，他讲起了自己和妻子居住的那个俄克拉荷马小城、自己干过的各种工作，充满了生动的细节。然后，我说了我的计划：搬到亚利桑那州，跟我妹妹和她的小儿子一起生活。这些事就像爆米花似的凭空往外蹦，我猜我们全都为此惊奇不已。

妹妹，没错。我记得我很小的时候，曾经求妈妈给我生个妹妹。她说她完全赞成，可是如果我真的有了一个妹妹，那肯定是出于奇迹。那时我不明白她是什么意思。现在我懂得独身生活是怎么回事了。

克莱利女士及时回来了，推来一把转椅，询问需要打印哪些表格。我们又是一阵忙乱，给埃斯特温和那把新椅子让出空间。阿米斯特德先生终于同意放低他高大的身躯，像只长腿鹳似的栖在办公桌后面的椅子上。

“现在势必要做正式安排了，”埃斯特温说，“因为我们的这位朋友就要离开本州了。”

埃斯佩兰萨点点头。

“图图先生和太太，你们明白，这份协议是永久有效的吧？”他说得非常缓慢，人们对不太聪明的孩子和外国人说话时，往往会用这种腔调。不过我能肯定，阿米斯特德先生绝没有想过图图一家来自比切罗基部落国更遥远的地方。

他们又点了点头。埃斯佩兰萨紧紧抱着小乌龟，眼睛里已经饱含泪水。现在很明显，我们三个人中，她将是奥斯卡奖提名排在最前面的那位。

阿米斯特德先生继续说："六个月后，会颁发一份新的出生证明，旧的那份随之毁弃。此后，你们就不能以任何理由改变主意了。这可是一个很严肃的决定。"

"以前没有颁发过出生证明，"克莱利女士喊道，"它出生在部落领地。"

"她，"我说，"生在一辆普利茅斯车里。"我补充道。

"我们明白。"埃斯特温说。

"好，我只想彻底确认。"

"我们和泰勒很熟悉，"埃斯特温答道，"我们知道她会成为这孩子的好妈妈。"

虽然问得一板一眼，但阿米斯特德先生和克莱利女士似乎仍然把"部落领地"当成一个遥远而未开化的国家，对他们俩来说，这样就完全能解释，为什么霍普、史蒂文和小乌龟一家除了在切罗基湖畔照的一套黑白纪念照以外，没有任何身份证明。只要由我，一个有社会保险卡、身份已确认的公民，来发誓（并承担作伪证带来的不知什么后果，为了确认这一点，还在几个文件上签了名）他们就是本人，说的都是真的，就足够了。

这时，我们聊天的素材都用完了。最初的紧张劲儿过去了，可是没有了紧张，我好像又被淘空了。仅仅坐在那间狭窄拥挤的办公室，做该做的模样，说该说的话，似乎就耗费了巨大的精力。我想象不出我们要怎么接着应付下去。

"我们很爱她，却没有能力照顾她。"埃斯佩兰萨忽然说。她在哭，口音变得含混起来，不过阿米斯特德先生和克莱利女士都没有怀疑。他们可能以为那是切罗基口音。

“我们商量过了。”我说，开始有点儿担心接下来会发生什么。

“我们很爱她。也许有一天我们还会再有孩子，可是现在不行。现在太艰难了。我们四处迁徙，一无所有，也没个家。”埃斯佩兰萨抽泣着说。这不是表演。埃斯特温递给她一块手绢，埃斯佩兰萨捂在脸上。

“哭，妈？”小乌龟说。

“是的，小乌龟，”我轻声说，“她在哭。”

埃斯特温伸出手，从她的怀里抱过小乌龟。他让小乌龟站直身子，小小的蓝色旅游鞋牢牢地踩在他的膝盖上。他轻柔地抓住小乌龟的肩膀，望着她的眼睛。“你一定要做个好姑娘，记住了。做个坚强的好姑娘，像你妈妈那样。”我不知道他想说的是哪一个妈妈，有太多人选了。他可能在说我。我想着，有点感动。

“好。”小乌龟说。

他小心翼翼地把小乌龟还给埃斯佩兰萨，她搂住小乌龟，紧紧贴着自己的胸脯，抱着孩子，来来回回摇了很久，一直紧紧地闭着眼睛。眼泪从她脸颊上浅浅的皱纹间流下来。

我们都在一旁看着。阿米斯特德先生不再坐立不安，克莱利女士整理文件的双手停了下来。这是一位母亲和她的女儿，无可置疑。在这个不怎么顾得上为母亲和孩子操心的世界，这是一对即将分离的母女。所有人都相信了。可能连小乌龟都相信。我也相信了。

以前有很多次，我都似乎会失去小乌龟，但只有这次，我真切地感觉这件事会成为现实。我无法把她从埃斯佩兰萨手里要回来。

如果她开口，我没法说出“不”字。

当她松开手、把小乌龟轻轻放回她的膝头时，小乌龟抽噎起来。

埃斯佩兰萨用埃斯特温的大手绢擦了擦小乌龟的鼻子，在她的面颊两侧吻了吻。接着，她取下圣克里斯托弗的像章，避难者的护佑圣徒，戴到了小乌龟的脖子上。然后，她把小乌龟交给我。

埃斯佩兰萨对我说：“我们知道她会很快乐，带着一颗善良的心成长。”

“谢谢你。”我说不出别的话了。

拟出一份声明好像花了无比漫长的时间。克莱利女士飞快地跑去打印出来，又来来回回地修改了两趟。经过好几轮涂改液修正，我们终于做出一份正式文件：

> 我们，签字人史蒂文·提尔佩克·图图先生和霍普·罗伯塔·图图女士，四月·小乌龟·图图经宣誓证明的亲生父母，特此将我们唯一的女儿的监护权转移给泰勒·玛丽埃塔·格里尔女士，即日起她将成为孩子的唯一监护人和母亲。
>
> 我们郑重宣誓并证明，本人心意坚决，行为自愿。
>
> 在见证人面前签字如下：__年__月__日，于乔纳斯·威尔福德·阿米斯特德办公室，俄克拉荷马州俄克拉荷马城。

克莱利女士又去了趟维恩先生的办公室，这次是借用他的秘书布林朵小姐当签字的第二证人。布林朵小姐的切罗基族血统看起来至少足够获得人头权。她穿着紧身牛仔裤和亮红色的高跟鞋，嘴里嚼着口香糖。她剪了个很复杂的发型，在头顶高高耸起。我感觉，就她能够活出的人生而言，她现在的生活方式太过单调乏味了。希望她能知道那天早晨她真正见证的是什么。

在某种意义上，我希望他们所有人都能知道。也许等到二十多年后，人们不能再对这件事做什么的时候。克莱利女士和阿米斯特德先生想到在俄克拉荷马州一个毫不起眼的办公室里就能让那么多骇人听闻的事合法化时，头发一定会竖起来。

我们握了一圈手，我跟阿米斯特德先生把接下来的领养安排理清楚了，之后大家鱼贯而出，已经变成了一个奇怪的朋友和家人新组合。从埃斯特温的脊背和肩膀，我能看出他如释重负。他握着埃斯佩兰萨的手。她的泪痕还没有干，但她的神情已经变了，像抛过光似的熠熠闪亮，焕然一新。

他们都穿着干净的工作衬衫，浅蓝色，肘部有些褪色，埃斯佩兰萨穿着旧牛仔裙和平底鞋。我曾经拜托他们在这种场合不要穿得太隆重，也不要穿那些能骗过移民局的衣服。要显得小乌龟跟我过才会更好。那天早上当他们穿成难民的模样走出来时，我都想尖叫了。不要！我错了。不要为了我牺牲你们的尊严。可他们就是如此渴望把这件事做成。

## Chapter 17

# 根瘤菌

我脑子里掠过一个念头，小乌龟可能真的认出了埋葬她母亲的那个墓地。我想着，如果真是这样，是不是应该带她回那里看看。可是我很快就不再操心这事了。在去史蒂文和霍普·图图未来的家，波塔瓦托米长老会圣米迦勒与诸天使教堂的路上，我们经过了四座公墓，小乌龟对着每一座都大声喊了一声“妈妈”。

我能想象再过不久，她就会对见到的每一座墓碑挥手，轻声说：“再见。”

寻找教堂最后变成了一场野外漫游。玛蒂指的路是去老教堂的。会众已经把他们的礼拜堂外加神父，多半还有避难者，都搬到了这条路往前几英里处的一群崭新的建筑里。我开始形成这么一种印象：俄克拉荷马人就像那些睡在罗斯福公园、睡袋上沾着草叶的人一样居无定所。

教堂看着让人很愉快，整座建筑新近粉刷得雪白，大门和排水槽都是紫色的。玛蒂常常说起地下铁道，指的就是这些收留难民的教堂，听上去暗无天日。我从没想象过会出现汽水洒在了座位上的白色林肯老爷车，显然更没有想象过有紫色排水槽的白色木板教堂。神父和斯通太太看到我们后，好像大大地松了一口气，他们显然已经等我们好几天了，可是他们谁都没有拿这件事做文章。他们帮着把东西搬到通往神父住宅后面那座小房子的小路上，紫色的藿香蓟给那条路镶了一道边。与此同时，我和埃斯特温忙着分拣出各自的东西。一路上，行李彻底混在一起了。小乌龟的东西散得到处都是。她就像个收集狂，只要看上了什么（比如埃斯佩兰萨的梳子），就会把它揽为己有，在原来的地方塞进另一件东西（比如一块啃了一口的饼干）。白天，或者说连续几个白天以来的这种活动已经使小乌龟精疲力竭。用露安的话说，她正在后座上睡着死人觉。埃斯佩兰萨和埃斯特温已经在阿米斯特德的办公室情真意切地跟她告别过一回了，认为没有必要再把她叫醒。可我坚持己见。

“她碰到过太多次，她爱的人莫名其妙地就不辞而别。我想让她看看你们，看看这个地方，这样她就能知道你们留在这里了。”

她不情愿地醒来了，迷迷糊糊地接受了我对眼下情形的解释。“再见。”她说，在座位上站起来，把手伸出打开的后窗挥动着。

我想我们都感到了同一种精疲力竭。有时就是说不出来那句“再见”。我拥抱了埃斯佩兰萨，茫然地跟神父和斯通太太握了握手。对我而言，天光似乎太过明媚，面前满满的都是雪白的墙板和宜人的紫色花朵，让人感觉不像是即将永远地失去两位好朋友。

埃斯特温正在最后一次查看后座下面，车子这边现在只有我们两人。我检查着后备厢。“你应该拿一点儿这些吃的。”我说，“我和小乌龟绝对吃不完。肯定会浪费掉。至少带上这些还没开罐的，像芥末酱、腌菜什么的。”我弯腰翻着冰镇箱，把那些漂在融化的冰水里的东西挪来挪去。

埃斯特温的手放在我的胳膊上。“泰勒。”

我直起身子。“你在这里会怎么样？你打算做什么？”

“活着。这从来都是我们的目的。”

“可是你在这里能找到什么样的工作？我无法想象这里有中餐馆，这可能倒是件好事呢。哦，天哪。”我把手指放进嘴里，“真该让我闭嘴。”

埃斯特温笑了。“我不会为了这个祈祷的。”

“我就是担心你。还有埃斯佩兰萨。我很抱歉这么说，这里很可能是个非常不错的地方，可是一想到你们会永远困在这里，我就受不了。”

“不要想我们会永远在这里。想想我们回到了危地马拉和家人团聚。我们有了另一个孩子。等到世界和现在完全不同的时候。”

“什么时候才会那样，”我说，“永远不会的。”

“别这样说。”他碰了碰我的脸颊。我怕自己会哭，或者做出什么更糟糕的事。我怕自己会像那些可笑的老电影里的女人那样，伸出双臂抱住他的脚踝，拒绝放他走。

眼泪流出来，我反而感到如释重负。还好只是眼泪。“埃斯特温，我知道说这样的话没有一点儿用处，可我真的不想失去你。我从来没有失去过我爱的人。我不知道该怎么办。”我转过脸，看着铺得平平整整的大街，“我从来没有遇见过像你这样的人。”

他把我的两只手握在他手里。“我也是，泰勒。”

“你能写信吗？我的意思是，安全吗？你可以写个假的回信地址什么的。”

“我们可以通过玛蒂传话。这样你就会知道我们在哪里，我们过得怎么样。”

“我真希望不要仅仅如此。”

“我知道。”他乌黑的眼眸在我的双眼之间来回移动着视线。

“可只能这样，是吗？哪有办法躲过这种痛苦？你只能忍耐。”

“是的。我很难过。”

“埃斯特温，你明白当时在那个办公室里，埃斯佩兰萨怎么了吗？”

“明白。”

“我一直在琢磨，那有点像一种……你会怎么形容？”

“一种宣泄。”

“一种宣泄，”我说，“而且她好像很幸福，真的。就像她真的找到了一处安全的地方，把伊斯梅内托付了出去。可她相信的这件事并不真实。你明白我的意思吗？这样好像有点不对。”

“米哈，在一个像这样错乱的世界里，我们只有达到力所能及的正确。”他把双手搭在我的肩上，非常非常温柔地吻了我，然后转身，走进那幢房子。

我们四个都在俄克拉荷马埋葬了自己深爱的人。

我在一家壳牌加油站的电话亭给妈妈打了个电话。我从牛仔裤口袋里掏出两把硬币，排成一排放在金属架上，拨了号码。我怕得要死，担心她会挂了我的电话。她完全有这个权利。我已经有两个月没理会她了，连她结婚都没有祝贺。她来信说他们在婚礼上很开心，还说哈兰搬进我们家了。直到婚礼前，他都住在埃尔－杰伊车身喷漆和保养店后面一间所谓的单身公寓里，意思是，一张床，一个轻便电炉，放袜子的抽屉里有一个捕虫器。

线路里传出静电的嗞嗞声。“妈妈，抱歉打扰你。”我说，“我正在俄克拉荷马城旁边，所以想给你打个电话，这儿比亚利桑那离你近好多。”

“是你吗？亲爱的孩子，真的是你！我敢发誓。宝贝儿，你终于给我打电话了。”她的声音如此遥远。

“你还好吗，妈妈？婚后生活怎么样？”

她压低声音。“出什么事了，对吗？”

“为什么这么说？”

“你不是得了重感冒就是刚哭过。你的鼻音重得都爬上头顶了。”

泪水再次奔涌而出。我请妈妈稍等一会儿，我得放下话筒擦鼻涕。有件事露安没有想到，我应该装上两打手绢。

等我再拿起话筒，接线员正在说我该继续投币，我又投了几枚进去。我和妈妈听着那叮叮当当的古怪旋律，有一小会儿相对无言。

“我刚刚失去了我爱上的一个人，”我终于告诉她，“我刚刚和他说了再见。我再也见不到他了。”

“哦？你为什么放了他走？”妈妈好奇道，“我从没见过哪一次你放弃自己想要的东西。”

“这次不一样，妈妈。他不是我能拥有的。”

她沉默了片刻。我们听着静电上下游窜。那仿佛是来自火星的音乐。

“妈妈，我感觉，我不知道怎么说。我感觉自己已经死了。”

“我明白，你感觉自己好像再也遇不到另一个值得你回头的人了，可是你会遇到的。你会等到的。”

“不，比这个还要糟糕。我甚至都不关心会不会遇到了。我甚至不知道自己还想不想遇到别人。”

“好吧，泰勒，宝贝儿，这就是最好的状态，不必到处寻觅，省得浪费自己的时间。当你专心做事的时候，就等着爱情悄悄降临吧。”

“我觉得不可能。我感觉自己已经太老了。”

“老个头！我的老天爷，孩子，你看看我。我已经翻过大半座山，猪都撵不上我了。可是现在，我又像个小姑娘似的忙着结婚了。幸亏你不在，不然你肯定会跟每个人说：别管那个老傻瓜，那绝对是我妈在老糊涂的年纪被爱虫给咬了。”

我大笑起来。“你哪有老糊涂。”我说。

“快了。”

“妈妈，打住，不许说这个。”

“哦，你不用担心我，我明天来看看你都没问题。我给自己腾出了些时间。”

“那就好，妈妈，太好了。我真的很高兴。”

“我已经不给别人家清扫屋子了。我偶尔做些洗衣服的活儿，挣点零花，不过我已经不打算把这个当成职业了。我加入了妇女园艺俱乐部。现在我想擦的只有自家的地板。她们每周四聚一次。”

我简直不敢相信。妈妈退休了。“你知道最好玩的是什么吗？”我说，“我没法想象你手里没拿着熨斗、拖把等等玩意儿的样子。”

“哦，好好想象一番吧，姑娘，那样子很不错。你还记得威肯托特太太吗？穿着高跟鞋去杂货店，自我感觉特别好的那位？”

“她啊，记得。她那几个孩子从来不和我打招呼。他们管我叫清洁女工的女儿。”

“哈，现在你不用再计较这个了，因为我走人的时候跟她说清楚了。我告诉她，我才不会像她似的在衣柜里堆那些垃圾，还说了她家的小子有多不像话，以及我在他们的床底下发现了什么。我告诉她，我只是不想那么盛气凌人罢了。”

“你跟她这么说了？”

“就这么说的。还说了些别的呢。你知道，这些年，那些太太小姐们动辄认为她们管着你。觉得你一句话都不敢哼哼，生怕被辞了。现在我看她们全都紧张得要死，生怕我在报纸上登个声明。”

我能想象出那个声明是什么样，就登在最后几版上讣告和信托契约声明下面，或者更棒，登在社会新闻版：

> 艾丽丝·琴·格里尔·埃尔斯顿特此声明，伊尔玛·吕贝克的地下室里有五十二品脱发霉的接骨木莓果冻；梅·里奇如果不是雇了帮手，她的碟子已经被蟑螂搬走了；米涅瓦·威肯托特家的男孩爱好阅读色情刊物。

我大笑个不停。“你真的应该这么做，”我说，“一个字一毛五花得值了。”

“嗯，我大概不会真的这样。不过一个女人家留这么两手会有好处，你不觉得吗？”她咯咯笑着说，“这样别人就会尊重你。”

“妈妈，你真了不起。我不知道亲爱的上帝是怎么把那么多勇气装进一个小小的人儿里的。”话一出口，就意识到这是妈妈过去常对我说的。高中时，我觉得日子很不好过，妈妈几乎每隔一天就会跟我说这句话。

“你那个小家伙怎么样了？”妈妈每次都惦记着。

“她挺好。她这会儿正在车里睡觉呢，不然我就会让她过来和你问声好，她也有可能说一声‘豆子’，或者‘萝卜’。你根本猜不出她会说什么。”

“嗯，她随你。”

“别这么说，妈妈。这话的意思是孩子不是捡来的。如果她随我，那就变成她是我结了婚自己生的。”

“我从来没往这方面想过。”

“好吧，恐怕是我太敏感了，你知道，因为她不是我亲生的。”

“我觉得血缘关系不是孩子随不随你的唯一因素。甚至不是最主要的因素。最主要的是你对孩子说的话，泰勒。比如，如果一个人过得很差劲，又为了让自己心里好过一点，就把孩子说成更差劲的人，那么等孩子长大，就果真会如此。你还记得哈宾家的那些人吗？”

“记得。纽特。我尤其记得纽特。”

“那孩子始终没有得到过一个机会。他竭尽全力做成了皮特曼县人人都说他就是的那号人。”

“妈妈，你对我总是那么好。我一直想跟你说这个。就好像是我把月亮挂在了天上。有时我都不相信你真觉得我有那么好。”

“可大多数时候，你是相信的。”

“是的，我猜大多数时候我都觉得你说得对。”

接线员又出现了，说要再加些钱。我眼前的那堆硬币越来越稀疏。“我们很快就说完了。”我对接线员说，可她却说这些钱是用来付我们刚才聊的那几分钟的。我的两毛五硬币已经用完，只能一枚接一枚地投五分钱的镍币了。

“你猜怎么着？”投完那些硬币，我对妈妈说，“有个特大新闻。小乌龟成了我真正的女儿了。我收养了她。”

“真的？你可太聪明了。怎么做到的？”

“使了些小伎俩。我会写封信告诉你的。有点复杂，在长途电话里说可就太贵了。不过完全合法。有文件作证。”

“老天哪。又结婚，又当上了外婆，都在这一个夏天！我都等不及想看看她了。”

“我们最近哪天可能会回去，”我说，“不是这趟，但肯定会回去。我保证。”

“你最好留心，最近哪天我和老哈兰可能就出发上亚利桑那去了。”

“我盼你们来。”

我们谁都不想挂电话。我们俩互相说了三遍“再见”。

“妈妈，”我说，“这可是最后一次说再见。我要挂了，行吗？再见。也向哈兰问好。跟他说，我让他对你好，不然我会过来揍他个屁滚尿流。”

“我会告诉他的。”

我和小乌龟要在俄克拉荷马城消磨整整一个下午，等待誊清那些文件。她小睡了一会儿，醒来后就又精力旺盛。她滔滔不绝地说个不停，还想要玩埃斯佩兰萨的那枚像章。我让她从后视镜里看了看。

“你要一直戴着它，”我告诉她，“那是圣克里斯托弗，避难者的护佑圣徒。我想你也算一个避难者。你就像暴风骤雨中翻覆的惊魂。”

暴风骤雨就是非常厉害的大风大雨，会把各种东西撞得乒乓乱响。“暴风骤雨中翻覆的惊魂”出自自由女神像基座上刻的那首诗，开头是这样的：“把你们疲惫的人、贫穷的人给我。”埃斯特温可以背诵全诗。想想美国是怎么对待像他这样的人，他一定会觉得这段用巨大的字母刻在石头上的话是有史以来最大的玩笑。

我尽量不去想埃斯特温，可是很快就发现，不去想他比想起他还要难过。小乌龟是个好旅伴。我们开着玛蒂的林肯车，两个女人在城里随心所欲地漫游。她最喜欢的是车从汉堡王店前的减速带上开过的时候。

在这期间，我们进行了我认为是我们两人第二次真正的谈话，第一次是在切罗基湖边的松树下面。这次谈话是这样的：

“你想干点儿什么吗？”

“好。”

“你饿吗？”

“不。”

“你觉得我们应该上哪儿去？我们现在待在一个大城市里，你想去看看什么吗？”

“呜安妈。”

“露安在家里。我们回家后就能见到她。还能见到艾德娜、维姬和德韦恩·雷，见到大家。”

“万内雷？”

“没错。”

“呜安妈？”

“对。不过，我来跟你说件事。从现在开始，你在这个世界上只有一个妈。你知道是谁吗？”

“嗯。”

“谁？”

“妈。”

“对，就是我。你有很多很多朋友。露安是你的朋友，艾德娜和玛蒂是你的朋友，还有其他很多人。她们都很爱你，有时还来照顾你。还有埃斯特温和埃斯佩兰萨，也是你的好朋友。我希望你记住他们，好吗？”

“斯特班和麦斯潘萨。”她庄重地点点头。

“差不多了，”我说，“我知道你会有点儿迷糊，最近发生了很多变化。但是，从现在开始，我就是你妈，这个意思是我最爱你。永远爱你。你明白这个道理吗？”

“这个豆里？”她显得有些怀疑。

“你和我，我们现在是黏在一起的。你是我的小乌龟。”

“噢乌哥。”她指着自己宣布说。

“没错，四月·小乌龟·格里尔。”

“四艾乌格雷儿。”

“没错。”

冲动之下，我用城市图书馆的公用电话打了1－800－上帝的号码。小乌龟说她想看看书，我们就来了这里。我不知道是什么念头驱使着我打了这个电话。我一直把它当成底牌，就像妈妈和我们的人头权，而如今我触到了最低谷，又挺了过来，我想我是明白了自己其实并不需要什么王牌。

电话响了两次，三次，然后响起一段录音，告诉我上帝帮助自助者。然后它又说，今天就向“信仰之泉”传教基金慷慨捐助，正是帮助自己以及自己的灵的身体的宝贵机会。如果我有意捐助，请不要挂电话，稍后就会有接线员来接受我的捐款。我没有挂电话。

“谢谢来电，”她说，“可以告知您的姓名、住址，以及捐助数额吗？”

“没有捐助，”我说，“我只想让你们知道，你们陪着我度过了一段艰难时刻。我经常想：‘如果我真的绝望了，我还能打1－800－上帝这个电话。’我只想告诉你们，你们曾经是我的信仰之泉。”

她不知道该如何理解。“那您不是来捐助的？”

“不了，”我说，“您愿意给我来个捐助吗？比如说，寄给我一百美元，或者送一顿热腾腾的饭菜？”

她听上去有些恼火了。“我办不到，女士。”

“好吧，没关系，”我说，“我也不需要。尤其是现在。我有整整一箱腌菜和香肠呢。”

“女士，这条线路是很忙的。如果您不愿捐助就算了。”

“您得这么想，”我说，“现在我们谁也不欠谁了。”

挂上电话，我真想在俄克拉荷马城大图书馆铺着地毯的宽敞大厅里唱歌跳舞。我看过一部电影，几个孩子在图书馆的桌子上翻筋斗，图书管理员玛丽安四处追着他们说：“嘘嘘嘘！”我感觉自己就像那些孩子。

可是小乌龟和我却在排排书架中间轻手轻脚地窥探着。他们没有《唐老鸭先生有间屋》，事实上，我们很快就对儿童读物区失去了兴致，去了参考书区。那里有些书插图很好看。小乌龟喜欢《园艺学百科全书》。书里有很多蔬菜和花的图片，那些名字远远超出了她的词汇量，也远远超出了我的。她坐在我的膝盖上，我们一起翻着宽大而闪亮的书页。她指着自己喜欢的植物的图片，我也读着。她甚至找到了豆树的图片。

“哦，你这个聪明的小家伙，换了我，肯定会完全错过的。”我说。我真的会错过。图片是黑白的，和家里那边罗斯福公园里的豆树不大一样，可是图解说，那就是紫藤。我捏了捏小乌龟。“你真是个天才，”我说，“园艺学天才。”我不会急着让她说出“园艺学”这个词。我自己也是最近这几个月才把这个词讲出口的。

小乌龟非常兴奋。她热情地拍打着那张图，参考书区服务台后的那个年轻人从眼镜上方看着我们。这书至少值一百美元，而且非常干净。

“来，别敲打书，”我说，“我知道它很让人兴奋。你要不要换成敲敲桌子？”

她开始敲打桌子，我轻声给她读紫藤花的生命周期。那是一种观赏用的攀缘藤本植物，生长在温带地区，最初来自东方。早春开花，由蜜蜂授粉，长出菜豆形豆荚。绝大多数内容我们都已经知道了。原来它确实属于豆科家族。与豆子有关的东西都属于豆科植物。

不过最有意思的是这个：书上说，像其他豆科植物一样，紫藤在贫瘠的土壤中往往也能蓬勃生长。秘密在于根瘤菌。那是一种极其微小的细菌，在地底生活，长在植物根部小小的节瘤里。它们直接从土壤里吸取氮气，然后把它们转化成植物用的肥料。

根瘤菌并不是植物的一部分，而是独立的生物体，但它们总是与豆科植物共生。它们是在植物根部秘密运转的地下铁道。

“就像这样，”我告诉小乌龟，“有一整套看不见的体系在帮助这种植物，你绝对想象不到它们的存在。”我喜欢这个概念，“人也是一样。”艾德娜有维姬，维姬也有艾德娜，珊迪有儿童中心，大家都有玛蒂，等等等等。

紫藤靠自己只能勉强求生，我这样向小乌龟解释，可如果把它们和根瘤菌放在一起，就会出现奇迹。

四点钟，我们去俄克拉荷马县政府取收养文件。按照阿米斯特德先生的指点，我们找到了一间宽敞明亮的办公室，里面坐着二十多个女人，在用打字机打各种表格，一片嘈杂。那个向前台走来的女人肩膀浑圆，肌肉从粉色棉布运动衫底下鼓起来，一头烫出来的卷发正在渐渐变回切罗基人的直发——她的身体正试图回到自然状态。她问了我们的名字，让我们找个位子坐下，说需要再等一会儿。等待让我有些焦躁，虽然这里看上去并没有什么重要人物足以阻拦正在进行的事。只有满屋子桌上放着打字机、非洲紫罗兰和孩子的照片的女人，依照指令行事。尽管如此，我还是担心面色紧张地坐在那里会引人怀疑，好像她们中的某个人会看出我的焦躁，然后大喊出来：“那人不是养母，是个冒名顶替的骗子！”然后，所有人都把椅子往后一推，穿着高跟鞋和紧身裙在后面追我。

我得找个事儿做。我问有没有可以打长途的电话。那个壮实女人领我来到大厅里的一台公用电话前。

我拨通露安的电话。接通线路好像花了几万年，她好不容易接了电话，声音听上去比我还紧张，这样可帮不上我的忙。

“我们挺好的，露安，一切都很顺利，我给你打让你付费的电话，是因为我的两毛五硬币用光了，不过我们得尽量快点儿说，否则电话费就会猛涨。”

“我的老天哪！泰勒，花多少钱我都不在乎。”得知我们不是遭遇了车祸、被碾得粉身碎骨，她顷刻间就放松了，“这个星期我不知道念叨了有多少次，就算要花上一百万美元，我也要跟泰勒说说话，现在终于有机会了。好像这个世界上啥事都发生过了。你现在到底在哪儿？”

“俄克拉荷马城。正在往家走。”我有些犹豫，“你那边怎么样？你决定好了要让安赫尔回来吗？还是你上那里去，跟他住毡房什么的？”

“安赫尔？不可能！给我钱也不行。听我说，你知道他母亲跟我说什么了吗？她说安赫尔就是想要自己没法拥有的东西。还说要是我准备去蒙大拿，还不等我动身他肯定又会觉得已经受够我了。她说我比五个甚至六个安赫尔都强。”

“这是他亲妈说的？”

“你能相信吗？当然全是用西班牙语说的。我听到的是二手版本，不过大体就是这个意思。挺有道理的，你说呢？不是有句话说，爱上了冤家就赶紧回头吗？”

“我觉得那句话说的是钱。花了冤枉钱就赶紧回头。”

“一回事，我这叫活用。哦，糟了，你先稍等一会儿行吗？德韦恩拿了个东西准备往嘴里塞。”我等着露安从千分之十九的死亡概率中营救德韦恩。我爱她。

小乌龟正在玩一个游戏：只在椅子上行走，不接触地面，看看能走多远。进展很不错。走廊靠墙摆了长长的一排带细条靠背和扶手的老式长椅。不知为何，我想到了一群做苦工的囚犯——这些长椅上可以坐下一百个人，全都用铁链锁在一起。或者我猜，能坐满一个大家庭，等待什么重大消息。他们的手可以一个挨一个地握着。

“好了，我回来了。还有件事我得告诉你。还记得那场流星雨吗？我给圣迭戈的拉莫娜·奎罗兹打了个电话，长途的。根本就没有什么流星雨。完全没那回事儿！你能相信吗？那绝对是最后一根稻草。”

“哈，感谢老天。”我说。我忽然想到，这世上再没有第二个人能听懂露安刚才说的是什么意思了。

“这就是我的独家新闻，安赫尔的故事。现在我打算跟红辣夫人公司的一个男的约会了，他名叫卡梅隆·约翰。卡梅隆是他的名字，约翰是姓。你能相信吗？”

“我有过一个教理科的老师也是这样。”我说，“红辣夫人会给辣椒包装工分发性生活指南吧？怎样做爱却不接触任何东西？”

“泰勒，我是当真的。他是做青番茄酱的，而我现在开始管人了，你也清楚。我真等不及你来见他，说说你觉得他怎么样。我知道，妈妈肯定看他一眼就会当场昏死过去——他有七英尺高，黑得像扑克牌上的黑桃。可是，泰勒，他又那么温柔。我最大的问题是，老觉得自己配不上别人对我那么好。他请我去他家吃晚饭，用米饭、花生还有各种我不知道的东西给我做了一顿特别好吃的饭。他以前是个拉斯塔法里教徒。”

“是个什么？”

“拉斯塔法里教徒。是种宗教信仰。他养了条狗，一条杜宾犬吧？名字叫T先生。不是卡梅隆取的，是别人把那条狗送给他的。狗还打了几个耳洞，泰勒，我对上帝发誓，上面挂着小小的金耳环。我不敢相信我真的在跟这样的男人约会。有你的影响，我胆子真的大了不少。六个月前，要是跟这么一位并排走在街上，能把我的魂儿吓出来。”

“哪位，卡梅隆还是T先生？”

“哪个都能。哦，还有，都不知道该怎么说，他对德韦恩太好了。每次看到这个大块头跟一个白色的小不点儿一起玩儿，我都直想哭，想用相机把那幅情景拍下来。”

“那你是打算搬过去跟他一起住吗？”我尽量让自己的声音听上去是在为她高兴。

“什么，我吗？不会！卡梅隆很温柔，可我对目前的生活状态心满意足了。跟你说实话吧，比起与他和T先生住在一起，我敢说还是和你住一起要自在得多。”

“好吧，我很高兴。”

“泰勒，还记得因为你不想让我们做出一家人的模样，对我发脾气的那回吗？你说我们就差一只叫‘点点’的小狗了。好吧，听了你可别发脾气，我已经对别人说过，你、小乌龟和德韦恩，都是我的家人。我有个同事问：‘你有家人一起生活吗？’我说：‘有啊。’想都没想。我指的是你们所有人。我猜，大概是因为刀山火海我们都一块儿闯过来了。我们了解彼此的优点和缺点，了解外人不知道的事儿。”

我说不出话来。实在难以措辞。

“我不是想说‘至死不离’什么的，”她说，“可是你知道吗，仔细想想，这世上没有什么能保证是你的。我一直在想这事儿。比如，有了孩子，也不代表这孩子真的属于你，他们只是你尽力照顾的人，你希望你们一起成长，有朝一日能相亲相爱，平平安安。我是说，我们拥有的一切，归根结底都是借来的。你觉得有道理吗？”

“太有了，”我说，“就像从图书馆借的书，迟早都要放回夜间还书处。”

“没错。所以干吗要为可能失去而担惊受怕呢。你拥有时就是在享受它。”

“我猜你可以说我们是一家人。”我说。我看着小乌龟从扶手上爬过去，爬到大门口的最后那把条椅上，大门朝大街敞开着。她掉过头来找我，开始往回走。

电话那头沉默不语了。“露安？你还听着吗？”我问。

“我受不了这种悬念。泰勒。她还是你的吗？”

“谁？”

“小乌龟，老天哪。”

“哦，当然。她现在已经是我的合法女儿了。”

“什么！”露安尖叫起来，“你一定是在耍我吧！”

“我没有。实际上，已经搞定了。还要在法院办些乱七八糟的手续，大概需要六个月的时间，然后才能拿到出生证明，不过也不慢了。至少比从头开始造个孩子花的时间短一点儿，我是这么看的。”

“我真不敢相信。你找到她妈妈了？还是她小姨或者谁？”

我朝大厅看了一眼。“在这里不太方便说。两天后我们就到家了。到时我会把全部过程都讲给你，行吗？但肯定要讲上整整一夜，消耗掉大量的垃圾食品。你知道吗，我特别想念你的莎莎酱。不过是中辣的，不是鞭炮级那种。”

露安的呼吸声就像轮胎在慢慢漏气。“泰勒，如果你没能带她回来，我会怕得要死。”

太阳落山前，我们已经离开了俄克拉荷马城，驶入大平原，和上次一样，向西驶往低矮的地平线。我把收养证明拿给小乌龟看。以一张没有图片的纸来说，她看了很长时间。

“它的意思是，你是我的孩子，”我解释说，“我是你的母亲，没人能说不是了。现在你还小，这张纸我先替你保存着，但它是你的。有了它，你就会永远知道自己是谁。”

她像母鸡似的上下点着头，眼睛盯着窗外某一样只有她能看见的东西。

“你知道现在我们是去哪儿吗？我们要回家了。”

她把脚踝抵着座位扭动着。“家啊，家，家啊，家。”她唱着。

这可怜的孩子生命中在车里度过的时间太长了，对她来说，高速公路上可能比其他地方更让她有家的感觉。“你还记得家吗？”我问她，“跟露安和德韦恩一起生活的那座房子？你还在琢磨的工夫，我们就会到了。”

可是小乌龟好像不怎么在意。她对自己现在待的地方感到很满意。天空从土黄变成灰色，又变成凉爽的漆黑，闪烁着点点星辰。她没有一点睡意，望着黑暗的高速路，唱她的菜汤歌逗我开心，只是此刻，菜豆和土豆中间掺进了人的名字：德韦恩·雷、玛蒂、埃斯佩兰萨、露安，所有的人。

还有我。本人可是主料。

图书在版编目（CIP）数据

豆树青青 /（美）芭芭拉·金索沃著；杨向荣译．
-- 海口：南海出版公司，2017.10
书名原文：The Bean Trees
ISBN 978-7-5442-9066-1

Ⅰ．①豆… Ⅱ．①芭… ②杨… Ⅲ．①长篇小说－美国－现代 Ⅳ．①I712.45

中国版本图书馆 CIP 数据核字（2017）第 153081 号

著作权合同登记号 图字：30-2017-053



**豆树青青**
〔美〕芭芭拉·金索沃 著
杨向荣 译

出　　版　南海出版公司　(0898)66568511
　　　　　海口市海秀中路 51 号星华大厦五楼　邮编 570206
发　　行　新经典发行有限公司
　　　　　电话 (010)68423599　邮箱 editor@readinglife.com
经　　销　新华书店

责任编辑　黄宁群
特邀编辑　郑小希　第五婷婷
营销编辑　刘　畅　柳艳娇
装帧设计　韩　笑
内文制作　王春雪

印　　刷　北京中科印刷有限公司
开　　本　850 毫米 ×1168 毫米　1/32
印　　张　8.75
字　　数　195 千
版　　次　2017 年 10 月第 1 版
印　　次　2017 年 10 月第 1 次印刷
书　　号　ISBN 978-7-5442-9066-1
定　　价　49.60 元